UNE SOIRÉE ENTRE FILLES N'A JAMAIS EU SI BON GOÛT!

Beaux Gosses

&

Floçons de Neige

JUDI FENNELL

MERJINN PRESS

PHILADELPHIA, PENNSYLVANIA

Copyright 2025 par Judi Fennell

Publié par Merjinn Press

Conception de la couverture et de l'intérieur par www.formatting4U.com

Tous droits réservés. Aucune partie de ce livre ne peut être reproduite ou transmise sous quelque forme que ce soit sans l'autorisation écrite de l'éditeur, à l'exception des critiques qui peuvent citer de brefs extraits dans le cadre d'une critique. Ce livre est une œuvre de fiction. Les personnages, les événements et les lieux décrits dans ce livre sont le produit de l'imagination de l'auteur et sont soit fictifs, soit utilisés de manière fictive. Toute ressemblance avec des personnes réelles, vivantes ou décédées, est purement fortuite et non intentionnelle de la part de l'auteur.

Pour plus d'informations sur l'auteur et ses œuvres, veuillez consulter

Peaux Gosses et Floçons de Neige

Si cela signifiait perdre la guerre, alors il était stupide d'avoir continué à mener cette bataille.

Gina Taormina était amoureuse de Darien Foster depuis aussi longtemps qu'elle s'en souvienne, jusqu'au jour où il l'avait humiliée à l'école. Quinze ans plus tard, sa vue la laisse encore de glace.

Darien, danseur exotique, est revenu en ville pour mettre quelques choses au clair. L'une d'entre elles est le gâchis qu'il a provoqué pour Gina pendant leur adolescence... et peut-être raviver la flamme qu'ils avaient autrefois.

Mais le seul moyen de faire fondre la glace autour du cœur de Gina est d'augmenter la température, aussi bien au travail... qu'en dehors.

Chapitre Un

— Il recommence.

Gina Taormina n'allait même pas regarder *ça*, l'énième panier géant rempli de choses que *lui* avait choisies. — Renvoie-le, dit-elle à Candy, sa meilleure amie et réceptionniste de son spa, Le Lys Doré.

— Allez, Gina. Ce gars veut juste que tu le remarques.

Gina attrapa plutôt la pile de factures. Ce qui en disait long. — Renvoie-le.

— Mais, Geen, c'est vraiment un super—

Gina frappa le comptoir de réception en granit avec le bord des factures. — Je me fiche de ce que c'est, Candy.

— T'es sûre de ça ?

Putainouiqu'elleétaitsûre. — Renvoie-le.

— Oh, allez, Gina. Donne une chance au gars.

Gina leva les yeux au ciel et secoua la tête en fermant sa veste de technicienne et en contournant le bureau de réception pour se placer du côté de Candy, là où se trouvaient les rouages du spa : le carnet de rendez-vous, le terminal de carte de crédit, l'ordinateur, l'imprimante et les reçus de la veille. — Je ne sors pas avec les strip-teaseurs.

— C'est vraiment dommage. Moi, je sortirais avec un strip-teaseur. Sans hésiter.

Et il serait parti le lendemain. Gina l'avait appris à ses dépens. Les exceptions étaient rares, et comme elle était amie avec une exception et apparentée à une autre, ses chances d'en trouver une troisième étaient quasi nulles. Elle avait essayé et, *wow*, ça s'était retourné contre elle.

Dieu merci, elle n'avait jamais agi sur son béguin pour Gage, l'associé de son cousin Bryan. Surtout maintenant que Gage était avec Lara. Personne n'avait jamais su, et ça n'était jamais devenu bizarre avec Bryan — ce qui aurait pu arriver. Ouais, à part ces deux exceptions, elle en avait définitivement fini avec les strip-teaseurs. Non, en fait, elle en avait fini avec les *hommes*. D'après son expérience, ils avaient toujours un agenda caché. Eh bien, maintenant, elle aussi. Et ça n'incluait rien avec un pénis.

Elle ouvrit brusquement un tiroir pour prendre un stylo. — Renvoie. Le. Candy. Maintenant.

Candy posa le panier — c'étaient toujours de très beaux paniers — sur le carnet de rendez-vous. Probablement pour que Gina ne le manque pas. — Je peux le garder ?

— Non, parce qu'alors il pensera que c'est *moi* qui l'ai fait et c'est le dernier coup de boost à l'ego dont Froggy a besoin.

Elle ferma le tiroir d'un coup de cuisse et sortit de derrière le bureau comme si le panier était fait de kryptonite.

Pour elle, c'était le cas.

— D'accord, mais qu'en est-il des autres coups de boost dont il pourrait avoir besoin ? Et pourquoi diable appelles-tu ce beau gosse par son surnom du collège ?

Parce que c'était comme ça qu'elle avait rencontré Froggy, alias Darien Foster, à l'époque, et toutes ces années d'humiliation par lui ne lui avaient pas donné de raison de le considérer comme moins qu'un crapaud. Même s'il ressemblait maintenant à un modèle de couverture de roman à l'eau de rose. Elle n'aurait jamais dû aller à cette réunion. Il serait resté un mauvais souvenir.

Gina rejeta ses boucles en arrière et regarda dehors. Encore cinq centimètres de neige étaient tombés pendant la nuit. Elle devait sortir le reste des décorations de Noël et commencer à décorer. — Débarrasse-t'en, quoi que ce soit. Peut-être qu'il comprendra enfin que je ne suis pas intéressée.

Candy tapota de son ongle rouge pomme d'amour le nœud de Noël rouge et dentelle fantaisie sur le panier. — Tu devrais peut-être y jeter un coup d'œil avant de faire ta non-intéressée. C'est mignon.

C'était ça le problème ; les petits « cadeaux » de Froggy, euh, Darien devenaient de plus en plus mignons. Il avait commencé quand il était revenu en ville pour leur réunion de lycée. Des fleurs, puis du chocolat, puis une seule rose avec le chocolat, mais ensuite il était devenu malin et avait commencé à envoyer des produits pour qu'elle les offre dans son salon.

Ça, c'était une arme à double tranchant ; elle ne pouvait pas se permettre d'offrir des produits gratuitement en ce moment parce qu'elle devait investir son argent dans l'entreprise pour *rester* en activité. Elle était à un point critique où ses employés avaient besoin de plus d'heures, mais si les clients n'étaient pas là, elle ne pourrait pas les payer. Malheureusement, le centre commercial perdait des locataires, donc le trafic de passage n'était pas ce qu'il était il y a deux ans quand elle avait démarré l'entreprise, et elle avait investi trop d'argent dans la mise en place pour pouvoir se permettre un déménagement vers un autre endroit. Si elle pouvait payer le loyer, le propriétaire ne pourrait pas la mettre dehors. Mais sans un afflux d'affaires, elle ne savait pas comment cela allait continuer à se produire. Des produits gratuits n'étaient pas la solution.

Mais Darien avait commencé à déposer des paniers de ces trucs. Des assortiments, comme s'il les lui donnait à *elle*, mais une femme ne pouvait utiliser qu'un certain nombre de lotions, et trois paniers de différentes lotions et huiles parfumées prendraient plus de vies que Gina n'en avait.

Elle détestait qu'il essaie de l'atteindre à travers son entreprise.

Elle détestait qu'il essaie de l'atteindre tout court. — Renvoie-le simplement, Candy. Loin des yeux, loin du cœur et le plus tôt sera le mieux. Elle n'avait pas besoin de penser davantage à Darien Foster. C'était déjà assez qu'il travaille pour son cousin, Bryan, mais c'était le plus près qu'il allait s'approcher. — Et jetons un coup d'œil aux rendez-vous de la semaine prochaine. Je pense qu'on devrait s'en sortir avec le personnel qu'on a maintenant.

— Euh... Candy enroula une longue boucle blonde autour de ses doigts dans le look « idiote » quintessentiel que la fille avait perfectionné quand elle voulait que quelque chose se passe à sa façon. Ou quand elle avait de mauvaises nouvelles à annoncer.

Dommage pour Candy que Gina sache que, derrière l'extérieur stéréotypé de blonde que Candy adoptait pour servir ses objectifs, se cachait le cerveau d'un membre de Mensa. C'est pour cette raison que Candy était ici ; elle avait mis ce cerveau en action et avait fait fortune en bourse. Elle travaillait pour Gina parce qu'elle voulait faire quelque chose d'amusant de sa journée, pas parce qu'elle avait besoin d'argent. Ce qui était la seule raison pour laquelle Gina pouvait se permettre une réceptionniste à temps plein.

— Euh, quoi ?

— On a un enterrement de vie de jeune fille réservé pour le 17. Pour un traitement spa complet.

Normalement, un enterrement de vie de jeune fille serait une bonne chose. Cela lui permettait d'utiliser le spa un dimanche, le jour où elle n'ouvrait que pour des événements spéciaux, et un événement de cette taille garantirait son loyer mensuel. Mais comme les semaines entre Thanksgiving et Noël ne s'avéraient pas être un tel foyer de demandes de massages, Gina avait approuvé chacune de ses masseuses pour prendre des vacances. Elle ne comprenait pas pourquoi ce ralentissement ; le temps froid semblait être le moment parfait pour se faire huiler et masser — sans parler d'un excellent anti-stress pour les fêtes — mais les réservations étaient rares. Les femmes ne prévoyaient-elles pas les rigueurs du shopping de Noël ?

— De combien de personnes on parle ?

— Douze.

— *Douze* ? Qui a un enterrement de vie de jeune fille aussi grand ?

— La sœur de Sophie Cavanaugh.

— *La* Sophie Cavanaugh ?

— Il n'y a qu'une seule Sophie Cavanaugh.

C'était bien vrai. Sophie Cavanaugh était une présentatrice sur la chaîne d'information locale qui avait attiré l'attention nationale lors de la couverture d'une tempête locale quand elle avait sauvé un enfant d'être emporté par une route inondée — alors que les caméras tournaient. Ça n'avait pas nui que la femme soit magnifique, qu'elle ait un vrai cerveau dans son corps à faire pâlir Barbie, et que personne — jusqu'à présent — n'ait déterré le moindre squelette dans son placard depuis que l'histoire avait éclaté. Et maintenant, elle venait au spa de Gina pour la fête prénuptiale de sa sœur. Si Sophie aimait...

Le bouche-à-oreille à lui seul pourrait valoir plus que Gina ne pourrait jamais *espérer* dépenser en publicité. Et pourrait être le coup de pouce dont The Gilded Lily avait besoin.

— D'accord, commence à appeler. On peut faire tourner les invitées entre toutes les stations, donc j'ai besoin d'au moins deux massothérapeutes de plus ici.

— C'est fait.

Bien sûr qu'elle l'avait fait. Parce que Candy n'était pas aussi écervelée qu'elle aimait le faire croire aux gens. — Qui as-tu trouvé ?

— Eh bien...

— Quoi, Candy ?

— Personne.

— Comment ça, *personne* ? Nous deux, on ne peut pas gérer douze femmes toutes seules.

— Je sais. Candy attrapa une poignée de cheveux. — Le blond vient d'une bouteille, tu te souviens ?

— Je ne disais pas que tu es stupide.

— C'est ce que ça avait l'air.

— On peut se concentrer sur le problème ici ? Tu sais que je t'aime et que je t'apprécie.

— Et quand mon allocation de services spa gratuits sera épuisée, tu vas me payer ce que je vaux, oui, oui, j'ai compris. Candy poussa un long soupir et lâcha ses cheveux. — Le stock local de massothérapeutes est épuisé. Tout le monde est réservé.

— Mais nos rendez-vous ne sont même pas complets, alors comment se fait-il que personne ne soit disponible ?

— Où étais-tu ? On a rempli le reste de l'emploi du temps de tout le monde samedi. Cette pub que tu as fait passer le mois dernier a dû devenir virale ou quelque chose comme ça. C'est ce que j'allais te dire quand tu es arrivée ce matin avant qu'on ne soit distraites par M. Casanova.

Génial. Froggy, euh, Darien, perturbait maintenant ses opérations commerciales. Ce n'était pas suffisant qu'il l'ait fait à sa vie sociale à l'école.

— Tu sais quoi, Candy ? Ne renvoie pas son cadeau là où il l'a acheté. Renvoie-le-lui. Avec un mot qui dit que je ne suis pas intéressée. Gina tapota du bout des doigts sur le comptoir de la réception. — Oh, et que dirais-tu d'envoyer un mot au coordinateur des membres à la chambre de commerce ? Voir si des massothérapeutes indépendants ont récemment adhéré. L'école de commerce locale n'a-t-elle pas récemment diplômé un groupe ?

Candy sortit un crayon de derrière son oreille, preuve de son épaisseur que Gina n'avait même pas vu le crayon là. Ni les boucles d'oreilles pendantes en forme de canne à sucre non plus. — Compris. Une note disant que tu n'es pas intéressée, et une autre disant que tu l'es.

— Ne les mélange pas, c'est tout.

— Voyons, patronne, est-ce que je ferais ça ? Voilà que Candy recommençait avec le regard vide et le tortillement de cheveux qu'elle avait perfectionnés.

Gina lui tapota le nez. — Pas si tu sais ce qui est bon pour toi.

Candy écarta le doigt de Gina d'une pichenette. — Oh, fais-moi confiance. Je sais ce qui est bon pour tout le monde.

Ce qui était *exactement* pourquoi Candy échangea les notes.

* * *

Dare fixa le panier sur son porche.

Bon sang, comment était-il censé amener Gina à lui *parler* si elle continuait à renvoyer ses offres de paix ? Certes, il comprenait pourquoi elle pouvait nourrir une certaine rancœur, mais le collège, c'était il y a vingt ans. Elle ne pouvait pas entretenir une rancune tout ce temps, si ? Ils étaient des enfants. La puberté et toute son incertitude, plus essayer de s'intégrer. Et puis il y avait eu ce surnom merdique qui lui était resté collé. Froggy. Comme si sa mue vocale avait été de sa faute. Mais les enfants au collège n'accordaient de répit à personne, et une fois que ce surnom lui avait été collé, il était resté.

Et Gina n'avait plus voulu avoir affaire à lui depuis.

D'accord, d'accord, ça pouvait avoir quelque chose à voir avec le fait qu'il ait fait ce commentaire sur ses, euh, atouts avec son coassement très distinctif en cours de géographie juste après que M. Nester nous ait montré une diapositive du Grand Teton.

Toute la classe avait éclaté de rire, M. Nester était devenu rouge avant de les envoyer tous les deux au bureau du Principal Dilworth. Ce qui n'avait fait qu'ajouter l'insulte à l'injure parce que Gina avait été forcée de marcher avec lui — son tourmenteur — tout le long du chemin jusqu'à l'autre aile pour y arriver. Lui, bien sûr, avait essayé de faire comme si ce n'était pas grave, mais Gina n'en avait rien eu à faire. D'un point de vue vingt ans plus tard et avec une certaine compréhension des adolescentes (grâce aux histoires de son colocataire d'université et partenaire commercial Bill sur ses jumelles de treize ans), il comprenait que les seins de Gina étaient la dernière chose sur laquelle elle voulait qu'on attire l'attention, mais, bon sang, il était un adolescent. Il avait une perspective de première main sur *ça*.

Et, oui, sa main avait eu beaucoup à dire sur les seins de Gina quand il était adolescent.

Il bougea, mal à l'aise. Apparemment, quelque chose d'autre avait encore quelque chose à dire.

C'était incroyable — un seul regard sur elle lors de la réunion, ces magnifiques boucles noires et ses yeux si sombres dans lesquels il avait voulu se perdre même à l'école, et c'était comme s'il était de retour là-bas, assis derrière elle et sentant son parfum ou son shampooing ou quoi que ce soit qui l'avait tenu éveillé la nuit. Et il voulait dire *éveillé*.

Rien n'avait changé.

Et elle refusait *toujours* de le reconnaître.

Il ramassa le panier et une enveloppe en tomba. Avec son nom sur le devant.

Ou peut-être qu'elle le ferait...

Il retourna l'enveloppe et glissa son doigt sous le rabat. C'était la première fois que Gina lui répondait directement. Les six autres paniers avaient été renvoyés à la boutique de cadeaux où il les avait achetés, sans aucun mot.

Peut-être qu'il arrivait à l'atteindre.

"Le spa est surbooké. Tu connais des massothérapeutes qui pourraient dépanner ?"

Pour ce qui est des mots, c'était aussi personnel que Tweety, le chat errant qui l'avait adopté six minutes après qu'il ait emménagé dans sa location, exprimant une sorte d'affection en lui laissant un lapin mort sur le porche. Alors qu'il avait pensé que c'était peut-être parce qu'il avait affublé le chat du nom d'un oiseau — qu'on le poursuive pour son sens de l'humour tordu — le vétérinaire avait dit que c'était en fait un geste significatif, alors Dare l'avait accepté à contrecœur. Avant de jeter le soi-disant "cadeau" à la poubelle, bien sûr.

Était-ce le lapin mort de Gina ?

D'accord, cette phrase était maladroite pour de nombreuses raisons, *Liaison fatale* lui venant à l'esprit, ainsi que l'expression "le lapin est mort" comme euphémisme pour la grossesse — deux choses qui se trouvaient à la périphérie de son intérêt pour Gina, mais d'une manière qu'il aimerait considérer comme mentalement saine et susceptible de progresser selon un calendrier normal.

Il secoua la tête. Son cerveau était en court-circuit — comme il l'était depuis qu'il l'avait vue à la réunion six mois auparavant.

Le sien devait aussi être en court-circuit si elle lui demandait des renseignements sur les massothérapeutes.

Cela dit, qui était-il pour refuser une telle aubaine ?

Il pouvait faire de la massothérapie. Après tout, il avait la réputation de donner de bons massages à l'époque. De jour comme de nuit.

Quelque chose qu'il voulait que Gina découvre.

De première main.

Chapitre Deux

— Je croyais que tu avais dit que la blonde venait d'une bouteille, siffla Gina en guise d'accusation, fermant la porte de son bureau avant même que Candy n'ait eu le temps de s'asseoir.

Ce que Candy prit tout son temps à faire. Et encore plus à répondre, s'assurant que les plis de son pantalon en lin crème s'alignaient parfaitement au milieu de son genou, ses ongles bleu royal assortis à son chemisier en soie. — C'est le cas.

Gina essaya de compter jusqu'à dix avant de répondre.

Malheureusement, elle n'arriva qu'à trois. — Alors pourquoi diable as-tu engagé Froggy de tous les gens pour travailler ici ?

Candy croisa une jambe sur l'autre et haussa les épaules avec un détachement que Gina avait envie de lui faire ravaler. — Parce qu'il était le seul disponible.

— Il n'est même pas un thérapeute agréé, dit Gina en désignant le gars qui sortait du couloir menant aux salles de massage pour entrer dans la zone d'accueil.

Bon sang, il était beau dans le polo pêche que portaient tous les thérapeutes. Bien qu'il épousait son corps d'une manière différente de celle des filles.

Elle allait devoir repenser l'uniforme masculin.

Non, elle allait devoir repenser la question masculine tout court. Elle n'avait pas voulu que des hommes envahissent son espace — à moins qu'ils ne soient des clients — et surtout pas *ce* gars-là.

Candy recroisa ses jambes, ses talons aiguilles en cristal — que seule Candy pouvait porter — scintillant sous la lumière du plafonnier. — C'est vrai. Mais il est inscrit à des cours et, par conséquent, nous n'avons pas à le payer. Il obtient des crédits de cours à la place. Tout le monde y gagne.

— Depuis combien de temps est-il inscrit ?

La première fissure apparut dans la façade de Candy. — L'école n'a pas voulu me le dire.

— Et comment a-t-il appris que nous avions besoin d'un thérapeute ?

— Quelque chose à propos de la note que j'ai envoyée à la chambre de commerce.

— Et il n'y avait vraiment personne d'autre que tu aurais pu engager ?

La façade s'effondra et le regard perçant de Candy se braqua sur elle comme un laser. — Gina, j'ai mis des annonces sur tous les sites web. Personne à part Darien n'a ne serait-ce qu'*appelé* et nous avons besoin d'un *peu* de temps pour former qui que ce soit avant que Sophie et sa sœur n'amènent leur entourage. Veux-tu vraiment que je le renvoie parce que tu n'aimes pas les *cadeaux* qu'il t'envoie ?

— Non, bien sûr que non. Si, elle le voulait. Darien Foster était une épine dans son pied. Il l'avait humiliée à l'école. Il n'aurait pas pu être plus bruyant dans ce coassement juste au moment où tout le monde s'était tu. « Grand Tetons, G.T., Gina Taormina. Ils t'ont bien nommée, Gros Nichons. »

Bon Dieu, quelle humiliation. *Gros Nichons* était resté jusqu'à ce que son cousin, Bryan, ait battu Darien et trois autres gamins et ait été collé pendant une semaine, toutes choses qu'elle ne pardonnerait jamais à Darien. Pourtant, maintenant il travaillait pour elle.

— Au moins, nous n'avons pas à le payer. Il y avait une certaine justice poétique à ce qu'il travaille gratuitement pour elle. Bon sang, il devrait le faire pour le reste de sa vie pour la rembourser des conséquences sociales de sa raille-rie. Le pauvre M. Nester n'avait plus jamais pu la regarder après ça. Elle avait obtenu un A dans cette classe parce qu'elle était sûre qu'il avait pensé que la façon la plus simple de sortir de cette situation était de lui donner la meilleure note possible.

Elle s'en fichait ; elle voulait juste finir l'école et passer à autre chose. Loin de *lui*.

Pourtant, avec son retour ici, elle était revenue à la case départ.

Elle jeta un coup d'œil par la fenêtre à côté de la porte de son bureau. Il était là, penché pour tirer un gobelet en papier de la manche attachée au refroidisseur d'eau.

Pourquoi fallait-il que ce type soit un parfait connard ?

Peut-être parce qu'il en a un parfait ?

— Si ce n'était pas pour la sœur de Sophie Cavanaugh...

— Nous n'aurions pas besoin de plus de massothérapeutes. Tu ne peux pas avoir le beurre et l'argent du beurre, Geen.

Ce qui, quand il se redressa, pencha la tête en arrière et versa l'eau dans sa gorge, fit surgir des images de léchage de glaçage de gâteau sur les cordes de son cou épais, et bien... Merde. Ce mois allait être sacrément long.

Il pouvait sentir son regard à quinze mètres de distance.

Bien.

Dare pencha la tête en arrière et vida la dernière goutte du gobelet en plastique. Qu'elle prenne tout son temps pour regarder. D'habitude, il gagnait quelques centaines de dollars par nuit grâce aux regards des femmes, mais si Gina Taormina voulait regarder gratuitement, il n'allait pas s'en plaindre.

Il sourit à la coiffeuse quand elle lui fit signe depuis son poste. Ses cheveux violets étaient mignons. Ça correspondait à sa personnalité d'après la demi-douzaine de phrases qu'ils avaient échangées à son arrivée, mais elle ne l'intéressait pas. Pas elle en tout cas.

Il se redressa quand la porte du bureau de Gina s'ouvrit.

— Alors, combien de massages exactement as-tu donnés ? demanda Candy — oui, c'était vraiment son nom ; il avait vérifié — en plissant ses yeux bleu électrique vers lui comme s'il était un criminel quand elle sortit.

— Je ne savais pas que je devais les compter. Et puis, ceux-là avaient été donnés *bien* avant lundi soir quand il avait lu la note de Gina — c'était avant mardi quand il s'était inscrit aux cours de massothérapie.

— Donne-moi un ordre d'idée.

— Plus d'un, moins de mille ? Il afficha son sourire le plus charmeur et posa une main sur sa hanche. Les femmes avaient tendance à oublier les questions difficiles quand elles étaient distraites par son corps.

Candy, cependant, malgré son look et son nom stéréotypés de blonde pulpeuse, ne tomba pas dans le panneau. Elle se contenta d'arquer un sourcil. — Tu as intérêt à savoir ce que tu fais, sinon c'est mon cul qui est en jeu.

Autrefois, il aurait déjà maté son cul. Mais le sien ne l'intéressait pas. Celui de personne ne l'intéressait. Sauf celui de Gina.

Il n'avait pas réussi à sortir Gina de sa tête depuis la réunion. Il avait eu un gros béguin pour elle à l'école et pensait à elle chaque fois que quelqu'un mentionnait cette époque. En fait, il pensait à elle même si personne ne mentionnait l'école, mais quand l'école était évoquée, ses souvenirs étaient teintés de regret pour le cauchemar social qu'il lui avait fait vivre. Il avait été stupide et irréfléchi, pas méchant, bien qu'il comprenne pourquoi elle ne l'aimait pas à l'époque. Mais ils avaient quitté le lycée depuis quinze ans et ils avaient tous les deux grandi. Elle pouvait au moins reconnaître qu'il essayait de se racheter. Après tout, c'était elle qui lui avait envoyé la note à propos du travail.

— Ton cul ira très bien, dit Dare en secouant la tête. Désolé, c'est sorti tout seul. Mais ne t'inquiète pas, je sais ce que je fais.

— Ce n'est pas toi qui m'inquiète, marmonna Candy en retournant au bureau d'accueil.

Ça, c'était une remarque intéressante, et il aurait bien voulu creuser le sujet si Gina n'était pas sortie de son bureau à ce moment-là.

— Euh, salut, dit-elle en grimaçant avant de soupirer. Tu pourrais venir me voir un moment ?

La première fois qu'elle voulait lui parler... Pensait-elle vraiment qu'il dirait non ? Il essayait de lui parler depuis quatre mois. C'était le but de tous ces paniers.

— Bien sûr, dit-il en froissant son gobelet avant de le lancer dans la poubelle.

Il se dirigea vers son bureau, remarquant comment elle reculait pour éviter de s'approcher de lui quand elle s'écarta de la porte pour le laisser entrer. Bon sang, il lui avait vraiment fait un sale coup dans le cours de Nester. Il devait s'excuser pour ça — encore une fois, en tant qu'adulte — mais il avait le sentiment que ce n'était pas de ça qu'elle voulait lui parler. — Qu'est-ce qui se passe ?

— Je veux savoir ce que tu fais ici.

— Euh... je donne des massages ? Il essaya de garder le sarcasme hors de sa voix — ça n'aiderait pas — mais il ne savait pas où cette question allait le mener. Pensait-elle qu'il était là pour contourner les paniers ?

Ce qui serait la vérité, mais quand même... ce serait plutôt nul, non ? Il était en école de massothérapie ; il voulait le stage. Enfin, pour autant qu'elle sache. Ce qui n'expliquait pas pourquoi elle avait envoyé un mot pour lui demander s'il connaissait quelqu'un qui serait intéressé pour travailler ici, mais il n'allait pas cracher dans la soupe.

Wow, ça ne sonnait pas bien.

— Sérieusement ? De tous les boulots du monde, tu te retrouves à faire exactement celui dont j'ai besoin ? Et, après tous les paniers que tu m'as envoyés et que j'ai retournés, tu crois vraiment que je crois aux coïncidences ?

— Peut-être que les paniers étaient ma façon de t'amener à m'embaucher ? Ouais, ça pouvait marcher. Il avait l'excuse parfaite ; il savait qu'elle était en colère contre lui à cause de l'école, alors il avait essayé de l'amadouer pour qu'elle l'embauche. — Je veux dire, après tout, tu m'as envoyé ce...

— Attends une minute. Mettons les choses au clair tout de suite. Je ne t'ai pas embauché. C'est Candy qui l'a fait.

— C'est ton associée ?

Gina croisa les bras sous sa poitrine — et il essaya vraiment de ne pas regarder. — Je n'ai pas d'associée. C'est *mon* entreprise.

D'aaacccooorrrdd...

— Eh bien, euh, d'accord, mais si Candy m'a embauché et qu'elle travaille pour toi, alors, techniquement, tu m'*as* embauché, non ? Et il y avait cette note. Mais il avait le sentiment que lui rappeler ça ne passerait pas bien en ce moment. À la place, il leva son sourcil gauche et sourit de toutes ses dents pour que sa fossette apparaisse. Les femmes ne pouvaient jamais résister à sa fossette quand il essayait d'être charmant.

— Tu es incroyable.

Dit sur un autre ton, Dare aurait souri, mais étant donné que c'était Gina qui le disait avec tant de mépris... Il avait encore tout gâché.

— Sérieusement, ça ne va pas marcher. Je ne peux pas te laisser être aussi... aussi...

Quoi ? Charmant ? Attirant ? Sexy ? Canon ? Qu'est-ce qu'elle pensait exactement qu'il était ?

— ...insolent avec les clients.

— Insolent ? Moi ? En voilà un mot. Et pas un qui l'avait jamais décrit. Il était le boute-en-train. Toujours en train d'essayer de faire sourire tout le monde. D'égayer leur journée. D'où le problème dans le cours de Nester. Tout le monde sauf Gina — et M. Nester — avait été mort de rire.

— Oui, toi. Je suis sérieuse. Je ne peux pas me permettre que tu offenses des clients.

Offenser ? C'était *lui* qui était offensé. Certes, il avait été un gamin stupide quand il l'avait insultée, mais il n'était plus un gamin. Il savait être professionnel. — Je ne suis plus ce type-là, Gina.

Elle leva un sourcil. Si le sien était aussi sexy sur lui que le sien l'était sur elle, il comprenait pourquoi les femmes tombaient à ses pieds.

Mais Gina était loin de tomber. Le pousser, peut-être. Du haut d'une falaise si elle en avait l'occasion, à en juger par son regard.

— Sérieusement, Gina, je te jure que je ne vais pas insulter tes clients. Après tout, tes clients sont mes clients, non ? Il fit apparaître sa fossette par habitude.

Elle se contenta d'arquer l'autre sourcil. — Écoute, Gre... euh, Darien. Tu as droit à un seul essai. Une seule plainte, et tu dégages. C'est clair ?

Ouais, c'était clair. Il hocha la tête.

Et ce surnom... Il aurait dû s'y attendre, mais quand même. C'était déjà assez pénible que ses potes continuent à le charrier avec ça, il détestait entendre ce nom sortir de sa bouche.

Il regarda sa bouche.

Elle le vit faire, aussi. Il le sut parce que ses lèvres s'entrouvrirent. Juste un peu. Et sa langue apparut un instant — avant que ses lèvres ne se referment brusquement, se pinçant jusqu'à presque disparaître.

Bon sang. Peut-être que ce n'était pas une si bonne idée. Il avait le béguin pour elle et elle n'avait visiblement rien qui s'en approchait pour lui. Ça ne pouvait pas bien finir.

Chapitre Trois

— J'ai entendu dire que tu travailles pour ma cousine.

Bryan Lassiter avait dit ça d'un air détaché en rangeant la dernière serviette dans le placard, mais Dare connaissait le gars depuis assez longtemps pour savoir que tout ce qui concernait Gina n'était jamais anodin.

— Je viens juste de commencer.

— Quoi ? demanda Markus en entrant dans le vestiaire, enlevant son sweat-shirt par-dessus sa tête. Tu ne gagnes pas assez de pourboires ici ? Tu devrais peut-être faire ce déhanché comme Samps là-bas. Ça lui rapporte quelques billets de plus à chaque fois.

Il donna une claque sur les fesses de Dare avec sa chemise en passant devant lui pour aller à son casier.

— Tout le monde est expert, dit Dare en enlevant le polo qu'il portait au spa et en enroulant autour de ses épaules et de sa poitrine le cordon de cuir qu'il portait sur scène, qui n'était que légèrement plus petit que son string.

Il tira *celui-ci* de son sac de sport, enleva son short et enfila le deuxième — et dernier — vêtement qui restait sur lui pendant toute sa performance.

— Depuis quand veux-tu être masseur ? demanda Bryan en s'appuyant contre le placard, les bras croisés. Je croyais que tu faisais ce boulot en attendant de trouver la propriété parfaite et de pouvoir redevenir un magnat de l'immobilier.

Dare n'allait pas échapper à cet interrogatoire de sitôt.

— Eh bien, ça ne s'est pas encore produit, et j'ai mes journées libres en attendant. Et c'est *masseur* ; masseuse, c'est pour les femmes. Bien que, en fait, de nos jours, on dise thérapeute en massage. Ce qui est un aussi bon boulot qu'un autre en attendant que j'aie fini ici.

Ouais, cette histoire de danse n'était pas son but final. Lui et son partenaire, Bill, avaient eu un immeuble jusqu'à ce que Bill perde sa bataille contre le cancer. Comme la veuve de Bill avait deux filles à charge, elle n'avait pas été intéressée à poursuivre le partenariat, alors il avait vendu l'endroit et était rentré chez lui, prévoyant de prendre un nouveau partenaire cette fois : son père. La retraite n'était pas ce qu'il y avait de mieux pour Pop. Mais d'abord, il avait besoin de la bonne propriété.

— Tu prends ta retraite bientôt ? Bryan arqua un sourcil. Tu as l'intention de m'en parler ou tu comptais lâcher cette bombe juste après qu'on ait finalisé l'achat du nouvel emplacement ?

Dare soupira. *Ah, les complications que nous tissons quand nous pratiquons la tromperie.* Ou quelque chose comme ça. — C'est encore loin, Bry. Ne t'inquiète pas. Je serai toujours dans les parages.

Le regard de Bryan le transperça. — Hum hum. Il se redressa et enfonça ses mains dans ses poches arrière. — Ne fais rien que je ne ferais pas. Et comme Gina est ma cousine...

Ouais, ça serait mal. Dare avait bien reçu le message.

— Ce n'est qu'un boulot, Bry. Il se retourna et attrapa dans son casier le pantalon de pompier qui complétait son costume, puis se pencha pour l'enfiler.

— Celui-ci aussi. Ne me donne pas une raison de te virer.

— Je ne le ferai pas. Il se releva alors que Bryan partait et se cogna la tête contre la porte supérieure du casier. Merde. Il n'avait pas vraiment réfléchi à cette partie de son plan. Son objectif principal avait été d'amener Gina à lui parler. Le boulot chez elle était la cerise sur le gâteau.

Si il ne gâchait pas tout.

— Très bien, très bien, très bien ! Jace, imitant de son mieux Matthew McConaughey, entra en courant dans le vestiaire depuis la scène, se frottant les mains. Les dames sont chaudes ce soir.

Il était encore assez nouveau pour apprécier l'attention. Ça durerait encore quelques semaines et puis ce serait un boulot, comme pour tous les autres. Les cris étaient assez grisant au début, mais ensuite l'attention devenait routinière. Certes, être l'objet des fantasmes des femmes n'était pas un boulot difficile, mais Dare était sérieux quant à son désir d'arrêter la danse et de retourner dans l'immobilier. Et, avec un peu de chance, fonder une famille. Dans cet ordre. Ce ne serait pas une bonne conversation pour l'association des parents d'élèves si son enfant allait raconter à tout le monde que son père se déshabillait pour des femmes dans son travail.

Puis il avait revu Gina... Maintenant, les deux plus grands désirs de sa jeunesse étaient sur une trajectoire de convergence — s'il pouvait l'amener à au moins lui *parler*.

Il ne comprenait pas ; pourquoi lui avait-elle demandé s'il connaissait un masseur disponible si elle ne voulait pas de son aide ? Certes, elle ne s'attendait peut-être pas à ce que *lui* se présente pour travailler, mais quand même, elle avait demandé.

— Qu'en dis-tu, Dare ? Tu vas allumer quelques feux là-bas pour avoir le plaisir de les éteindre ? Jace fit tournoyer ses chaps au-dessus de sa tête. Les dames adorent un homme en uniforme.

— Tu veux dire *sans* uniforme. Markus lança sa serviette sur la tête de Jace. Mais tu sais qu'il est interdit de fraterniser avec les clientes.

— Comment les patrons peuvent-ils s'attendre à ce qu'on respecte cette règle alors qu'eux ne le font pas ?

Cette fois, tous les autres gars lui lancèrent leurs serviettes. — Parce qu'ils signent nos chèques de paie, alors on obéit. N'est-ce pas, Dare ? Markus avait dit la dernière partie assez bas pour que seul lui l'entende, mais Dare comprit parfaitement l'avertissement dans la voix de Markus.

Merde. Il n'avait pas vraiment pensé aux implications pour son travail de son engouement. Bien sûr, Bryan et lui avaient eu une discussion sur "l'incident des seins" quand Dare avait postulé pour travailler ici il y a des mois, mais il s'était excusé — tout comme Bryan s'était excusé de l'avoir tabassé à l'école — et ça avait été tout.

Les enjeux pourraient être un peu plus élevés maintenant, cependant, puisque Dare voulait apprendre à connaître Gina tout entière, pas seulement ses seins.

Il s'assit rapidement sur le banc devant son casier. Ce fichu string ne lui permettait pas de cacher quoi que ce soit, ce qui, normalement, ne le dérangeait pas, mais après cette discussion avec Bryan, et lui étant dans la pièce d'à côté... ouais, pas l'idéal.

Dare attrapa une bouteille d'eau et la renversa sur lui pour refroidir suffisamment les choses au sud pour ne pas être la risée du vestiaire. Son numéro allait bientôt commencer, alors il devait se reprendre en main — euh, se ressaisir.

Il attrapa sa lance à incendie — celle qu'il utilisait dans son numéro — la *fausse* — et se dirigea vers la scène.

— Bon sang, Candy, je veux partir. Gina se leva quand le dernier danseur quitta la scène. Elle n'allait *pas* rester là pour le numéro de Froggy, surtout pas au premier rang.

Les "assieds-toi !" des femmes derrière sa table la firent se rasseoir.

— Elles ne vont pas te laisser partir. Candy inclina la tête vers les femmes.

— Tu as fait ça exprès.

Candy leva les sourcils. — Moi ? Comme si j'avais assez d'influence pour avoir des places au premier rang ? Tu as fait ça toute seule, Mademoiselle Mon-Cousin-Est-Le-Propriétaire.

— Je savais que je n'aurais pas dû te laisser me convaincre de venir.

— Oh, je t'en prie. Comme si c'était une corvée. Candy mit la cerise au marasquin de son cocktail dans sa bouche. D'ailleurs, on ne sait jamais quel genre de conversation peut surgir lors d'un événement nuptial. Elles pourraient justement chercher des recommandations pour l'enterrement de vie de jeune fille.

— Je pourrais les renvoyer à BeefCake, Inc. sans avoir à revoir les danseurs.

— Ouais, mais où est le plaisir là-dedans ? Candy recracha une tige de cerise parfaitement nouée. Le physique *et* le talent ; pas étonnant que les hommes lui courent après. — D'ailleurs, tu as dit que tu devais parler à Gage de toute façon, et c'*est* sur le chemin du retour. Et on a besoin de dîner. Elle poussa le bord de l'assiette avec leurs quesadillas au poulet vers elle. — On fait d'une pierre plusieurs coups.

— Je connais un coup que j'aimerais faire... marmonna Gina entre ses dents en attrapant la dernière petite part de tortilla au fromage. Son plan avait été de déposer le dernier chèque qu'elle devait à Gage pour le meuble qu'il avait fabriqué pour le spa, de "mentionner" que Darien travaillait pour elle, puis de filer avant de tomber sur l'homme lui-même.

Mais Candy avait insisté pour entrer, puis avait sous-entendu — pas très subtilement — qu'elle avait faim, et la minute d'après, Gina s'était retrouvée avec Bryan qui leur avait donné la "meilleure" table de la maison et elle allait devoir regarder Froggy sous un angle qu'elle n'avait jamais voulu avoir avec lui.

Elle finit la quesadilla et s'essuya les mains avec la serviette. — Allez, Cand, sortons d'ici.

Candy la regarda, ses lèvres naturellement pulpeuses se tordant. — D'accord. Très bien. Tu as gagné. Une soirée de vieille fille rangée, c'est parti. Laisse-moi prendre mon sac. Candy se pencha pour attraper son sac par terre et... — Oh, non.

Elle leva son sac.

Son sac vide.

— J'ai fait tomber toutes mes affaires.

Ouais, c'est ça. Mon œil.

— Je te jure, Candy...

— Oh, non. Tu n'as pas besoin de m'aider, Geen. Attends une seconde pendant que je ramasse tout.

Et sur ce, Candy disparut sous la table.

Et prit tout son temps pour son "ramassage".

Suffisamment longtemps pour que la musique commence pour le numéro suivant.

— Tu as fait ça exprès ! siffla Gina quand Candy se laissa retomber sur sa chaise, pas un cheveu déplacé.

— Oui, parce que j'adore que mon maquillage et mon portefeuille soient par terre dans un club de strip-tease. Sérieusement, Geen, tout ne tourne pas autour de toi, tu sais.

Dans ce cas, si. Candy avait ses propres raisons de vouloir que Gina soit ici — quelles qu'elles soient — et Gina avait les siennes de ne *pas* vouloir y être. Malheureusement, la foule de femmes en chaleur derrière elles était plus efficace que des boissons gratuites pour la maintenir sur son siège.

Mais... peut-être *pas* aussi efficace que le mec sexy et brûlant qui dansait sur la scène.

— Doux Jésus Marie Joseph... L'étonnement de Candy était réel.

Froggy avait bien grandi.

Et, bon sang, comme il bougeait.

Non — pas *bougeait*. Il... se pavanait. Non, il ondulait. Non... il faisait quelque chose sur cette scène qui *devait* être illégal dans plus d'un État.

Bon sang, cet homme pouvait imiter l'acte sexuel d'un seul mouvement de hanches.

Et il faisait beaucoup de mouvements.

Elle devait sortir d'ici. Maintenant.

Gina glissa de sa chaise. Si elle restait assez basse, les femmes la laisseraient passer, non ? Elle ne gênerait pas leur vue...

Elle jeta un coup d'œil à la scène. Doux Jésus, quelle vue.

— Où crois-tu aller ? Candy réussit à attraper le bras de Gina et à poser la question à son oreille sans détacher ses yeux de la scène. — Tu vois ce que tu vas rater ?

Oh que oui, elle voyait. Et ne voulait pas voir.

— Allez, Geen. Tu n'es pas morte. Oublie juste qui il est et profite du spectacle. Je veux dire, mon Dieu, qui ne profiterait pas de ça ? Candy s'éventa avec la serviette du cocktail — tout en resserrant sa prise sur le bras de Gina.

À moins de faire une scène, Gina n'avait pas d'autre option.

Elle se glissa de nouveau sur sa chaise.

— Sage décision. Candy lâcha son bras. — Maintenant, reste assise là et comporte-toi comme une gentille fille.

Elle ne se sentait définitivement pas comme une gentille fille en regardant Darien là-haut.

C'était mal. C'était presque... voyeuriste, de le regarder bouger comme ça...

Oh. Mon. Dieu. Ses hanches étaient folles.

Ses abdos aussi.

Ses fesses n'étaient pas mal non plus.

À qui voulait-elle faire croire ? C'étaient les plus belles fesses qu'elle ait jamais vues, point final.

Et puis il arracha son pantalon à bretelles.

Un string.

Darien Foster portait un string.

Sur scène.

Devant elle — non, *au-dessus* d'elle.

Oh mon Dieu, elle devrait détourner le regard.

Comment allait-elle lui faire face au travail ?

Comment allait-elle détourner le regard ?

Elle tâtonna pour attraper son cocktail fruité et porta la minuscule paille à sa bouche.

Elle n'en tira que deux gouttes de liquide.

Au diable ça. Gina jeta la paille de côté et avala tout le verre d'un trait.

— C'était le mien, murmura Candy.

Gina s'en fichait. Sa bouche était tellement sèche qu'elle aurait besoin d'un pichet de ces trucs pour y remettre un peu d'humidité.

Ses cuisses en revanche...

Elle se tortilla. Non, elle n'allait pas penser à ses cuisses.

Ni aux siennes.

Ni à la façon dont elles bougeaient.

Ni à ce qui se trouvait entre elles...

Elle avala l'autre verre sur la table. C'était Candy qui avait insisté pour qu'elles restent pour le premier numéro, alors elle pouvait bien supporter de ne pas avoir de boisson.

— Tu vois ce que je vois ? Il y avait de l'émerveillement dans la question de Candy et Gina savait que c'était sincère. Il n'y avait pas grand-chose dans ce monde qui pouvait mettre ce ton dans la voix de son amie blasée, mais, une fois de plus, Darien Foster faisait l'inattendu.

— Non. Je ne vois rien. Parce que je détourne le regard.

Et elle le fit.

Enfin, avec un rapide coup d'œil du coin de l'œil pendant qu'il travaillait sur cette barre de pompier...

— Eh bien, zut, si tu ne le veux pas, je vais le draguer. Je ne pense pas avoir jamais vu un mec capable de faire... Candy avala sa salive et tira le verre des mains de Gina pour boire les dernières gouttes — *ça*.

Ouais, *ça* était plutôt incroyable. S'il pouvait faire ce mouvement avec une femme...

Bon sang. Ce n'était vraiment pas juste.

Gina tourna la tête cette fois. Elle n'allait *pas* regarder plus de ça. Elle devait travailler avec ce type, pour l'amour du ciel. Elle ne devrait pas le voir avec moins que ses sous-vêtements.

Malheureusement, ne pas regarder n'effaçait pas l'image de son esprit. Darien dans ce string n'était pas quelque chose qu'elle pouvait *dévoir*.

Et, à vrai dire, elle ne le voulait pas vraiment. Elle n'aimait peut-être pas le gars, mais elle était aussi femme que n'importe laquelle de ces femmes hurlantes — attendez, cette femme allait-elle *vraiment* jeter sa *culotte* sur scène ? — et Darien était définitivement quelque chose à regarder.

— Euh, Geen ?

Ce ton dans la voix de Candy n'augurait rien de bon.

Gina tourna légèrement la tête.

Candy fit un signe vers la scène. — Euh, tu devrais peut-être te retourner.

— Non, je ne pense pas. De cela, Gina était sûre.

— Hum, non, vraiment. Tu devrais te retourner.

— Non, je suis absolument certaine que je ne veux pas.

— Si, tu devrais. Candy avait une expression étrange sur le visage. — Tu ferais mieux.

Avec un sentiment de malaise, Gina se retourna lentement vers la scène.

Darien était à genoux — les genoux *écartés* — une rose dans la bouche, les deux mains tendues.

Vers elle.

Et son bassin suivait le rythme de la musique.

Merde merde merde merde.

Puis il recourba ses doigts en rythme avec la musique, comme s'il l'invitait à monter sur scène avec lui.

Quand l'enfer gèlera, peut-être.

Elle secoua la tête et s'assit aussi loin que possible dans sa chaise.

Ce qui n'était pas très loin.

Darien glissa plus près du bord de la scène.

Gina recula sa chaise.

Darien avança ses genoux, *hors* de la scène.

Que faisait-il ?

Gina recula encore sa chaise, poussant sur la table.

Ce qui la rapprocha de la scène.

Darien glissa sur la table.

Était-il sérieux ?

Et puis les femmes derrière Gina poussèrent sa chaise *vers* la table.

Oh. Mon. Dieu.

Le sourire narquois de Darien s'élargit au-dessus de la tige de la rose.

Son bassin suivait le rythme plus haut aussi.

Il étira ses bras au-dessus de sa tête, rendant ses abdominaux déjà tendus encore plus serrés. Gina essaya de se concentrer sur ceux-ci parce que ce que son bassin faisait *juste là* devant elle, eh bien… Elle ne voulait pas regarder ça.

C'était *Froggy* après tout.

Il retira le casque de pompier de sa tête et le jeta sur la scène. Puis il secoua ses cheveux châtains mi-longs dans lesquels une fille aimerait plonger ses doigts, quelques gouttes de sueur tombant sur elle.

Normalement, cela l'aurait dégoûtée, mais...

Il retira la rose d'entre ses dents, faisant légèrement onduler ses épaules au rythme de la musique.

Doux Jésus.

Ses lèvres bougèrent. Gina le vit mais ne put entendre ce qu'il avait dit parce qu'il y avait un bruit de cris démesuré autour d'elle —

Oh. C'est vrai. Elle était dans le club avec lui. Et des dizaines de femmes. Faisant l'objet d'un spectacle —

Gina recula sa chaise. Elle n'avait pas travaillé dur pour construire son entreprise pour se laisser devenir quelqu'un dont les gens parleraient. Tout le monde savait qu'elle et Darien — euh, Froggy — avaient un passé pourri. Quand le bruit courra sur la façon dont il se comportait et comment elle était assise là, aussi captivée que toutes les autres femmes dans cet endroit —

Non. Elle n'allait pas être juste une autre femme haletant après lui.

Ouais, mais, bon sang, femme, il est canon.

Ça suffisait. Gina poussa plus fort, forçant Darien à la laisser partir ou risquer de tomber la tête la première sur ses genoux.

Voilà une image.

Elle secoua la tête.

— Tu es folle ou quoi, ma fille ? quelqu'un derrière elle lui cria dans l'oreille. — Retourne là-bas et profites-en pour nous toutes, tu veux ?

Non. Pas question. Elle en avait assez d'être l'objet des blagues de Darien. Depuis la réunion, il avait recommencé à l'embêter. Elle ne savait pas ce qui lui prenait, mais elle n'allait pas être humiliée publiquement par lui à nouveau.

— Il est tout à vous. Elle se leva de sa chaise d'un mouvement circulaire et fit un geste de la main vers celle-ci. — Je vous en prie.

Elle attrapa son sac à main, puis se fraya un chemin à travers les chaises et les tables, ignorant ce qu'elle pensait être la voix de Candy. Candy pouvait rester et profiter de Darien en train d'exciter quelqu'un d'autre. Au moins cette femme ferait *partie* du spectacle et n'en *serait* pas le spectacle comme il l'avait fait être. Qu'était-ce, une sorte de vengeance pour l'avoir fait aller chez le proviseur ? Elle aurait pensé qu'il serait passé à autre chose maintenant. Surtout que c'était *elle* qui avait été humiliée.

— Geen, ça va ? Bryan l'attrapa par le bras alors qu'elle passait presque en courant devant le bar.

— Euh, ouais, ça va. C'était juste trop, euh, chaud — je veux dire, bondé et étouffant là-bas. J'ai besoin d'air.

Heureusement, Bryan ne la tenait pas trop fermement et elle put se libérer et courir vers la porte.

L'air glacial de la nuit la frappa comme une rafale. Merde, elle avait laissé son manteau sur le dossier de cette chaise.

Encore un péché à mettre aux pieds de Darien Foster.

Pourtant, l'air froid lui faisait du bien. Elle n'avait pas menti à Bryan ; il faisait *vraiment* chaud et étouffant près de la scène. Certes, c'était l'atmosphère que recherchaient les danseurs, mais pas exactement ce qu'elle voulait quand Darien était juste devant elle.

Il avait dansé *pour* elle.

Pour elle.

Jésus, il était sexy.

Il le savait aussi.

Arrogant.

Narcissique.

Égocentrique.

Les mots ricochaient dans son cerveau, des images de lui à l'école, riant d'elle, souriant narquoisement même alors qu'ils marchaient vers le bureau de M. Dilworth.

Il avait trouvé ça drôle. Mais alors, ce n'était pas lui qui devait se promener avec le surnom de *Gros Nichons* au-dessus de la tête pour le reste du collège *et* du lycée. Bon sang, les gens en parlaient *encore*. Ils trouvaient ça drôle. Ils pensaient que son embarras devrait être passé puisque, tu sais, ils étaient des enfants.

Bien sûr, c'est comme ça que ça apparaissait aux autres, mais elle portait toujours les filles avec elle. Et puisqu'elle vivait toujours dans la même ville, il y avait de grandes chances que quiconque l'invitait à sortir ait entendu son surnom. Et avec ce surnom venaient certaines suppositions...

Elle en avait assez de devoir repousser les mains baladeuses. Ce n'était pas parce qu'une femme avait une forte poitrine qu'elle voulait que tout le monde y mette les mains. Elle aurait pu maîtriser un poulpe après tous les premiers rendez-vous qu'elle avait eus avec des hommes au fil des années. Et puis John était arrivé — et reparti — dans un désastre flamboyant. Il était nouveau en ville, alors elle avait fait une entorse à sa règle concernant les strip-teaseurs et l'avait laissé entrer. Et, pendant un moment, il avait été *ce* type — celui qu'elle espérait trouver et qui l'aimerait pour ce qu'elle était à l'intérieur.

Et c'est ce qu'il avait fait — l'intérieur de son compte en banque, en tout cas.

Le temps qu'elle s'en rende compte, ses économies et sa confiance en elle avaient été sérieusement entamées — tout comme le nez parfait de John (qu'elle avait payé), grâce à Bryan et quelques-uns de ses amis.

Il y avait une certaine satisfaction à cela, mais pourquoi personne ne pouvait-il la désirer au-delà du physique ? Ce ne serait certainement pas pour un quelconque avantage financier en ce moment, puisqu'elle avait rassemblé chaque centime pour monter son affaire et en faire un succès. Elle savait qu'il était possible de trouver quelqu'un. Bryan et quelques-uns de ses gars — des strip-teaseurs, qui l'eût cru — avaient réussi à trouver de gentilles femmes et à tomber amoureux. Tous les hommes n'étaient pas des porcs.

Mais il semblait que tous ceux qui s'intéressaient à elle l'étaient. Jusqu'à Froggy, le plus gros porc de tous.

Elle ricana à cette pensée, une grenouille qui était un porc. Mais oui, c'est ce qu'était Darien et rien ne changerait son opinion.

Pas même de le voir danser.

Chapitre Quatre

— Mais c'était quoi *ça* ? explosa Bryan en entrant dans les vestiaires, fonçant droit sur Dare. Qu'est-ce que tu as fait à ma cousine ?

— Fait ? Je n'ai rien *fait*. J'ai dansé. De près et de manière sensuelle comme on le fait toujours. Mais sans toucher. Comme d'habitude. Comment j'aurais pu savoir qu'elle était une p... Il s'interrompit. Pas une bonne idée de traiter la cousine du patron de prude. Euh, pudique ? Je veux dire, les femmes viennent ici pour profiter du spectacle, non ?

Bryan le fusilla du regard, mais Dare n'avait rien fait de mal. Bon sang, il espérait même avoir tout fait *correctement*, mais il ne s'attendait pas à ce qu'elle s'enfuie de l'endroit juste à cause d'une danse de table. Merde, il en faisait tout le temps. C'était sa signature.

— Eh bien, tu as dû faire quelque chose parce que Gina ne serait pas partie sans raison.

— Bryan, je te jure, je n'ai rien fait que je n'aie déjà fait d'autres fois. Peut-être qu'elle a reçu un appel téléphonique urgent. Une urgence ou quelque chose comme ça. Ou une aversion plus forte pour lui qu'il ne l'avait cru possible.

Ou...

Peut-être... c'était le contraire.

Peut-être qu'elle avait *trop* aimé ce qu'il faisait. Après tout, elle *était* venue ici. Personne ne l'avait traînée. Et elle savait qu'il allait danser ; c'était sur la liste des numéros affichée à l'entrée.

Dare s'efforça de ne pas sourire. Elle avait voulu le voir en action. Il commençait à l'atteindre. Ça *devait* être ça.

— Écoute, je lui parlerai au spa demain. Je suis sûr que ce n'est rien. Elle a dit quelque chose en partant ?

Bryan pencha la tête, plissant les yeux. — Rien. Elle a dit qu'elle allait bien. Qu'elle avait besoin d'air. Qu'il faisait étouffant ou quelque chose comme ça.

Ou quelque chose comme ça.

Aha. Gina s'était émoustillée à cause de lui.

Bien. Son plan avait fonctionné. Il voulait qu'elle pense à lui jusqu'à ce qu'elle ne puisse plus le sortir de sa tête. Tout comme elle était dans la sienne.

Il se retourna vers le casier et attrapa sa serviette. S'il enlevait son string maintenant, il se trahirait, alors il enroula la serviette autour de sa taille et prit le savon et le shampoing, respirant profondément pour calmer son entrejambe et ne pas sourire comme un idiot.

Il se retourna. — Je m'assurerai que tout va bien demain, Bryan. Pas d'inquiétude.

— Il vaut mieux. Le public t'aime bien, Foster, mais tout le monde est remplaçable.

Dare hocha la tête puis se dirigea vers les douches. Il avait besoin de se nettoyer et de rentrer chez lui – parce qu'il avait le sentiment que le sommeil ne viendrait pas facilement ce soir.

* * *

Gina n'arrivait pas à dormir. Trois verres de vin et son adrénaline était toujours en hausse.

Pourquoi avait-elle laissé Candy la convaincre d'aller au club ? Elle aurait tout aussi bien pu déposer le chèque chez Gage. Ou elle aurait pu partir après le premier danseur.

Peut-être parce que tu étais curieuse. Après tout, tu avais le béguin pour ce gars à l'école.

Ouais, *avant* l'incident des Grand Nichons. Ça avait tué tous les sentiments d'adolescente qu'elle avait pour lui sur-le-champ.

Hum hum. Le gars est toujours beau.

Ouais, eh bien, beau à l'extérieur ne veut pas dire beau à l'intérieur, et ce qu'il avait fait n'était pas si beau. Elle avait dû vivre avec les conséquences depuis.

Elle se leva du canapé et ramassa la bouteille de vin vide et le verre du plateau sur le pouf. Boire seule n'était pas bon signe.

Pas plus que le coup frappé à sa porte à – elle plissa les yeux vers l'horloge sur la cheminée – deux heures vingt-sept du matin.

Elle se traîna jusqu'à la porte – trois verres de vin n'étaient pas bons pour un mètre cinquante-sept – puis posa la bouteille et le verre sur la table du hall.
— Qui est-ce ?

— C'est moi. On peut parler ?

Moi ? Comme *Darien Foster* moi ? — Je ne veux pas te parler. Jamais.

Il rit doucement. — Ça va être difficile quand on travaille ensemble.

— Ça peut s'arranger. Candy la tuerait et elle pourrait dire adieu à l'enterrement de vie de jeune fille, mais ça en vaudrait la peine.

N'est-ce pas ?

— Tu ne vas pas me virer. Tu as besoin de moi.

Elle ouvrit brusquement la porte et le fusilla du regard. — Mettons les choses au clair, Foster. Je n'ai *pas* besoin de toi.

Bon sang, il était beau tout habillé.

Surtout quand tu sais à quoi il ressemble dés*habillé...*

Darien s'appuya d'un bras sur le chambranle de sa porte, puis inclina la tête juste assez pour lui lancer ce regard de chambre à coucher fumeux que les mannequins masculins faisaient dans les pages des magazines. Ses yeux noisette étaient parfaits pour ce regard. — Laisse-moi reformuler ça. Son menton se releva d'un cran pour que ces yeux de chambre à coucher la transpercent. — Ton entreprise a besoin de massothérapeutes et je suis le seul disponible dans les parages.

— C'est drôlement pratique, tu ne trouves pas ? Elle s'appuya contre le chambranle et croisa les bras.

Ses yeux glissèrent vers sa poitrine.

Merde.

Encore plus damnant, elle pouvait sentir ses mamelons durcir.

Pourquoi diable avait-elle changé son gros pull pour cette chemise de nuit ?

Parce qu'elle ne s'attendait pas à des visiteurs à deux heures du matin, et surtout pas à *ce* visiteur à deux heures du matin.

Il se reprit assez rapidement pour que, si elle n'était pas habituée à ce que les hommes jettent un coup d'œil à sa poitrine, elle ne l'aurait pas remarqué. Mais elle l'était et elle l'avait fait.

Le coin de sa bouche tressaillit. — Tu insinues que *je* suis responsable du fait que ton entreprise ait besoin d'embaucher un autre massothérapeute ? Parce que, si c'est le cas, je pense que tu devrais me remercier, pas menacer de me virer.

— Tu n'as rien à voir avec l'état de mon entreprise. J'ai travaillé d'arrache-pied pour construire ce spa et je suis la raison de l'afflux de clients. Pas toi. L'indignation vertueuse était un remède étonnant contre trois verres de vin et des tourmenteurs d'enfance suffisants.

— Tu as bu ?

— Ça ne te regarde pas.

— Eh bien, j'essaie juste de savoir si le feu dans tes yeux est à cause de moi ou de l'alcool.

Il arborait ce foutu sourire arrogant qu'elle détestait.

Ouais, hum hum. Tu détestes comme ça le rend encore plus sexy.

Elle détestait. Détestait que ça le rende plus sexy.

Attends – quoi ?

— Le chat a mangé ta langue ? Maintenant, il y avait une foutue fossette sur sa joue.

Elle le pointa du doigt dans la poitrine. — Écoute bien, Froggy. Personne n'a ma langue et personne ne l'aura.

— C'est un défi, Gina ?

Il l'avait dit si doucement que les mots ne s'étaient pas enregistrés jusqu'à ce que ses lèvres soient sur les siennes.

Et puis il avait *bien* eu sa langue.

Eh bien, voilà qui est vivre dangereusement...

Les lèvres de Darien se posèrent sur les siennes. Oui, c'était dangereux, mais d'une manière totalement délicieuse à laquelle elle avait trop longtemps songé il y a tant d'années.

Tout comme elle s'était demandé ce que ce serait d'enrouler ses bras autour de son cou et de le sentir contre elle—

L'imagination n'avait *rien* à voir avec la réalité.

Surtout quand ses mains glissèrent autour de sa taille, couvrant son dos, envoyant des frissons le long de sa colonne vertébrale.

Ses genoux devinrent flageolants. Son ventre se mit à papillonner.

Son souffle se fit court, entrecoupé de gémissements...

— Tu as *vraiment* aussi bon goût que tu en as l'air, gronda Darien contre le coin de sa bouche en traçant un chemin de baisers jusqu'au creux sous son oreille.

Son souffle chaud fit céder ses genoux. Dieu merci, il la pressait contre le montant de la porte, son corps mince et dur — une partie en particulier — la maintenant debout.

Euh, ma chérie ? Les choses dérapent.

Elle savait ce qu'elle aimerait avoir *en* main—

— Euh, Darien, non. La raison, enfin, perça à travers la baisse de ses défenses induite par le vin et elle démêla ses doigts de ses cheveux pour pousser sur ses épaules vraiment vraiment larges et fortes. Bon sang, elle ne voulait *pas* qu'il la touche. Jamais. — Lâche-moi.

— Pourquoi ?

Les mots firent frissonner la partie sensible de son oreille.

— Parce que... Elle dut lutter pour trouver pourquoi ce n'était pas une bonne idée. Après tout, ils étaient tous les deux adultes. Et célibataires.

Oui. Elle l'était. Célibataire. Parce que les hommes étaient des porcs. Celui-ci le plus gros de tous.

— Lâche-moi ! Elle poussa suffisamment fort pour qu'il la lâche, mais cela la délogea aussi de son appui contre la porte et elle tomba dans l'entrée.

Sur ses fesses.

Dieu, l'humiliation. C'était tout ce qu'elle semblait jamais ressentir autour de lui.

— Oh, mince, Gina. Tu vas bien ? Tiens. Laisse-moi t'aider à te relever. Froggy tendit une main (forte, musclée).

Elle ne toucherait pas ça même avec une perche de trois mètres, encore moins avec une partie de son corps.

Elle recula en rampant comme un crabe, essayant de se remettre sur ses pieds. — Non, non. Ça va.

Mais elle heurta alors la table du couloir, et la bouteille de vin et le verre tombèrent.

Bien sûr, ils se brisèrent sur le sol en ardoise de l'entrée.

— Ne bouge pas, Gina. Reste immobile. Froggy passa à l'action — ou était-ce qu'il *sautilla* ?

Elle aurait ri de ça, mais ses mots pénétrèrent. — Et où penses-tu que je vais aller ? Il y avait des éclats de verre tout autour d'elle ; elle n'était pas *idiote*, elle connaissait le potentiel de catastrophe.

Dommage que tu n'y aies pas pensé avant *de lui rendre son baiser.*

C'est ça. Comme si elle avait pu savoir qu'elle allait tomber et casser du verre. Sa conscience avait besoin d'aller se coucher.

Voilà une *idée.*

Seule.

Rabat-joie.

Bon sang, cette partie d'elle ne se souvenait-elle *pas* de ce que ce type lui avait fait subir ?

Je ne sais pas. Voyons exactement *de quoi il est capable.*

Son subconscient avait besoin d'une sérieuse remise à zéro de ce qu'étaient les hommes s'il était en manque d'une répétition.

— Où gardes-tu un balai ? Darien fit un pas de plus dans l'entrée, le verre craquant sous ses pieds.

— Tu n'as pas besoin de rester, Darien. Je peux gérer ça.

— Gina, même si tu n'avais pas bu, ce n'est toujours pas une bonne idée d'essayer de bouger avec tout ce verre autour de toi. Laisse-moi le dégager et ensuite tu pourras te relever.

— Je ne suis *pas* ivre. Et tu n'es pas mon patron.

— Tu n'as pas vraiment dit ça.

Pourquoi l'avait-elle fait ? Ça la faisait passer pour une enfant boudeuse — ou une femme de trente-trois ans qui avait trop bu et ne voulait pas que le mec de ses rêves d'adolescente (le même qui les avait aussi brisés) la voie à son plus bas.

Trop tard.

Elle soupira. — Bien. C'est dans le placard du garde-manger dans la cuisine. Juste là. Elle inclina la tête vers la droite.

— D'accord. Je reviens tout de suite. Ne bouge pas.

— N'avions-nous pas établi que je ne ferais pas ça ?

Il sourit à nouveau, la fossette apparaissant sur sa joue. — Bon sang, cette bouche va te causer des ennuis, femme.

C'était déjà le cas. Mais, sagement, elle resta fermée et ne laissa pas échapper ce petit détail.

Elle l'entendit dans la cuisine et fit un rapide inventaire mental. Elle avait vidé le lave-vaisselle et rangé les casseroles et les poêles. Rien dont elle devait avoir honte qu'il voie.

À part elle sur les fesses par terre...

Oh *bon sang* non. Elle n'allait pas rester assise là comme une ivrogne, incapable de prendre soin d'elle-même. Elle pouvait certainement réussir à se tenir debout dans sa propre maison sans faire plus de dégâts.

Elle écarta les éclats puis tira ses pieds sous elle. Heureusement, elle avait gardé ses chaussons ; les semelles en caoutchouc protégeraient ses pieds de tout morceau restant.

— Hé, je croyais t'avoir dit de ne pas bouger. Darien appuya le balai contre le mur et tendit la main vers elle.

— Ça va. Je peux le faire. Elle le chassa d'un geste et posa ses mains sur le sol pour se pousser—

Elle retint son souffle.

— Tu t'es mis un morceau de verre dans la main, n'est-ce pas ?

Elle jura dans sa barbe et se laissa retomber sur ses fesses.

Pendant environ une seconde. — Aïe ! Elle bondit sur ses pieds parce que le morceau de verre sur lequel elle s'était assise faisait plus mal que celui dans sa main.

Darien la souleva et se dirigea vers la cuisine. — Bon sang, femme. Peux-tu arrêter d'être aussi têtue pour ton propre bien ?

— Pose-moi ! Elle donna des coups de pied — et ses chaussons s'envolèrent.

— Pas question. Tu es un danger pour toi-même. Il resserra sa prise jusqu'à ce qu'ils arrivent dans la cuisine.

Il la posa sur ses pieds. Elle retint son souffle alors que ses fesses se contractaient autour de plus d'un morceau de verre.

Elle en retint un autre quand il s'agenouilla derrière elle et souleva sa chemise de nuit.

— Qu'est-ce que tu crois faire ? Elle essaya de repousser ses mains et de se couvrir.

— Gina, arrête. Je vais retirer le verre.

— Je peux très bien le faire toute seule, mercibeaucoup.

— Comme tu t'es *très bien* débrouillée toute seule pour te relever ? Il tira plus fort sur la chemise de nuit vers la droite. — Ne bouge pas et laisse-moi les enlever.

Gina voulait mourir de honte. Elle était appuyée contre son plan de travail, sa chemise de nuit relevée sur ses fesses, sa culotte minuscule ne laissant rien à l'imagination, et son ennemi juré était en train d'examiner de près une partie de son anatomie qu'elle n'avait jamais voulu que *quiconque* voie — et encore moins *lui* — tout en retirant des morceaux de verre de sa peau.

Il lui faudrait une autre bouteille de vin pour surmonter l'humiliation de cette soirée.

— Tu peux me passer une serviette en papier humide ? demanda-t-il. Tu saignes.

Ajoutons une troisième bouteille au compte.

Elle grimaça en se penchant sur la gauche pour attraper une feuille du rouleau, puis ouvrit le robinet.

Elle la lui tendit sans un mot. Car, franchement, que pouvait-elle dire ?

Elle souffrit en silence et se concentra sur l'extraction de l'éclat de sa main. Heureusement, il était silencieux aussi. C'était déjà assez pénible comme ça ; l'entendre se moquer d'elle aurait rendu la situation insupportable. Et, Dieu savait qu'elle en avait fait l'expérience de *première main*.

Il passa la serviette sur ses deux fesses, puis appuya dessus. — Je crois que je les ai tous enlevés, mais tu devrais maintenir la pression pour arrêter le saignement. Où ranges-tu ton alcool ?

— Dans le bar du salon.

Il ricana. — Pas celui-là, génie. L'alcool à 90°. Je veux mieux nettoyer ces coupures.

— Tu ne vas pas verser de l'alcool sur des plaies ouvertes.

— Tu veux finir avec une infection ? Il tapota ses fesses. Ici ?

Pas faux.

Elle soupira. — Dans la salle de bain, sous le lavabo.

— Je reviens tout de suite.

Elle sentit sa chaleur lorsqu'il se tint derrière elle tandis que sa main remplaçait la sienne, et l'image de ce à quoi cela devait ressembler se grava dans son esprit.

Surtout quand il ne bougea pas...

Il y avait quelque chose dans l'air. Une sorte de lourdeur, d'attente, mais ensuite elle l'entendit expirer alors qu'il pivotait et s'éloignait à grands pas.

Elle relâcha un souffle dont elle n'avait pas eu conscience de le retenir. Elle n'arrivait pas à se détendre avec ce type —

Oh, merde. Il était dans sa salle de bain et ses soutiens-gorge séchaient sur la tringle du rideau de douche. Les dentelles, parce qu'elle ne les mettait pas à la machine.

Putain de merde.

— Voilà. Il revint dans la cuisine.

Gina ne se retourna pas.

— J'ai aussi trouvé des pansements et de la pommade antibiotique.

Génial. Il avait fouillé là-dedans. Elle essayait de se rappeler ce qu'elle avait sous le lavabo.

Dieu merci, son vibromasseur était dans le tiroir du bas de sa table de chevet. Au moins, elle n'avait pas à subir l'humiliation qu'il trouve *ça*.

— Ça va un peu piquer. Darien s'agenouilla de nouveau derrière elle.

Elle utilisa la douleur de l'alcool comme excuse pour aspirer une bouffée d'air. Elle n'arrivait pas à chasser de son esprit l'image de lui derrière elle, avec ses fesses à moitié nues à quelques centimètres de son visage.

Et, *bien sûr*, son corps réagissait d'une manière qu'elle ne pouvait pas contrôler.

Pitié mon Dieu pitié mon Dieu pitié mon Dieu faites que Darien ne le remarque pas.

Ses doigts s'attardèrent sur sa peau après qu'il eut appliqué le deuxième pansement. — Il devrait... Il s'éclaircit la gorge. Il devrait en rester un.

— D'accord. Merde, sa voix tremblait.

Le bruit de l'emballage du pansement qu'on déchire semblait résonner dans toute la pièce. Le frôlement de ses doigts lorsqu'il le posa sur elle semblait plus prononcé, sa respiration plus forte.

La sienne... plus superficielle.

Le froissement du coton contre sa peau ressemblait à des cymbales qui s'entrechoquent lorsqu'il remit sa chemise de nuit en place.

— Et voilà. La voix de Darien lui semblait plus grave. C'est fini.

Il avait raison sur ce point.

Gina s'agrippa au comptoir et essaya de prendre une profonde inspiration sans en avoir l'air.

Elle pouvait encore sentir sa chaleur derrière elle.

Puis un frisson lorsqu'il s'éloigna.

— Je vais aller nettoyer l'entrée. Il ne bougea pas de derrière elle. Tu peux rester ici, s'il te plaît ?

— Absolument. Pour plus d'une raison.

Leurs regards se croisèrent dans le reflet de la fenêtre de la cuisine. Gina se jura de ne pas être la première à détourner les yeux — mais le moment devint trop chargé et elle dut le faire.

Elle ne leva pas les yeux lorsqu'il quitta la pièce.

Les jambes flageolantes, elle attrapa le dossier d'une chaise à la table et s'y affaissa.

Aïe ! Merde, elle ne pouvait pas s'asseoir !

Gina se traîna jusqu'au réfrigérateur. Elle ouvrit la porte, s'éventant le visage avec l'air frais.

Eh bien, *c'était* un beau gâchis. Il n'y avait aucun moyen qu'elle puisse l'affronter au travail demain. Bon sang, elle ne voulait même pas l'affronter *maintenant*.

— Où est ta poubelle ?

On dirait qu'elle n'avait pas le choix. Alors Gina plaqua un sourire sur son visage et se retourna. — À droite de l'évier.

Darien jeta les déchets, puis lui tendit le balai avant de prendre une poignée de serviettes en papier. — Je vais essuyer le merlot pour qu'il ne tache pas ton sol.

— Mer... Elle s'éclaircit la gorge. Merci.

Bien sûr, pourquoi elle le remerciait dépassait son entendement. S'il ne l'avait pas embrassée, rien de tout cela ne serait arrivé. C'était entièrement de sa faute en premier lieu.

Elle redressa les épaules. Oui. C'était entièrement de sa faute. Cela n'aurait jamais dû arriver. Et cela n'arriverait plus jamais. Elle s'en assurerait. Plus de situations compromettantes qui permettraient ne serait-ce que la *possibilité* que cela se reproduise.

Il devait partir. Maintenant.

Elle se dirigea vers la sortie de la cuisine. Plus vite elle le ferait sortir de son appartement, mieux ce serait.

Bien sûr, elle le percuta alors qu'il revenait.

Il lui saisit le bras. — Bon sang, femme. Es-tu capable de suivre ne serait-ce qu'une seule directive ?

Elle se dégagea. — Je peux me déplacer dans mon appartement sans ta permission, Foster.

Il passa une main dans ses cheveux. — Tu sais, un "merci" ne serait pas de trop ici.

— Merci ? *Merci* ? Pour quoi ? Pour avoir fait irruption ici tard dans la nuit et m'avoir mise sur le cul ?

Ce fichu sourire narquois apparut sur son visage. — Je t'ai renversée, hein ?

— Ne prends pas cet air suffisant. Je ne suis pas vraiment ravie que quelqu'un m'embrasse contre ma volonté.

— Contre ta volonté ? Il fit un pas en avant. Oh, c'est trop fort, Gina. Tu étais complètement avec moi. Il n'y avait rien de « contre ta volonté ».

Elle recula d'un pas. — Ne te flatte pas.

— Pas besoin. Je sais l'effet que je te fais.

Le regard qu'il lui lança indiquait qu'il ne parlait pas du baiser.

Elle ne put s'empêcher de rougir. — Je pense que tu devrais partir.

— Pourquoi ? Tu ne te fais pas confiance quand tu es avec moi ?

— Tu es vraiment quelque chose, toi, n'est-ce pas ?

— C'est ce qu'on me dit.

Gina refusa de mordre à l'hameçon. — Écoute, Foster, merci d'avoir nettoyé les dégâts que tu as causés — qui n'auraient pas eu besoin d'être nettoyés si tu n'étais pas venu. D'ailleurs, pourquoi es-tu venu ?

Il la regarda quelques secondes, puis passa à nouveau la main dans ses cheveux. Sa main s'attarda pour masser sa nuque. — Je, euh, je suis venu m'assurer que tu allais bien.

— Bien ? Pourquoi ?

— Eh bien, tu as quitté le club précipitamment et je voulais voir...

— J'ai quitté le club parce que je ne voulais pas faire partie de ton spectacle. Elle le pointa du doigt dans la poitrine. Je ne suis pas un accessoire que tu peux sortir pour provoquer une réaction quand tu veux.

— De quoi parles-tu ? Tu n'étais pas un accessoire.

— Vraiment ? Tu prétends que tu n'as pas délibérément agi comme... comme un...

— Comme quoi ? Un danseur exotique se produisant pour la foule ? J'ai une nouvelle pour toi, ma belle. Je fais cette même routine trois soirs par semaine et deux fois le week-end. Je ne t'ai pas choisie spécialement ; tu étais assise à la table sur laquelle je danse habituellement.

Oh, mon Dieu, que le sol l'engloutisse maintenant. C'était *elle* qui faisait toute une histoire de quelque chose qui n'en était pas une.

— Qui a une image gonflée d'elle-même maintenant ?

Gina détourna le regard de ses yeux rieurs. Il était beaucoup trop séduisant quand il la taquinait.

Bon sang, il était beaucoup trop séduisant, point final. Elle devait se rappeler que les hommes étaient des porcs. Même ceux nommés d'après un amphibien. — C'est inapproprié. Tu travailles pour moi.

— Tu es venue sur *mon* lieu de travail et tu me dis que *je* suis inapproprié ? Tu ne peux pas me dire que tu ne savais pas quel genre d'endroit c'était avant d'y arriver. Ou cela t'a échappé pendant les autres numéros avant le mien ? Il secoua la tête et fit un pas de plus. Je pense que tu as apprécié le spectacle et que tu ne veux pas l'admettre.

Elle le fusilla du regard. — Redescends sur terre, Foster.

— Prouve-moi le contraire. Il se pencha et articula très clairement, ses lèvres formant les mots...

Elle n'allait pas regarder ses lèvres. — Oh, tu aimerais ça, n'est-ce pas ? Aller raconter à tes amis que Gina Taormina n'a pas pu te résister.

— Tu ne peux pas ? Ça semble prometteur.

Sa voix était comme de la soie qui coulait sur elle et Gina dut réprimer un frisson face à la sensualité de son ton. — Je pense que tu ferais mieux de partir, Foster.

— J'ai une meilleure idée.

Oh, super !

Pas question. — Heureusement que je n'accorde aucune importance à tes idées.

Ses lèvres se pincèrent et il fit un pas en arrière (béni soit-il !). — D'accord. Très bien. Peu importe. Il est tard et nous sommes tous les deux fatigués. Il lui tendit une boule de serviettes en papier. Tiens.

Elle prit le tas mais ne bougea pas jusqu'à ce qu'il soit passé par la porte.

— À tout à l'heure au travail.

Le clin d'œil qu'il lui lança en se retournant la fit bondir les six pas à travers le vestibule et presque claquer la porte. Puis elle verrouilla le pêne dormant et mit la chaîne. Elle n'ouvrirait plus cette porte ce soir à moins qu'il n'y ait le feu.

Dare inspira une demi-douzaine de bouffées d'air froid pour se calmer. Il n'aurait pas dû venir. Pourquoi se torturer ? Qu'espérait-il accomplir ?

Eh bien, le baiser pour commencer. Il devait admettre que ça *avait* été dans un coin de sa tête. Et c'était mieux ici qu'au spa...

Bon sang. Comment était-il censé travailler avec elle et recevoir ses ordres maintenant qu'il savait quel goût elle avait ? Comment elle se sentait dans ses bras.

À quel point ses fesses étaient fermes, toniques et galbées.

Comment il savait qu'elle avait été excitée...

Ouais, ce dernier point était le pire. Elle n'avait pas été insensible à lui, et il avait fallu toute la maîtrise de soi qu'il était stupéfait d'avoir pour *ne pas* la toucher plus intimement qu'il ne l'avait fait dans sa cuisine. Ces sentiments adolescents qu'il avait eus pour Gina avaient définitivement mûri.

Il vérifia l'heure sur son téléphone. Il devait rentrer chez lui s'il espérait fermer l'œil avant de la revoir dans quelques heures.

Où la torture recommencerait.

— Tu as l'air d'un cadavre.

— Eh bien, merci beaucoup, Candy. Surtout que c'est de ta faute. Gina ajusta la couronne de sapin sur la porte vitrée du spa avant de la fermer derrière elle.

— Moi ? Comment j'ai fait ça ?

Une musique de Noël jouait doucement en arrière-plan tandis que Gina pointait son manteau accroché au crochet près de la porte. Candy avait dû le rapporter chez elle. — Tu m'as traînée au club hier soir.

— Oh, bien sûr. Comme si je t'avais tordu le bras et menacée avec un pistolet. C'est entièrement ma faute si tu as pu mater des beaux mecs et passer une nuit de rêves érotiques. Attaque-moi en justice.

Gina déroula son écharpe, heureuse que ce geste cache son visage à Candy. Le rougissement aurait probablement tout révélé. — Je n'ai pas fait de rêves érotiques. Mais c'était uniquement parce qu'elle n'avait pas dormi assez longtemps pour en faire.

Heureusement. La dernière chose dont elle avait besoin était de rêver de Froggy.

Ou de l'embrasser d'ailleurs.

Candy haussa un sourcil. — Rien ? Sérieusement ? Ne me dis pas que tu joues dans l'autre équipe maintenant, parce que c'est la *seule* raison que je puisse imaginer pour que tu ne te délectes pas de rêves coquins toute la nuit. Moi, c'était mon cas. Ça m'a donné un petit ressort dans le pas ce matin.

— Trop d'informations, Candy. Gina fit pivoter le livre de rendez-vous pour voir le planning de la journée. Elle devait oublier la nuit dernière et se concentrer sur le travail.

Ce qui était un peu difficile à faire avec un jeune Michael Jackson chantant que Maman embrassait le Père Noël.

— On devrait peut-être essayer de la musique instrumentale plutôt que cette pop. Rendre cet endroit un peu plus distingué.

Candy tapota un long ongle vert émeraude sur le comptoir de la réception - assorti à son chemisier. Elle était la meilleure cliente de Maria, la manucure. — Sérieusement, Geen, qu'est-ce qui t'arrive ? Il s'est passé quelque chose que je devrais savoir ?

Ça touchait un peu trop près de la vérité. Gina ramassa le livre et se dirigea vers son bureau. — Bien sûr que non. Que pourrait-il s'être passé ?

Beaucoup si tu l'avais seulement permis...

— Oh mon Dieu. Il s'est *vraiment* passé quelque chose. Candy la suivit dans son bureau et ferma la porte en se glissant dans le fauteuil devant le bureau de Gina. — Crache le morceau.

— Il ne s'est rien passé. Gina écarta sa chaise - s'asseoir était hors de question - et posa le livre de rendez-vous et son sac à main sur son bureau. — Je suis rentrée chez moi. Fin de l'histoire.

Elle pouvait sentir le regard de Candy sur elle.

Il ne fallut que six secondes avant que Candy ne plonge. C'était le problème quand on travaillait avec des amis ; ils vous connaissaient trop bien pour que vous puissiez cacher quoi que ce soit.

— Que s'est-il passé, Geen ? Tu es retournée au club après mon départ ?

Gina renifla. — Comme si. Elle ouvrit le livre sur son bureau. D'accord, elle l'avait peut-être claqué en l'ouvrant. — Je te l'ai dit. J'ai quitté le club et je suis rentrée chez moi. J'ai bu un verre - ou trois - de vin. Je me suis couchée. Et elle était restée éveillée jusqu'aux petites heures du matin avant de sortir son vibromasseur de la table de nuit juste pour pouvoir dormir une heure ou deux.

Candy pencha la tête, ses longues boucles blondes tombant sur son épaule dans un désordre sexy complètement naturel qui attirait les hommes comme un rayon tracteur. — Tu es sûre que tu n'es allée nulle part hier soir ?

— Je suis sûre à cent pour cent que j'étais dans mon appartement toute la nuit.

— Hmmm. Candy tapota un crayon contre le coin de sa bouche, ses bracelets glissant le long de sa manche. — Eh bien, quelque chose cloche. Je ne vais pas me reposer tant que je n'aurai pas tiré ça au clair.

Gina fit semblant d'être préoccupée. — Super. Voyons si tu peux préparer les salles de soins quelque part dans ton emploi du temps, d'accord, Sherlock ?

Le regard de Candy s'attarda encore quelques battements de cœur de trop. — D'accord. Je m'en occupe. Elle se retourna pour partir, puis se retourna. — Darien a appelé.

Gina s'efforça de ne pas la regarder. — Il démissionne ?

Candy soupira. — Bon sang, Geen, lâche l'affaire. On a besoin de lui. Je sais que ça va à l'encontre de tout ce en quoi tu crois, mais jusqu'à ce qu'on en ait fini avec l'enterrement de vie de jeune fille d'Amalie Cavanaugh, tu dois être gentille avec lui pour qu'il ne démissionne pas. Compris ?

— Qu'est-ce qu'il a dit ? Elle ne put s'empêcher de lever les yeux.

— Il a dit qu'il serait là à midi avec une nouvelle cliente. Candy rejeta ses cheveux derrière ses épaules, révélant de la dentelle blanche vaporeuse dans le décolleté plongeant, avec de petites boules de Noël épinglées. Seule Candy pouvait faire passer un chemisier sapin de Noël pour de la haute couture. — Pas mal pour le nouveau, d'amener déjà de nouveaux clients.

— Tiens donc, un nouveau client et tu chantes déjà ses louanges. Oui, c'était mesquin, mais Candy avait-elle si peu de loyauté ?

— Tu t'entends parler ? Qu'importe qui amène des clients ? Les affaires sont les affaires. Ce qui paie le loyer, je te rappelle. Candy souffla. — Écoute, c'est censé être la période la plus joyeuse de l'année, mais on ne le dirait pas avec Gina le Grinch dans les parages. Tu ne peux pas prendre sur toi et le supporter jusqu'aux fêtes ?

Gina n'allait *pas* penser à sucer quoi que ce soit en rapport avec Darien. C'était déjà assez pénible qu'il ait fait ça à sa langue la nuit dernière—

— Oui. D'accord. Je peux. Elle ouvrit le tiroir de son bureau pour prendre... quelque chose, puis le claqua.

— Tu devais vraiment avoir besoin de cette clé USB.

— Hein ? Gina regarda sa main. — Oh. Oui. Je, euh, dois sauvegarder quelques fichiers. Elle se pencha pour attraper son ordinateur portable dans le sac appuyé contre le bureau. — Alors, qui avons-nous ce matin ?

— *Tu es* celle qui a le livre de rendez-vous.

Il fallut quelques secondes pour que les mots fassent leur chemin, puis Gina regarda son bureau. C'est vrai. Le livre de rendez-vous.

— Oh. D'accord. Oui. Elle s'appuya sur une main tout en faisant glisser un doigt de l'autre main le long de la page. — Charlotte en a deux ce matin et son après-midi est complet. Stacey est aussi bookée tout l'après-midi. Et mes habitués sont là, donc presque un planning complet. Dieu merci. Cela couvrirait une bonne partie des factures du mois. Et avec l'enterrement de vie de jeune fille... Les finances avaient l'air bonnes pour ce mois-ci.

— Et Darien en a un à midi et un autre à trois heures. Le calme avant la tempête de la semaine prochaine, bien que Debby et Kaya soient réservées cet après-midi pour les cheveux, et Maria a demandé si elle pouvait faire venir sa nièce pour aider avec quelques manucures-pédicures même si c'est son jour de congé. J'ai pensé que c'était bon pour les affaires.

— Absolument. Sait-on si le chauffagiste vient ? Gina avait dû être sur le dos de la société de gestion pour qu'il vienne. Avec la plupart des magasins qui fermaient dans le centre commercial, la direction ne voulait pas investir beaucoup d'argent dans son entretien. Mais Gina avait besoin de cet entretien ; elle n'allait *pas* faire faillite.

— Il vient. Il devrait être là vers dix heures.

— Bien. Gina ferma le livre et croisa les bras. — Les affaires comme d'habitude.

— Continue à te dire ça, marmonna Candy en sortant, emportant avec elle l'esprit des fêtes qu'incarnaient son pantalon blanc et ses talons rouges comme le nez de Rudolphe.

C'était une journée comme une autre. Un autre jour au spa. La nuit dernière appartenait au passé.

Jusqu'à ce qu'*il* franchisse sa porte.

— Salut, patronne. Comment ça va ? Il la salua comme s'il n'avait pas eu sa langue dans sa gorge la nuit dernière.

Et la tienne dans la sienne.

Elle fit un signe rapide et impersonnel, puis prit un dossier sur son bureau et fit semblant d'examiner la facture qui s'y trouvait.

Mais la seule chose qu'elle *voyait* vraiment était la magnifique femme qui suivait Darien dans l'une des salles de soins.

C'était la cliente qu'il avait amenée ? La femme ressemblait à une employée du club, et il allait s'enfermer dans une pièce avec elle pendant qu'elle serait nue ? Pour qui Froggy la prenait-il ?

Qu'est-ce que ça peut te faire, ce qu'il fait et avec qui ?

Rien du tout. Elle ne voulait simplement pas que le bruit coure que des parties de jambes en l'air avaient lieu dans les salles de soins. Elle avait travaillé trop dur et investi trop d'argent pour que des rumeurs tuent son entreprise, sans parler du fait que la société de gestion trouverait alors un moyen de rompre son bail. Ou, pire encore, que les services d'hygiène décident de passer faire un contrôle alors que Darien faisait Dieu sait quoi derrière des portes closes.

Elle resta là un moment, tapant du pied. Il n'allait quand même rien faire, n'est-ce pas ?

Gina laissa tomber le dossier. Avec Darien, elle ne savait jamais à quoi s'attendre.

Elle resserra son pull et se dirigea vers la porte de la salle de soins numéro trois. — Frog-

La femme releva brusquement la tête de l'appui-tête tandis que Darien levait les yeux de son travail sur son bras droit.

— Un problème, patronne ? demanda-t-il.

Pas avec le décolleté de cette femme, non-

Oh, bon sang. Gina était pratiquement bouche bée. Et elle se ridiculisait complètement. — Euh, tu ne l'as pas inscrite dans le registre.

— Oh. Eh bien, tu vois... Il se redressa et recouvrit le bras de la femme avec le drap. — Je, euh, pensais offrir une séance gratuite à Michelle, comme ça, elle pourrait retourner au club et dire à tout le monde à quel point c'est génial ici, ce qui nous amènerait plus de clients.

— Une séance gratuite ? Pourquoi cela sonnait-il comme quelque chose d'illicite ?

— Ouais. Tu sais, de la pub par le bouche-à-oreille ?

Tant que c'était tout ce qu'il utilisait sa bouche pour...

Michelle passa un bras sous son menton. — Ce n'est pas un problème, n'est-ce pas ?

Gina se mordit la langue. Si c'était *tout* ce qu'ils faisaient, c'était bien. Et elle devait admettre que, d'après ce qu'elle voyait, c'*était* tout ce qu'ils faisaient.

Elle voulait sortir de cette pièce tout de suite. Avec un peu de sa dignité intacte. — Oui, mais Fr... euh, Darien, l'idée n'est pas d'offrir les prestations gratuitement.

— D'accord, pas de souci. Je vais payer.

Bien sûr qu'il allait payer - et la faire passer pour une pingre devant une cliente potentielle.

— Non, c'est bon pour cette fois.

— Je serai plus que ravie de faire la publicité de cet endroit. Je veux dire, il faudrait être fou pour penser que Foster ici présent ne sait pas donner un bon massage. Et puisque vous l'avez embauché, le reste de votre personnel doit être du même calibre, n'est-ce pas ? Michelle, la beauté si serviable sur la table, afficha un grand sourire parfait.

Évidemment, avec les mains de Darien Foster sur son corps nu, Gina sourirait aussi.

Pas que tu sois jalouse ou quoi que ce soit.

— C'est vrai. Gina ravala le grognement qu'elle aurait préféré émettre. — Merci de nous faire une bonne recommandation.

— Tout le plaisir est pour moi. Michelle soupira et remit son visage dans l'appui-tête. — Fais de ton pire, Foster.

Darien sourit et fit un clin d'œil à Gina. — Tu as entendu la dame. J'ai mes ordres.

Gina tourna les talons et sortit de cette pièce aussi vite que possible.

* * *

— Tu m'écoutes au moins ? Les bracelets en or et en argent de Candy tintèrent alors qu'elle agitait la main devant le visage de Gina pendant que celle-ci empilait des draps pliés dans l'armoire shabby chic que Gage avait installée la semaine dernière. — Tu dois te concentrer, Geen.

Gina repoussa la main de Candy. — J'écoute. Tu veux organiser une réunion avec Amalie Cavanaugh.

— Pas une *réunion*. Une visite. On la fait venir, on lui montre comment on prévoit d'organiser la journée spa pour son enterrement de vie de jeune fille, on passe en revue le menu-

— Le menu ? Gina secoua une serviette pêche moelleuse, puis commença à la plier.

Candy prit également une serviette. — Oui. La nourriture. Genre, des amuse-bouches, des sandwichs pour le thé, des desserts, ce genre de choses. Elle ponctuait chaque mot en pliant la serviette. — Elles seront là au moins trois heures pour que chacune profite de chaque expérience, donc on devrait probablement les nourrir.

Gina baissa la serviette, les plis disparus. — Expérience ?

Candy soupira et la lui prit des mains. — Oui, *expérience*. Tu ne peux pas continuer à les appeler des soins, et "massage", "soin du visage", et cetera sont tellement communs. Si tu veux démarquer The Gilded Lily, tu dois créer une atmosphère différente de tous les autres spas. Elle posa la serviette pliée sur une étagère. — En commençant par la terminologie. J'ai fait quelques recherches et on devrait changer la liste des services. L'appeler un menu et proposer diffé-rentes *expériences*. L'Indulgence Quotidienne, La Régénération, La Détoxifica-tion, ce genre de choses. On pourrait même avoir L'Union comme journée en couple. Qu'en penses-tu ?

Gina se secoua mentalement. Candy avait imaginé toutes ces idées pour *son* spa pendant qu'elle… pendant qu'elle rêvait de *lui*. Elle saisit une autre serviette et la plia aussi soigneusement que Candy l'avait fait. — Je pense que c'est une excellente idée.

— Quelle partie, la visite avec Amalie Cavanaugh ou les services ?

— Les deux, en fait. Gina drapa la serviette sur le bord du panier puis fit un signe à Mme McMonagle qui était là pour sa coloration mensuelle. — Je peux contacter Lara chez Carvallo's Cups & Cakes pour préparer un assorti-ment de desserts. Et j'ai encore du champagne de l'inauguration que je peux sortir.

Candy prit la serviette et la posa sur l'étagère du haut avec la sienne. — Et Lara peut exposer ses brochures, ce qui fera de la publicité pour elle aussi.

Gina lui tapa dans la main. — Girl power. J'adore quand nous, les femmes, on se serre les coudes.

Candy baissa la main et pencha la tête, ses yeux bleus beaucoup trop pers-picaces. — Oh oh. Tu es de nouveau dans ta phase anti-hommes. Qu'est-ce qu'il a fait ?

— Qui ?

Candy ricana. — C'est ça. Si je n'étais pas déjà en train de pêcher des infos, ça vient juste de confirmer que j'avais raison de le faire.

— Darien n'a rien fait, dit Gina en ramassant quelques serviettes.

Comment aurait-il pu ? Ça fait cinquante-six minutes qu'il est là-dedans à masser Michelle.

— Cinquante-six, hein ? Candy tapota sa lèvre. Pas "presque une heure", ou "il leur reste cinq minutes", mais "cinquante-six minutes".

— Arrête, Candy. Gina secoua la serviette. Darien n'a rien à voir avec mon commentaire sur les femmes. Tu sais que je suis pour l'autonomisation des femmes, pour qu'elles prennent leur vie en main et ne dépendent pas d'un homme pour se sentir épanouies.

Candy leva les mains. — D'accord, j'arrête avec Darien. Et les hommes. Revenons à notre plan. Elle se dirigea vers la zone d'accueil. Je pensais faire faire des menus chics en carton rembourré comme dans les restaurants cinq étoiles au lieu d'avoir une liste de services accrochée au mur. Peut-être changer certains luminaires pour des lustres en cristal et des appliques. Les mettre sur des variateurs. Ajouter un petit banc rembourré ici et beaucoup de coussins décoratifs. Rendre l'endroit un peu plus luxueux pour que les invités — pas les clients — se sentent choyés.

Gina complimenta Gretchen Walker sur son choix de couleur de vernis avant de suivre Candy. — Pourquoi fais-tu ça ? Pourquoi t'intéresses-tu à l'apparence de cet endroit ?

Candy mit ses mains sur ses hanches. — Parce que je tiens à toi. Je veux que le spa se démarque pour que tu réussisses. Je veux que tu sois tellement confiante dans ton entreprise que ça se répercute sur d'autres aspects de ta vie, pour que tu ne passes pas ton temps à languir après un certain quelqu'un qui t'a fait du mal.

— Je ne languis pas après Froggy.

— Darien ? Je parlais de John. Candy haussa un sourcil. Mais il y a eu cette histoire de "cinquante-six minutes". Et tu *es* nerveuse depuis qu'il est entré. Et je ne parle pas seulement d'aujourd'hui, bien que tu sois particulièrement agitée et je n'arrive pas à croire que c'est simplement parce que tu — elle baissa la voix, Dieu merci — as vu le paquet de ce type faire tout un numéro de danse hier soir. Je veux dire, bien sûr, ça devrait te rendre nerveuse, mais pour une raison totalement différente. Ce qui aurait pu être réglé hier soir dans l'intimité de ta chambre et tu serais arrivée aujourd'hui toute détendue et rayonnante. Mais au lieu de ça, tu as l'air prête à t'enfuir à tout moment et tu es distraite. Tu as potentiellement le plus gros client que tu auras depuis un moment qui arrive, et pourtant tu te focalises sur la porte numéro deux.

Gina n'allait même pas *commencer* à parler de John. — Trois, dit-elle en ajustant l'exposition des vernis à ongles que Maria proposait.

— Quoi ?

Elle tritura les cartes de visite dans leur support. — Il est dans la salle de soin numéro trois.

— Tu vois ? Tu n'es pas censée savoir ça aussi rapidement.

Gina prit les brochures de leur présentoir et les tapa sur le comptoir, les alignant comme si c'était un jeu de cartes. — C'est mon entreprise, je dois savoir quelles salles sont occupées.

Candy soupira. — D'accord, très bien. Peu importe. Tu n'es pas distraite, tu es entreprenante. Et vraiment très maniaque avec le bureau d'accueil. Elle marmonna la dernière phrase en reprenant les brochures à Gina pour les remettre là où elles étaient. Mais commençons par les appeler des suites, pas des salles de soin.

Gina mit ses mains sur ses hanches. — Les suites ont généralement plus d'une pièce, d'où le terme "suite".

— Ne joue pas sur les mots. J'essaie de créer une ambiance ici pour que quand Amalie et Sophie et leurs dix amies arriveront, elles repartiront en parlant de cet endroit sous tous les aspects. De l'ambiance à l'expérience, en passant par la détente et la beauté, jusqu'à la nourriture. Je veux dire, l'endroit est bien comme il est, mais c'est *ce que* c'est. Un spa de jour. Faisons-le un peu différent du reste. Il ne faut que quelques ajustements pour faire passer The Gilded Lily à un niveau supérieur. Et regarde. Je viens de t'économiser les frais d'un décorateur. Tu peux me remercier maintenant.

L'enthousiasme feint et exagéré de Candy ne masquait pas du tout son sarcasme, et Gina ne put s'empêcher de rire. Ce qui était une bonne chose. Elle avait besoin de lâcher prise sur la nuit dernière et de l'oublier. Parce que, peu importe à quel point ce baiser avait été génial, la réalité était que c'était Darien qui faisait ce qu'il faisait toujours avec elle et elle en avait assez d'être l'objet de ses blagues.

Elle grimaça. Ses fesses étaient encore un peu douloureuses.

— Ça va ?

— Oui, ça va. Merci. Gina prit la main de Candy. Je t'apprécie vraiment, Candy. Je suis désolée si j'ai été grincheuse, et je vais vraiment travailler sur mon attitude quand il est là. Mais seulement jusqu'à ce que la fête de la mariée soit terminée. Tu dois continuer à chercher d'autres massothérapeutes parce que si les sœurs Cavanaugh sont satisfaites, le bouche-à-oreille se répandra et j'aurai besoin d'en embaucher d'autres. Je ne peux pas avoir Darien qui travaille ici pour toujours.

Dare s'appuya contre le mur avant de tourner le coin vers la zone d'accueil. Il entendit l'amertume dans les paroles de Gina. Bon sang, il pensait vraiment qu'ils avaient fait une percée la nuit dernière. Elle n'avait visiblement pas *détesté* son baiser car elle avait été excitée. De cela, il n'y avait aucun doute.

Il aurait dû agir quand il en avait eu l'occasion.

— Ça va, Foster ? Michelle Weber sortit sa longue queue de cheval noire du col de sa chemise en quittant la salle de soin. Je ne t'ai pas épuisé, j'espère ? Je t'avais dit que mes muscles étaient tendus.

Ses mots pouvaient être interprétés de plusieurs façons, mais sachant qu'elle n'était pas intéressée par les hommes, il savait comment elle les avait dits. — Ouais, ça va. J'ai eu une nuit tardive hier soir. Je pensais que midi me donnerait assez de temps pour dormir, mais on aurait dû fixer ton rendez-vous à quatorze heures.

Elle lui tapota la poitrine. — Ah, mais j'ai entendu dire que tu étais bon pour les coups de midi.

— Quoi ? Il n'avait pas eu de coup de midi depuis très longtemps — et certainement pas depuis son retour en ville.

Elle attrapa le devant de sa veste et marcha à reculons, le traînant avec elle. — Détends-toi, Dare. Je plaisante. Mis à part la danse nu, tu as l'image la plus propre de tous ceux que je connais. Définitivement parmi les danseurs. Elle arqua un sourcil. Mais peut-être qu'on peut changer ça, hmmm ? Elle ajouta un petit grognement juste au moment où Gina levait les yeux dans la zone d'accueil.

Il vit un éclair de... quelque chose dans les yeux de Gina. De l'intérêt ?

Ou du dégoût ?

— Alors, on se voit lundi ? dit Michelle d'une voix séduisante, mais assez fort pour être entendue jusqu'au bureau d'accueil. Je pense que je voudrais une heure et demie. Pour vraiment éliminer tous les nœuds, tu sais, après le double header de dimanche.

Cette femme pouvait rendre n'importe quoi salace... Et elle l'était. Et Gina écoutait.

Peut-être un peu trop ?

Dare sourit et se pencha juste assez vers Michelle pour que ce soit sugges-tif. — Tu es une très, très vilaine fille, Weber.

— Et ne l'oublie pas. Elle planta un baiser directement sur ses lèvres, puis fit volte-face, fouettant son visage avec ses cheveux avant de se déhancher avec son derrière parfait juste devant Gina.

— Excellent service, Mlle Taormina. Vous avez ma meilleure note. Je ne manquerai pas de dire à tout le monde que *tous* leurs besoins peuvent être satisfaits à The Gilded Lily.

Gina lui lança un regard en posant sa main sur le bras de Michelle. — Il vaudrait peut-être mieux éviter de le formuler ainsi. Je ne voudrais pas que quelqu'un se fasse de fausses idées sur ce qui se passe ici. Pas de massage avec une fin heureuse, ni rien de ce genre.

Michelle examina Gina de haut en bas, puis fit un clin d'œil à Dare. — Quel dommage. Puis elle sortit d'un pas nonchalant, son pantalon de yoga imprimé léopard faisant paraître ses longues jambes comme celles d'un félin traquant sa proie.

Heureusement qu'elle jouait dans l'autre camp ; sa sexualité affichée était un peu trop prononcée à son goût, mais il devait admettre qu'elle était efficace.

Ou peut-être était-ce parce qu'il se trouvait dans la même pièce que Gina et qu'il n'arrivait pas à se sortir de la tête le baiser de la veille ou la scène dans la cuisine.

Son corps réagissait d'une manière qu'il n'avait certainement pas eue lorsque la peau de Michelle était sous ses paumes.

— Alors, Darien. Gina lui adressa un sourire éclatant qui était aussi faux que sa réaction envers lui la veille ne l'avait pas été.

Bon sang. Il n'avait pas besoin de revivre ça maintenant. Devant tout le monde. — Oui ?

— Il semblerait que tu saches ce que tu fais là-dedans. Elle inclina la tête vers la salle de soins. — Si tu pouvais prendre quelques heures demain, j'appré-cierais. Nous allons travailler sur des idées de rénovation, donc je ne pourrai pas voir mes rendez-vous, et je préférerais ne pas les annuler.

Elle lui demandait vraiment de l'aide. Les miracles ne cesseraient donc jamais... Il travaillait chez BeefCake, Inc. le lendemain et était censé s'occuper de l'échelle du grenier pour sa voisine, mais il pourrait probablement reporter ça à dimanche. Ou peut-être engagerait-il Gage pour s'en occuper. Après tout, il ne pouvait pas faire de progrès avec Gina s'il n'était pas près d'elle.

Et après ce baiser, il voulait définitivement faire des progrès.

Chapitre Six

Gina sut instantanément quand Darien entra dans le spa le lendemain matin. C'était comme si ses terminaisons nerveuses avaient un réglage spécial juste pour lui.

— Youhou, Geen. Candy claqua ses doigts aux ongles manucurés à la française devant le nez de Gina. — T'es là, ma chérie ? Elle fit claquer le chewing-gum qu'elle mâchait, adoptant un accent du Sud prononcé pour la dernière question, signe certain que Candy était irritée. Candy pouvait changer d'accent comme elle changeait de chaussures, mais sa belle du Sud intérieure ne sortait que lorsqu'elle était surmenée ou excitée par quelque chose.

Gina espérait vraiment que ce n'était pas à cause de Darien.

Attends, quoi ? Elle n'en avait rien à faire que Candy s'intéresse à Darien. À part pour la mettre en garde. Mais certainement pas parce que ça lui importait de savoir qui l'intéressait.

— Euh, Gina, tu te rends compte qu'on doit choisir ces articles *aujourd'hui*, pas vrai ? Le dix-sept nous tombe dessus comme un train de marchandises et je me fiche de savoir qui te distrait. Si tu veux que ce spa figure sur la liste des incontournables en ville, on doit épater Sophie et sa sœur, alors concentre-toi sur ce qui se passe ici et maintenant, ma chérie. Tu pourras baver sur Monsieur Abdos là-bas le dix-huit. En fait, je t'aiderai même si je peux avoir toute ton attention sur ces échantillons de tissu.

— Je ne bave pas sur Darien.

— Mmh mmh. Candy continua à claquer son chewing-gum en rythme avec la pop de Noël qu'elle avait choisie pour aujourd'hui. Gina allait commencer à s'occuper de la playlist. — C'est pour ça qu'il est devenu Darien et plus Froggy. Et moi, je m'appelle Scarlett O'Hara. Elle étala avec emphase un autre échantillon de tissu doré par-dessus les six autres qu'elles avaient déjà examinés. — Alors, qu'est-ce que tu penses de celui-ci pour l'intérieur des moulures en caisson ?

— C'est magnifique. Tout comme la demi-douzaine d'autres. On ne peut pas simplement en choisir un ?

— Bien sûr qu'on peut *simplement en choisir un*, mais je pensais que tu voudrais sélectionner un thème. Choisir un motif qu'on pourrait utiliser partout.

Gina se redressa. — *Partout* ? Candy, je n'ai pas ce genre de budget de rénovation sur mon compte en banque. Surtout si les affaires ne reprennent pas. — J'ai peint avant d'ouvrir l'endroit. Qu'est-ce qui ne va pas avec l'état actuel ? Gina regarda autour d'elle. Elle avait investi beaucoup de sueur dans cette peinture. Et les moulures. Et l'éclairage. Et le carrelage. Gage lui avait fait son prix le plus bas parce qu'elle était la cousine de Bryan, mais même ainsi, son budget avait été serré. Elle avait passé de nombreuses nuits à poser du carrelage jusqu'à des heures indues, maudissant John et sa propre idiotie d'avoir cru en lui.

— Il n'y a rien de *mal*. Candy rassembla les tissus dorés et les posa sur les échantillons de moulures qu'elle avait apportés. — L'endroit est *correct* tel quel et tu t'en sortiras *correctement* avec l'entreprise. Mais tu mérites mieux que *correct*, Gina. Cet endroit pourrait être spectaculaire. Se démarquer du reste. Les surpasser. Avec les relations de Sophie... On ne peut pas laisser passer cette opportunité.

— Je comprends ça, Candy, mais à moins que tu ne couses personnelle-ment les coussins et n'accroches les décorations murales, on ne dépassera pas le stade des achats. Bien que ses doigts la démangent à l'idée d'avoir ce tissu dans son spa. Elle était plutôt douée en décoration, mais elle avait été limitée par son budget. Avec un budget comme celui que Candy voulait, bien sûr, l'endroit pourrait ressembler à des thermes romains. Le problème était que Gina n'avait pas des fonds royaux.

Candy arrêta de mâcher son chewing-gum. — J'ai l'argent, Geen, et si tu arrêtais seulement d'être aussi têtue—

— Non. Gina secoua la tête pour plus d'emphase. Elles avaient eu cette discussion trop de fois pour la reprendre. — On en a déjà parlé. C'est mon établissement et je réussirai ou échouerai par moi-même. Je ne prendrai pas l'argent de mon amie.

— Alors ne le *prends* pas. Considère ça comme un investissement. Ou un prêt. Tu pourras me rembourser quand cet endroit aura commencé à s'agrandir grâce à toutes les affaires. Ce qui arrivera. Tu te souviens de l'adage "il faut dépenser de l'argent pour en gagner" ? En dépensant maintenant, tu auras assez pour me rembourser plus tard. *Surtout* après que Sophie et sa sœur seront tombées amoureuses de nous.

Elle était tentée. Très tentée. Candy avait vraiment de l'argent qui ne faisait rien. — Ça changera notre amitié.

— Seulement si tu le permets. Je n'en ai pas l'intention. Soit il reste dans ma banque à gagner des intérêts, soit il fait du bien pour toi. Écoute, si tu veux me payer des intérêts pour te sentir mieux, on peut faire ça. Laisse mon génie analytique bizarre faire du bien à quelqu'un d'autre que moi et quelques milliers d'actionnaires dont j'ai augmenté les dividendes. S'il te plaît ?

Gina secoua la tête, cette fois avec un sourire. Candy la *suppliait* vraiment de prendre son argent. Quelle genre d'amie serait-elle si elle disait non ?

Sans compter que, bien que le spa soit joli, il n'était pas spectaculaire. Ce qu'il devrait être pour obtenir l'approbation de Sophie Cavanaugh. — Je paierai des intérêts et tu es la meilleure amie du monde.

— Je sais. Candy recommença à claquer son chewing-gum en rangeant tous les échantillons dans le panier roulant à côté de la table. — Alors, allons-y pour le motif d'écailles marocaines pour les inserts et cette moulure plus fine ici. Je vais appeler Gage pour voir à quelle vitesse il peut venir ici—

— Non. Sur ce point, Gina allait être inflexible. — Je suis parfaitement capable d'utiliser une scie à onglet, du découpage et un pinceau. Je peux assembler tout ça.

— D'ici jeudi ?

— Qu'est-ce qu'il y a jeudi ?

— Le jour où les Cavanaugh viennent pour leur rendez-vous. Lara sera prête avec les plateaux de sélection et j'aimerais que deux des thérapeutes leur donnent un aperçu de massage.

— Un aperçu de quoi ?

— Tu sais, un aperçu de ce qui les attend. Un massage. Je veux dire, il n'y a pas grand-chose de plus que Maria puisse faire qui soit différent des autres manucures, et je doute que Sophie ou Amalie veuillent une coupe par une nouvelle coiffeuse si près du mariage, mais les massothérapeutes vont faire ou défaire l'affaire. Donc... Candy retira son chewing-gum, l'enveloppa dans un bout de papier, le jeta dans la poubelle, puis croisa les doigts sur ses genoux gainés de cuir. Seule Candy pouvait porter une robe en cuir moulante et cette espèce de poncho assorti couleur crème. — Je vais voir si Darien peut venir pendant son jour de congé pour être l'un des thérapeutes.

— Tu veux qu'il...

— Fasse l'un des massages, oui. Je pense que ce devrait être Sophie. On ne voudrait pas rendre le futur marié nerveux. Candy se pencha en avant. — Réfléchis-y, Gina. Le gars est magnifique. Et si le bruit court sur son autre boulot... Tu auras des femmes qui feront la queue d'ici jusqu'au club pour qu'il leur fasse un massage. On laisse Sophie goûter un peu à ça, c'est sûr que ça va faire parler.

C'était ce qui inquiétait Gina. Sophie était magnifique. Et Darien était célibataire.

Et tu ne devrais pas t'en soucier.

Elle ne le fit pas. C'était professionnel. — Je pense que tu frôles dangereusement le harcèlement sexuel, voire le trafic sexuel ou la prostitution, Candy. Au minimum, c'est de la discrimination sexuelle.

— Oh, balivernes. Candy agita les mains, puis posa ses poignets sur ses genoux croisés. Ce n'est le cas que si quelque chose devait, tu sais, se produire. Et si de l'argent est échangé. Darien est un professionnel. Je veux dire, il doit y avoir des milliers de femmes qui lui courent après, pourtant on dit qu'il vit comme un moine.

— Et tu sais ça comment ?

— Oh, je t'en prie, Geen. Sois réaliste. Tu étais au club. Les femmes le dévoraient des yeux. Pourtant, il est venu droit vers toi.

— Non, ce n'est pas vrai. C'est la table sur laquelle il danse toujours.

Candy se rassit et étira ses bottes en daim couleur chameau devant elle. — Comment le sais-tu ? Tu me caches quelque chose ? Tu vas au club sans moi ? Candy soupira. Où va le monde si ta meilleure amie t'abandonne pour la soirée mecs ?

— Il n'y a pas de "soirée mecs". Comme si.

— Alors comment sais-tu que c'est sa table habituelle ? Il te l'a dit ?

Oh. Mince. Il l'avait fait. Juste avant de l'embrasser. — Je, euh... Bryan a dit quelque chose à ce sujet quand je partais.

Candy plissa les yeux. — Bryan, hein ?

Gina hocha la tête et fit semblant de s'intéresser à nouveau aux tissus.

— Et pourquoi Bryan te parlerait-il de Darien ?

Elle haussa les épaules et glissa sa main sous sa cuisse, croisant les doigts en le faisant. — Il a seulement dit qu'il semblait que je m'étais assise à la mauvaise table.

— Pourtant, il ne t'a pas prévenue. Ça fait réfléchir, non ?

Exactement ce qu'elle ne voulait pas faire. — Ce n'est pas grave, Candy.

— Euh, ma chérie ? Tu étais là cette nuit-là ? C'était en fait plutôt une *grosse* affaire, si tu vois ce que je veux dire.

Elle le savait. De première main – en fait, de première cuisse. Et ventre. Et quelques autres parties du corps, mais oui, Gina savait exactement à quoi Candy faisait référence.

Le tissu devint *beaucoup* plus intéressant. — Tu es sûre qu'on devrait utiliser ce motif ? Il pourrait être trop chargé.

Candy ricana. — C'est comme ça, hein ? D'accord, je peux comprendre un gros indice flagrant.

Gina ne dit pas un mot. Elle n'allait pas mordre à l'hameçon. Pas avec Candy. Candy lui ferait déballer toute l'histoire si elle n'était pas prudente.

— Mais, juste pour que tu saches. Candy lui donna un coup de coude. Je ne pense pas que tu aies quoi que ce soit à craindre. Il n'avait d'yeux que pour toi.

— Il n'a pas... Gina laissa tomber le tissu. Attends. Quoi ? Tu es folle ?

— Pas le moins du monde. Toi, en revanche... Candy rassembla les échantillons et se leva. C'est sujet à débat puisque tu parles à peine au gars et qu'il t'envoie des cadeaux depuis des semaines. Certaines femmes prendraient ça comme un signe qu'il est intéressé.

— Ou il voulait juste que je l'embauche.

— Oui, parce que travailler dans un spa est le rêve ultime du gars. Sans parler du fait qu'il se fait un paquet de fric avec son boulot de nuit. Je suis sûre que c'est sa façon de devenir légitime et tout ça. Candy ricana. Je te le répète, ma chérie, tous les hommes ne sont pas comme John.

Peut-être, mais Darien ? Candy avait choisi le seul gars que Gina *savait* être exactement comme son ex.

John.

Le nom semblait assez inoffensif, mais avec ce que Candy avait dit, le nom du gars suffisait à faire bouillir le sang de Dare.

Quelqu'un avait blessé Gina. Quelqu'un d'autre que lui – ce qui rendait Dare à la fois heureux et en colère en même temps. Il aurait souhaité que la douleur qu'il lui avait causée ait été la pire de sa vie, mais le ton de la voix de Candy – et la réaction de Gina aux commentaires de Candy – lui disaient que ce John avait fait bien pire.

Donc maintenant, il avait *deux* démons à combattre. Super. Comme si *son* problème n'était pas déjà assez difficile.

Dare prit une profonde inspiration et redressa les épaules. Eh bien, au moins les travaux de rénovation dont elle avait besoin lui donneraient plus de munitions pour la conquérir. Cela signifierait peut-être un emploi du temps serré et peu de sommeil, mais il ne pouvait pas laisser passer la chance de passer plus de temps avec elle.

— Hé, Candy. Il tourna à l'angle du bureau de Gina, la saluant d'un signe de tête mais se concentrant sur Candy. Il ne voulait pas paraître trop insistant. Ou trop désespéré. De plus, Candy ne le repousserait pas.

— Oui, mon *chou* ? Candy battit des cils d'une manière qui le fit rire. Cette femme était trop canon pour prendre son flirt au sérieux. Pourquoi ne pouvait-il pas s'intéresser à elle ? Elle serait amusante et facile à aborder. Contrairement à Gina, qui le fusillait pratiquement du regard alors qu'il s'appuyait contre le montant de la porte.

Il ne le releva pas. Cela lui rendrait trop facile de le jeter, lui et son offre, hors de son bureau, et facile était la seule chose qu'il ne pouvait pas rendre cette situation pour elle. Dommage, pourtant, parce que cela *pourrait* être facile si seulement elle laissait tomber sa rancune.

Il allait donc devoir travailler pour ça. Littéralement.

— J'ai entendu que vous parliez du planning serré des rénovations. J'ai du temps libre. Il croisa les doigts derrière son dos ; il n'avait pas de temps libre. Mais, pour Gina, il en trouverait. Je peux aider. Gratuitement, bien sûr. Le temps libre est, après tout... Il laissa apparaître ses fossettes. Gratuit.

Gina leva la main. — Oh, je ne pense pas...

— Eh bien, moi si. Candy lui lança un regard que seule une personne d'une autre planète n'aurait pas compris. Nous avons un temps limité et tu ne veux pas payer Gage pour le faire. Tu as tes contraintes budgétaires et nous avons des contraintes de temps, donc Darien ici présent vient de tout arranger. Elle se tourna vers lui, ses cheveux tourbillonnant autour de ses épaules d'une manière qui lui indiquait que ce n'était pas la première fois qu'elle utilisait cette crinière pour mettre fin à une conversation. Merci, Darien. Tu peux commencer ce soir ?

— Ah, ce soir... Eh bien, pas avant la fermeture du club. Les samedis sont nos grosses soirées.

Ouais, il avait peut-être un peu insisté sur le *grosses*. Il savait que Candy l'avait remarqué quand elle se mordit la lèvre en s'efforçant de ne pas le regarder de haut en bas. Cette femme était un sacré numéro ; pourquoi ne pouvait-il pas s'intéresser à elle ?

Il regarda enfin Gina. Elle essayait difficilement de ne pas froncer les sourcils, il pouvait le voir. Ou peut-être pleurer. Quelque chose faisait trembler sa lèvre inférieure.

De la colère peut-être ?

Rien de tout cela n'était bon. Il avait besoin qu'elle lui sourie. Qu'elle lui parle. Qu'elle commence à l'apprécier. — Vous voulez traîner au club un moment d'abord ? Je vous invite, bien sûr. Le dîner est pour moi. Ensuite, on pourra revenir ici et se mettre au travail.

— Impossible. Candy secoua ses cheveux, lui faisant un clin d'œil pour que lui seul le voie. J'ai des projets.

— Gina ? Il ne pouvait qu'espérer.

— Merci, dit Gina, mais je vais me mettre au travail tout de suite.

Ce n'était donc peut-être pas la meilleure conversation, mais c'était au moins un début. Et il aurait beaucoup de temps ce soir pour lui parler.

Autant pour cette idée.

Dare baissa les yeux sur Gina... qui dormait face contre terre sur le coussin du banc sur lequel elle travaillait, l'agrafeuse sous sa main.

Il s'agenouilla à côté d'elle, souriant lorsque son souffle fit voler quelques mèches de cheveux de son visage. Il détestait la réveiller, mais il y avait du travail à faire et très peu de temps pour le faire. Elle s'en voudrait si elle ne respectait pas le délai, et il ne voulait pas en être responsable.

Il repoussa ces mèches, profitant encore un peu de ce moment. Appréciant qu'elle ne lui lance pas un regard noir. Son visage était paisible, les rides en « V » entre ses sourcils avaient disparu, son visage était détendu, ses lèvres douces et gonflées...

Ouais, ce serait la raison de la réveiller. Trop tentant, sinon.

Il lui poussa l'épaule. — Allez, la Belle au bois dormant. Il est temps de se réveiller.

Elle expira, ses lèvres frémissant.

Dare était tiraillé. Il voulait l'embrasser. L'envie le tenaillait si fort qu'il devait la reconnaître. Cela faisait longtemps qu'il n'avait pas ressenti le *besoin* d'embrasser une femme. L'*envie*, oui, mais le *besoin* ? Il ne s'en souvenait honnêtement pas. Probablement elle, en seconde — et ça ne s'était pas produit à l'époque.

Mais l'autre soir... C'était juste arrivé ; ç'avait été dans le feu de l'action. Mais maintenant, être ici avec elle comme ça, sans personne autour, dans l'obscurité de la nuit, juste eux deux, et elle qui avait l'air si mignonne...

Ses lèvres effleurèrent les siennes, le plus léger des contacts.

Elle fredonna, tournant légèrement la tête, et Dare dut se retenir de toutes ses forces pour ne pas approfondir le baiser. Mais il voulait qu'elle soit réveillée pour ça, pas dans un état de demi-sommeil, probablement en train de rêver d'un type qui ne s'appelait pas John. Ou Froggy.

Ouais, ça le tuerait si elle se réveillait en lui lançant un regard noir alors que ses lèvres étaient sur les siennes.

Dare se recula. Prit quelques secondes pour reprendre son souffle. Pour arrêter le tremblement de ses mains.

Il expira. Il avait vraiment du pain sur la planche, mais puisqu'il avait cette opportunité, il allait en tirer le meilleur parti. Ce qui signifiait la réveiller du rêve qui avait mis ce sourire sur son visage.

Il aimait à penser que c'était à cause de lui, et que ce baiser l'avait fait sourire encore plus.

— Gina. Il écarta les cheveux de son visage, résistant à l'envie de lui caresser la joue.

Elle se blottit contre le banc. Il allait soit être le méchant qui la réveillait, soit le méchant qui la laissait dormir et rater ce temps pour travailler sur le spa. Perdant dans les deux cas.

Un peu comme toute sa relation avec elle avait été.

Il devait changer ça, à partir de maintenant.

Il passa ses doigts sur sa joue. — Gina. Ma chérie. Tu dois te réveiller. On a du travail à faire.

Bon sang, elle entendait même Darien dans ses rêves.

Gina tourna la tête contre quelque chose de doux. Ne pouvait-elle pas le sortir de sa tête ne serait-ce que pour quelques heures ? Elle n'avait pas pensé à lui depuis des années, et maintenant qu'il était de retour, il envahissait même ses rêves ? Une fille ne pouvait-elle pas avoir un peu de répit ?

— Gina. Réveille-toi.

Quelque chose lui poussa l'épaule.

Oh mon Dieu. C'était un peu trop réel. Elle ne rêvait pas. Il était là.

Gina cligna des yeux. Il était là, ce sourire et ces fossettes tout aussi puissants qu'elle s'en souvenait.

Que faisait-il dans son appart- Oh. Le spa. Elle travaillait sur le banc et avait-

Oh bon sang. Elle s'était endormie. Parlez d'humiliation.

S'il vous plaît, s'il vous plaît, s'il vous plaît mon Dieu, faites qu'elle n'ait pas bavé.

Elle tourna la tête dans ses cheveux et essaya discrètement d'essuyer toute trace. Quelle honte totale.

Comme d'habitude avec Darien.

— Tu es réveillée là-dedans, la Belle au bois dormant ?

— Ne m'appelle pas comme ça. Elle passa ses lèvres sur le tissu en fausse peau de mouton et le fusilla du regard — l'effet étant ruiné par l'énorme mèche de cheveux sur son visage.

— Pourquoi pas ? Tu dormais et tu es belle.

Son cœur bondit à ce compliment. Et elle aussi — sur ses genoux. — Ne... Juste... ne fais pas ça. Elle secoua la tête pour dégager les boucles de son visage.

— C'est une relation de travail, souviens-toi.

Son visage prit une drôle d'expression pendant une seconde, mais ensuite il souriait à nouveau.

Maudites fossettes. Elles rendaient difficile de rester en colère contre lui.

— Eh bien, dans ce cas. On ferait mieux de commencer cette *relation de travail*, n'est-ce pas ? Il se leva et lui tendit la main. — Par où veux-tu que je commence ?

Ne pas la toucher serait un bon début, mais ce serait mesquin de sa part, alors elle prit sa main—

Et la lâcha aussitôt qu'elle fut sur ses pieds. — Euh. Elle écarta encore quelques boucles de son visage. — Les murs de la réception doivent être peints, puis je m'occuperai des encadrements avec les inserts en tissu.

— Ça me semble être un bon plan. Il se retourna, apparemment indifférent au fait qu'elle ait lâché sa main si rapidement.

Ce qui était une bonne chose. Elle n'avait pas besoin de l'encourager.

— Où est la peinture ?

Elle pointa du doigt le couloir où elle avait traîné toutes les fournitures que Candy avait achetées plus tôt. — Dans le placard. Je vais juste finir ce banc et puis je me mettrai à mesurer les moulures. Cela la maintiendrait d'un côté de la réception pendant qu'il travaillerait devant elle.

L'avantage de travailler derrière lui serait la vue. Comme celle qu'elle avait pendant qu'il déambulait dans le couloir.

Elle secoua la tête. Pourquoi regardait-elle même ? Pour une raison quelconque, Darien avait pris sur lui de revenir dans sa vie et de la rendre folle. Elle ne comprenait pas. Pourquoi maintenant ? Pourquoi elle ? Comme Candy l'avait dit, il devait y avoir un million de femmes qui faisaient la queue pour attirer son attention ; pourquoi la choisissait-il, elle ?

Tu pourrais toujours lui demander.

C'est vrai. Elle pourrait. Mais alors il penserait qu'elle était intéressée et ce n'était pas le cas. Ce train était parti depuis longtemps.

Mais il est certainement entré au port hier soir.

Elle leva les yeux au ciel. Si son subconscient était une vraie personne, elle lui donnerait une tape sur le front.

— Aïe !

...Ce qui ressemblait à ce que Darien venait de faire, alors qu'un mélange de bruits métalliques et de grincements émanait du placard de fournitures.

— Ça va ? cria-t-elle.

— Comme sur des roulettes.

Elle ne put s'empêcher de sourire à ce jeu de mots sur la couleur de l'uniforme. C'était ce qui se rapprochait le plus de l'or sans que son personnel n'ait l'air de statues des Oscars. Et les lys tigrés sur lesquels elle avait fait des folies à la réception permettaient d'associer « doré » et « lys » à la couleur pêche. Bien sûr, elle avait opté pour des poinsettias pendant les fêtes, mais ceux de couleur saumon s'en rapprochaient beaucoup.

Les deux fonctionnaient dans son esprit. Mais elle était contente d'ajouter ces touches sur lesquelles Candy avait insisté. Son amie avait raison ; le décor actuel, bien que joli, serein et professionnel, ne se démarquait pas. Elle voulait quelque chose dont Amalie et Sophie se souviendraient.

— Hé, patronne, lança Darien en sortant à moitié du placard. Quelle peinture ?

Bien sûr, il y avait toujours *lui*. Elles se souviendraient de *lui*.

— Euh, celles sur l'étagère du bas à droite, répondit Gina en secouant la tête. Et, *encore une fois*, Candy avait raison. Si la présence de Darien poussait les femmes à parler, ça vaudrait le coup de le supporter.

— Je n'ai pas trouvé de ruban de masquage là-dedans. Heureusement que je suis doué pour les bords, dit Darien en portant deux gallons de peinture, un seau avec des pinceaux et quelques outils, ainsi que le bac à peinture et le rouleau en un seul voyage — alors qu'il lui en avait fallu trois.

Ouais, elle le supporterait pendant la fête des mariées, mais après ça, il pourrait aller exercer son charme ailleurs.

Parce qu'alors elle n'aurait plus besoin de lui.

* * *

C'était sans compter sur cette pensée.

Gina marqua le morceau de moulure à 1,60 mètre avec son mètre ruban. Darien était incroyablement utile. Il savait ce qu'il faisait, en plus. Et, si elle oubliait qui il était et ce qu'il lui avait fait toutes ces années auparavant, il était en fait *gentil*. Il était drôle. Il avait une tonne d'histoires et n'avait pas peur de les partager avec elle. Il était modeste et humble, et quand il riait...

Elle secoua la tête et posa son poignet sur la scie à onglet. Quand il riait, son estomac se retournait.

Et pas d'une mauvaise façon.

C'était exactement pour ça qu'il devait partir.

— Yo, Wonder Woman, siffla Darien.

— Wonder Woman ? Elle se retourna, l'élastique glissant le long de sa queue de cheval improvisée. D'où ça sort, ça ?

— Hé, toute femme capable de manier une scie circulaire comme tu le fais et d'avoir l'air bien en le faisant est une merveille à mes yeux, dit-il en descendant de l'échelle.

— Quel livre lis-tu ? Le catalogue Sears de 1950 ?

— Content de voir que tu n'as pas perdu ton sens de l'humour dans toute cette sciure, dit-il en posant le rouleau dans le bac à peinture et en s'époussetant les mains, ces satanées fossettes réapparaissant.

— Tu voulais quelque chose, Darien ?

Elle sut dès que les mots quittèrent sa bouche que c'étaient les mauvais.

Il arqua un sourcil et s'avança nonchalamment vers elle. — Eh bien... quand tu le dis comme ça.

— Stop. Elle brandit le mètre ruban devant elle. Comme arme, c'était pitoyable. Mais comme barrière symbolique...

Ouais, c'était toujours pitoyable.

Mais Darien s'arrêta. Il leva les mains. — Je me demandais simplement si tu avais quelque chose à manger dans le coin. Le dîner était il y a un moment et danser ouvre l'appétit, tu sais ?

Un appétit.

Lui.

Danser.

Ouais, elle savait.

— Euh... il devrait y avoir quelque chose dans la réserve dans le mini-frigo. Peut-être une pomme ou un yaourt.

— Dis donc, vous les filles, vous savez vraiment comment conquérir le cœur d'un homme. Il fit demi-tour pendant que Gina ordonnait aux papillons naissants dans son estomac de retourner en hibernation. Ou en métamorphose, peu importe ce que c'était.

En fait, ce que c'était, c'était tard. Et elle était fatiguée, et ils étaient seuls ici. Cela créait une... atmosphère. Une intimité que travailler ensemble à la lumière du jour ne créait pas. Le ciel noir de la nuit à l'extérieur des fenêtres agissait comme un rideau, les isolant elle et Darien du reste du monde. Comme si personne ne pouvait les voir. Elle savait que ce n'était pas vrai, mais quand elle était avec lui, c'était comme si... comme si...

Comme s'ils n'étaient plus que tous les deux contre le monde.

D'accord, c'était exagérément dramatique. Parce qu'elle était épuisée.

Elle posa la moulure contre le mur. Elle la couperait demain. Elle débrancha la scie, puis drapa la bâche dessus. Il était temps d'arrêter pour la nuit.

— Hé, je pensais qu'il nous restait encore deux murs à faire, dit Darien en croquant dans la pomme qu'il avait déjà presque finie.

Elle enleva ses lunettes de protection, puis se frotta la nuque. — Si tu veux rester ici et les peindre, ce serait génial, mais je risque de me couper un doigt avec ce truc vu que je suis tellement fatiguée que je n'y vois plus clair.

— Eh bien, dit-il en jetant le trognon de pomme dans le sac poubelle par terre, dans l'intérêt de la sécurité — la tienne et celle du public — je devrais te ramener chez toi.

De qui, voulut-elle demander mais ne le fit pas. Ce serait mettre les pieds dans le plat.

Pas ce que tu veux mett-

Elle ramassa la moulure. Elle était manifestement bien au-delà de *fatiguée* et résolument en route vers *délirante*. — Non. Merci. Ça va.

Il pencha la tête, plissant les yeux en la regardant.

C'était un regard diablement sexy.

Bon, ça suffit. Soit tu montes dans ta voiture, soit tu lui sautes dessus, mais il faut que quelque chose se passe, genre, tout de suite.

— Tu es sûre de ça, Gina ? Sa voix était douce. Comme dans une chambre.

Comme dans une chambre ? C'est même pas une expression ça.

Ça l'était quand il disait son nom comme ça.

Gina secoua le brouillard mental qu'elle ne pouvait malheureusement pas mettre sur le compte de l'alcool, n'attendant pas que sa conscience la gifle métaphoriquement à l'arrière de la tête. Comme elle aurait dû le faire. — Oui. J'en suis sûre. Juste... nickel.

Il rit doucement en faisant un pas vers elle. — Eh bien, si tu es d'humeur à plaisanter, alors je suppose que tu es en état de conduire.

— Je te le répète, Foster, tu n'es pas mon patron. Elle posa le bord de la moulure sur le sol devant elle comme un bâton. Ou une épée. Quelque chose pour l'empêcher de s'approcher trop près.

Ouais, ça ne marcha pas. Il fit un pas de trop dans son espace personnel, puis lui retira la moulure des mains. — Tu te souviens de ce qui s'est passé la dernière fois que tu as dit ça ?

Et juste comme ça, avec sa voix basse, ce regard sexy, et le souvenir de l'autre soir, ses jambes se transformèrent en gelée.

Ce serait si facile de-

Oh la la. Elle se redressa. — Et te souviens-tu de ce que je t'ai dit après ? Que ça ne se reproduirait plus. Et ça ne se reproduira pas.

Comment pouvait-il encore faire un pas en avant ?

— Vraiment ? Il appuya la moulure contre la table derrière elle.

Elle déglutit. — Vraiment. Pourquoi sa réponse sonnait-elle comme une question alors que la sienne ressemblait à une... une... promesse ?

D'une manière ou d'une autre, ses doigts effleurèrent le dessous de son menton, et, stupide menton qu'elle avait, il les laissa faire. Il suivit même leur directive.

Tout comme ses lèvres s'entrouvrirent lorsque les siennes descendirent.

Bon sang, cet homme sentait bon.

Il avait encore meilleur goût.

C'était... incroyable.

— Tu vois ? Son souffle au coin de sa bouche envoya des frissons qui ricochèrent en elle.

Il fallut quelques secondes pour que son mot traverse le labyrinthe de décharges électriques qui enflammaient ses terminaisons nerveuses, mais quand ce fut le cas —

Elle s'arracha à cette étreinte.

Et se heurta à la table.

Ce qui la fit basculer.

Dieu merci, Darien avait de bons réflexes car il réussit à la rattraper avant que ses fesses ne touchent le sol.

Et puis elle réalisa où était sa paume.

— Lâche-moi ! Elle se tortilla hors de ses bras si vite qu'elle finit par atterrir sur le sol sur ses fesses de toute façon, mais elle était tellement en colère qu'elle ne ressentait rien d'autre que de la fierté blessée. Comment osait-il la peloter tout en prétendant l'aider à sortir d'une situation qu'*il* avait provoquée.

— Te *lâcher* ? Ses yeux s'écarquillèrent. — Je n'étais pas *sur* toi. J'étais en train de *t'aider*. Mais si tu préfères que je ne te sauve pas d'une chute sur les fesses, dis-le-moi et je resterai loin de toi.

Elle se remit debout. — Je n'aurais pas été dans cette position si tu n'avais pas —

— Si je n'avais pas quoi ? T'embrassée ? Tu ne te plains certainement pas parce que je t'ai embrassée. Tu te plains parce que tu as aimé ça. Il croisa les bras.

Maintenant, elle croisa les siens. — Pas du tout.

— Oh, allez, Gina. On a quel âge, cinq ans ? Tu as aimé ça autant que moi. Autant que l'autre soir, d'ailleurs. Il attrapa son sweat à capuche du banc qu'elle avait recouvert, puis la pointa du doigt. — Tu n'es pas en colère contre moi ; tu es en colère contre toi-même parce que, pour une raison quelconque, tu ne veux pas être attirée par moi. Eh bien, devine quoi, ma chérie. Réveille-toi et sens les roses. Tu *es* attirée par moi et moi, que Dieu me vienne en aide, je suis attiré par toi. Alors, réfléchis à ce qu'on va faire à ce sujet avant qu'on ait à se revoir demain. Il enfila son sweat à capuche tout en se dirigeant à grands pas vers la porte. — Et conduis prudemment en rentrant chez toi, tu veux ? Sinon, tu finiras par me blâmer pour ton accident et, Dieu sait que je n'ai pas besoin de plus de culpabilité sur ma conscience en ce qui te concerne. Il claqua la porte d'entrée derrière lui, faisant tinter les clochettes comme des folles.

Gina se remit sur pied en toute hâte. Attirée par lui ? *Attirée* par lui ? Mais quelle égocentrique, narcissique, nombriliste —

Vérité.

Ce seul mot dégonfla ses voiles d'autosatisfaction.

Elle *était* attirée par lui et elle *était* en colère de l'être.

Elle était encore plus en colère qu'il ait raison sur toute la situation.

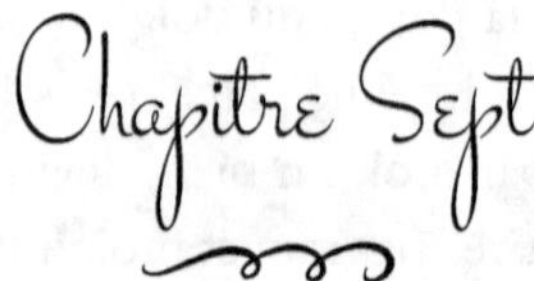

— Bon sang, Gina, tu ne dors jamais ? demanda Debby, l'une des coiffeuses, en retirant son manteau de fausse fourrure fuchsia. Je ne m'attendais pas à ce que tu sois là si tôt.

Gina non plus, mais comme elle n'avait *pas* réussi à dormir... — Il y a beaucoup de choses à faire avant que Sophie et sa sœur n'arrivent.

— C'est tellement excitant, n'est-ce pas ? Debby secoua son manteau devant la porte d'entrée, laissant entrer une rafale d'air de décembre — ainsi que la neige que Gina essayait de garder dehors. — Oups, désolée pour ça. Je vais nettoyer.

— Je suis sûre que tu ne seras pas la seule à faire ça aujourd'hui. Gina secoua la tête pour dégager quelques boucles rebelles de son visage tout en lissant le dernier morceau de tissu sur le mur. Elle était là depuis deux heures déjà ; elle aurait bien besoin d'une sieste.

— On est complet ? demanda Debby en accrochant son manteau dans le placard, puis en enfilant un tablier doré par-dessus son uniforme.

— Le carnet de rendez-vous le dit, mais avec ce temps, je ne sais pas combien vont réellement venir.

— J'ai entendu dire que ça devait s'arrêter bientôt, puis recommencer au milieu de la nuit. Je parie que Charlotte et Stacey ont hâte de quitter la ville. Debby alluma les lumières de son poste. — J'aimerais bien partir aussi.

Gina aussi. Elle n'avait pas pris de vacances depuis... Eh bien, depuis celles qu'elle avait payées quand le portefeuille de John avait été « volé » à l'aéroport. Ce salaud ne lui avait jamais remboursé les repas, la chambre et toutes les excursions qu'ils avaient faites. Le Costa Rica n'était peut-être pas un pays du premier monde, mais les vacances n'avaient pas été bon marché.

Contrairement à John.

Elle recula pour examiner la décoration murale, s'assurant qu'elle était droite et bien placée, chassant John de ses pensées. Elle avait eu une vision étroite quand il s'agissait de lui, mais elle avait appris sa leçon.

Alors pourquoi as-tu passé la moitié de la nuit à penser à Darien ?

Elle n'avait pas pensé *à* lui ; elle avait essayé de comprendre quoi *faire* à son sujet.

C'est du pareil au même...

— Alors, euh... Debby s'éclaircit la gorge. — Je me demandais...

Gina regarda par-dessus son épaule. — Quoi ?

— Est-ce qu'il y a, tu sais... Elle agita les mains. — Je veux dire, est-ce qu'il y a quelque chose...

Gina se retourna. — Qu'est-ce qu'il y a, Deb ?

— Toi et Darien... Je veux dire, si tu es intéressée par lui, je comprends totalement et je ne ferais jamais rien qui pourrait, tu sais, mettre en danger notre amit-

— Oh mon Dieu, non. Gina ne put sortir les mots assez vite. — Non. Juste... non.

— Tu en es sûre ? demanda Debby en rejetant une poignée de ses cheveux acajou-violet par-dessus son épaule. — Parce qu'il semble être intéressé par toi et je pensais-

— Darien Foster n'est pas intéressé par moi. C'est... c'est juste quelqu'un que je connais depuis un moment et...

Qui t'a embrassée à en perdre la tête.

— Non. Définitivement rien entre nous. Vas-y. Je t'en prie. Gina saisit la moulure qu'elle avait pré-découpée pour mettre au-dessus du tissu. — Mais pourrais-tu y réfléchir *après* la fête nuptiale ? Je ne veux pas qu'il y ait de drame pendant, et si les choses ne marchent pas entre vous, ça pourrait devenir gênant. C'était un euphémisme. — De plus, il ne sera plus là après la fête nuptiale, donc ce serait mieux pour tout le monde.

Oh que si, il serait là. Gina pouvait en être sûre.

Dare s'arrêta net avant de tourner au coin. Il était entré par les quais de chargement parce qu'il ne voulait pas prendre une place devant au cas où cette neige continuerait toute la journée et que l'entreprise de déneigement n'arrive pas assez vite. Son camion pouvait mieux rouler dans la neige non déblayée que la plupart des voitures des clients.

Il avait aussi espéré surprendre Gina dans son bureau, mais quand il avait entendu sa voix à l'avant, il s'était dirigé par ici.

— Il ne sera plus là ? Debby semblait déçue. — Zut. Il va me manquer ce beau gosse.

— Tu peux toujours aller chez BeefCake, Inc.

Debby gloussa. — Je l'ai déjà fait, patronne. C'est la raison de ma question.

Dare se pencha un peu plus.

— Comme je l'ai dit, Deb, il n'y a rien entre Darien et moi, mais si tu peux garder ta libido sous contrôle jusqu'après la fête nuptiale, je t'en serais reconnaissante.

Rien entre eux ? Il n'appelait pas quelques baisers rien, mais si elle le faisait... Il allait devoir travailler là-dessus.

Il n'allait cependant pas travailler sur Debby. Gina était la seule femme qu'il voulait.

— Oh, eh bien, bien sûr. Je veux dire, si ça ne te dérange pas-

— Vas-y, Deb. Je m'en fiche complètement.

Ah bon. Bien sûr. C'est pour ça que son corps avait réagi comme ça l'autre soir dans sa cuisine.

Dare sourit. Gina pouvait le nier autant qu'elle voulait, mais elle était attirée par lui.

Il songea un instant à accepter l'offre de Debby, ne serait-ce que pour provoquer une réaction chez Gina, mais ce ne serait pas juste envers Debby. De plus, il n'était pas le genre de gars à mener une femme en bateau simplement pour en rendre une autre jalouse, et bien qu'il soit flatté de son intérêt, il n'était vraiment pas intéressé.

Heureusement, leur conversation dériva sur le programme de la journée et il leur laissa une minute ou deux avant d'annoncer sa présence. Cela embarrasserait Debby si elle savait qu'il avait entendu, et cela mettrait Gina sur ses gardes. Certainement pas là où il voulait qu'elle soit.

— Salut, mesdames. Il posa sa boîte à outils sur le demi-mur entre le salon

et le couloir menant aux salles de massage à l'arrière. — Vous pensez qu'on va être occupés avec ce temps ?

— Un peu. Les racines grises sont une motivation puissante. Debby réussit à masquer son air surpris assez rapidement pour que, s'il n'avait pas entendu leur conversation, il ne l'aurait probablement pas remarqué.

Gina, en revanche, rougit jusqu'à la racine des cheveux.

Ses lèvres tressaillirent. Il avait tellement envie de la confronter sur son affirmation qu'il n'y avait rien entre eux, mais il ne le ferait pas. Ce serait mieux de le garder pour un autre moment et un autre endroit.

— Tu es sûre que tu veux que je peigne pendant qu'elles sont là, Gina ? Il prit soin d'utiliser son nom pour qu'elle ne puisse pas échapper à une question directe.

Elle pouvait cependant éviter de le regarder en répondant. — Une fois que les colorations commenceront, ça n'aura plus d'importance si on grille du foie aux oignons ici. D'où les bougies parfumées dans toutes les salles de soins.

— Tu sais, on pourrait installer un système de filtration d'air uniquement pour la zone du salon. Ça n'éliminerait pas complètement l'odeur, mais ça en supprimerait une bonne partie. Comme ça, tu pourrais réduire ton budget bougies. Et le temps de construction supplémentaire lui donnerait plus de raisons d'être près d'elle. Ça avait marché pour eux la nuit dernière ; elle avait effectivement baissé sa garde.

Jusqu'à ce qu'il soit allé trop loin et l'ait embrassée.

En fait, ce n'était pas le baiser qui avait dépassé les bornes, c'était d'essayer de lui faire admettre qu'elle l'avait aimé. Il devait y aller plus doucement.

Mais, bon sang, c'était difficile en sa présence.

— Merci pour ton avis, Fr... Darien. Je le mettrai sur la liste des choses à considérer quand les affaires reprendront, dit-elle en saisissant le pistolet à clous. Je suis prête à clouer ceux-ci. Tu penses pouvoir finir les autres murs avant l'arrivée de tes rendez-vous ?

— Vos désirs sont des ordres, gente dame, répondit-il en s'inclinant avec un geste théâtral de la main.

Le mouvement passa inaperçu pour Gina qui s'était déjà dirigée vers le mur du fond, mais Debby gloussa.

Pourquoi ne pouvait-il désirer personne d'autre que Gina ?

Pourquoi diable la désirait-il tout court ? Elle ne l'encourageait pas du tout, lui parlait à peine sauf s'il l'y forçait, et elle avait plus que clairement fait comprendre qu'elle ne voulait rien avoir à faire avec lui.

Jusqu'à ce que ses défenses soient tombées dans son appartement.

Ces sons qu'elle avait émis au fond de sa gorge... Son parfum... La sensation de ses lèvres sur les siennes, de sa langue s'entremêlant avec la sienne...

Voilà pourquoi il n'abandonnait pas.

Dare ramassa sa boîte à outils, s'en servant pour cacher son « outil » aux yeux de tous. La métaphore le fit ricaner. Ce qui valait mieux que gémir.

Mais, bon sang, amener Gina à lui donner une chance était plus difficile qu'il ne l'avait imaginé.

Et il le pensait dans tous les sens du terme.

Chapitre Huit

— Alors, qui est ce beau gosse ?

— J'aime bien la nouvelle ambiance, Geen.

— Joli travail pour rafraîchir l'endroit, ma chérie.

Les commentaires n'ont pas cessé de la matinée et les dames ne parlaient pas de la peinture, bien que celle-ci ait été mentionnée de temps en temps. C'était *après* qu'elles aient obtenu toutes les informations qu'elles voulaient sur Darien.

Darien prenait cet intérêt avec philosophie. Gina l'observait attentivement. Et pas parce qu'il était séduisant dans ce polo qui s'étirait sur ses larges épaules et mettait en valeur ses pectoraux, mais parce qu'il était si attentif à chaque femme qui lui parlait. Comme si elle était la seule dans la pièce. Ses deux clientes n'avaient fait que chanter ses louanges après leurs massages.

Encore un charmeur. On aurait pu croire qu'elle aurait appris sa leçon.

— Gina ? Darla Strayer prit un biscuit de Noël sur le plateau posé sur le bureau de la réception qu'une des clientes avait apporté.

Gina détourna son attention de Darien. — Oui ?

— Le neuf ? Je me demandais si je pouvais réserver un traitement d'une journée complète pour ma fille et moi ? Je sais que c'est à la dernière minute, mais le petit ami de Bridget l'a récemment quittée et elle sera en vacances d'hiver, alors j'ai pensé que ce serait bien de faire quelque chose pour elle. Tu sais comment c'est quand on a le cœur brisé pour la première fois ?

Tu prêches une convertie. — Absolument, Darla. Je vais vous inscrire. Un massothérapeute en particulier ?

Le regard de Darla se posa sur Darien qui déplaçait l'échelle vers le mur latéral, ses muscles dorsaux bougeant de façon plutôt spectaculaire sous sa chemise. La femme bavait pratiquement. — Eh bien, je pensais...

— Je vais vous inscrire pour Darien. Gina essaya de ne pas soupirer. Elle avait un personnel parfaitement compétent ; pourquoi fallait-il que ce soit *lui* que les gens voulaient ?

— Oh, pas pour moi. Pour Bridget. Darla fit un clin d'œil. — Rien de tel pour qu'une fille oublie un autre gars, pas vrai ?

Gina afficha un sourire forcé. *Le client a toujours raison.* Mais, sérieusement ? Une gamine de dix-neuf ans ? Darien ne serait pas intéressé par une enfant.

Et en quoi ça te regarde ?

— Bridget, donc. Ça ne la regardait pas. — Et pour vous ?

— N'importe qui. Je ne suis pas difficile.

Ah oui. C'était pour ça qu'elle dévorait Darien des yeux. — D'accord, vous êtes toutes les deux inscrites le neuf pour un massage, une manucure/pédicure et un brushing à partir de neuf heures. Stacey partait ce jour-là et Charlotte était déjà réservée, alors elle inscrivit Darla pour elle-même. — Ça vous convient ?

— Parfait.

Gina prit cela comme signifiant que l'heure du rendez-vous convenait à Darla, pas comme un commentaire sur le postérieur de Darien, même si Darla le caressait presque des yeux.

Gina remplit la carte de rendez-vous et la tendit à la femme avec sa carte de crédit et son reçu. Darla les fourra dans son sac à main sans sembler y prêter attention.

— À bientôt, Darla.

— Hum hum.

Et ça continua ainsi. Cliente après cliente commentant la nouvelle décoration - y compris celle à deux jambes.

Darien faisait un carton.

— Bien joué pour le nouveau gars, Gina. Stacey fit le tour du bureau de la réception pour noter quelque chose dans le livre de rendez-vous. — C'est un aimant à nanas. Je parie que ses rendez-vous sont complets jusqu'au siècle prochain.

Candy retira une sucette de sa bouche tout en chassant Gina du siège de la réception après sa pause de l'après-midi - ce qui, dans le monde de Candy, impliquait de rechercher des actions pour le trading de la semaine prochaine. — On dirait qu'ils se remplissent. Sacrée bonne idée que j'ai eue de le faire venir. Pas vrai, Geen ?

Elle détestait que Candy ait raison. Et elle détestait que Candy non seulement *sache* qu'elle avait raison, mais qu'elle *se délecte* de le lui faire remarquer. Froggy, entre tous. — Je suppose, mais je ne suis pas sûre de comment il va pouvoir aider à mettre cet endroit en état comme il le faut s'il est *si* occupé.

Candy pointa sa sucette - orange pour s'accorder à son pull et ses ongles - vers elle. — Laisse-moi m'occuper de ça. Je suis une déesse de la planification. Toi, retourne juste à tes outils et continue de couper cette moulure. Une tempête arrive tard ce soir, alors on doit faire avancer les choses au cas où on perdrait une journée.

— Alors maintenant tu es entrepreneur général ?

— Hé, j'ai proposé de payer Gage, mais tu as fait ta 'Je gère', alors... tu ferais mieux de gérer. Le plan ne fonctionne que si les sœurs Cavanaugh voient le produit fini. Oh, et en parlant de ça, les lustres arriveront mercredi.

— Des lustres ? Quels lustres ?

— Relax. J'ai tout prévu. Je savais que tu essaierais de refaire le câblage toi-même et Dieu sait ce qui arriverait si tu le faisais, alors j'ai arrangé pour que l'ami électricien de Gage, Trent, vienne s'en occuper. Gratuitement, je précise.

— Il ressemble à Darien ? demanda Kaya en s'approchant du bureau pour passer la carte de crédit de Caroline Jacobs pour sa nouvelle coupe de cheveux. — Si c'est le cas, je le réserve.

— On ne peut pas réserver des gars. Gina souffla.

— Qui a dit ça ? C'est le Code des Filles. La première qui le réserve l'obtient. Toutes les autres doivent s'abstenir. Kaya passa la carte et saisit le total. — Puisque Debby a jeté son dévolu sur Darien, je réserve le prochain beau gosse qui franchira ces portes.

Gina secoua la tête. — Mesdames, nous gérons une entreprise, pas un bordel.

Candy arracha le reçu de l'imprimante et le tendit à Kaya. — Les bordels *sont* des entreprises, Geen, mais je pense que tu veux dire un ranch. C'est pas comme ça qu'on les appelle à Vegas ?

Gina soupira et s'éloigna de la zone de réception. Tout le monde était devenu fou. Il y a une semaine, elle avait un personnel parfaitement respectable et professionnel, et maintenant, grâce à Darien, tout le monde s'était transformé en païens hypersexuels.

Cette fête pour la future mariée ne pouvait pas se terminer assez vite pour qu'elle puisse ramener son personnel et sa vie - et sa propre libido - à la normale.

Elle se dirigea vers la réserve où elle avait installé sa scie à onglet.

Bien sûr, elle devait passer devant la salle de traitement - euh, *suite* - numéro trois *juste* au moment où Darien en sortait.

— Salut, dit-il.

Salut. Pourquoi ce simple mot devait-il faire frissonner ses terminaisons nerveuses, elle l'ignorait. Bien que cela puisse avoir un rapport avec ses biceps qui se contractaient tandis qu'il pliait une toile de protection. — Tu as fini pour aujourd'hui ?

Elle demande avec espoir.

Darien pencha la tête, les yeux plissés. — Euh, ouais. Boulot de nuit, tu te souviens ?

Comme si elle pouvait l'oublier. — D'accord, eh bien, merci d'être venu aujourd'hui. On a, euh, entendu de bonnes choses.

Le quasi-bavage de Darla en était la preuve.

— Je reviendrai après le spectacle ce soir.

— Ce n'est pas nécessaire. On attend une tempête. Rentre chez toi.

— Et te laisser faire tout le travail lourd ? J'ai un camion ; qu'est-ce qu'un peu de neige ?

Une chose dangereuse s'ils se retrouvaient coincés ici, voilà ce que c'était. — Je suis parfaitement capable de gérer les tâches lourdes, tu sais.

— Tout comme tu étais parfaitement capable de gérer la bouteille cassée dans ton appartement l'autre soir ? Comment va ta, euh, blessure, au fait ?

— Ça ne te regarde pas. Elle croisa les bras.

— Ah, mais ça *me* regardait pendant une bonne dizaine de minutes. Le sourire arrogant et trop charmeur de Darien apparut. Fossettes comprises.

Maudit soit-il.

Son visage s'enflamma. — Un gentleman ne me le rappellerait pas.

— Je n'ai jamais prétendu en être un. Bien que j'aie la réputation d'aider une dame en détresse. Comme tu peux en témoigner.

Elle serra sa veste technique, refusant de mordre à l'hameçon. — Honnêtement, ça ira. Je n'ai pas besoin que tu abîmes ton joli minois dans un accident ou autre. C'est mon établissement ; je m'en occuperai.

— Joli, hein ? Tu es donc prête à admettre qu'il y a quelque chose que tu aimes chez moi. Autre que mon baiser, bien sûr.

Son visage pouvait-il devenir encore plus chaud ?

Lui, pouvait-il ?

Gina prit une profonde inspiration. Il jouait avec elle. Comme d'habitude. — Sérieusement, Foster, tu n'es pas de service ce soir. Ne viens pas. Fais ton spectacle, rentre chez toi, prends une douche, va au lit. Ou quoi que ce soit que tu fasses après un spectacle. Ce à quoi elle ne voulait pas penser. — Je n'ai pas besoin de toi ce soir.

L'étincelle dans les yeux de Darien — si caractéristique de lui qu'elle ne l'avait pas vraiment remarquée jusqu'à ce qu'elle disparaisse — s'estompa. — Bien. J'ai compris. Haut et fort. Il passa une main dans ses cheveux, puis ouvrit la bouche... mais la referma.

Puis il se retourna et s'en alla.

Gina le regarda partir, cette démarche longue, grande et intrinsèquement sexy la faisant le suivre des yeux tout le long du couloir, à travers la porte, puis hors de sa vue.

Elle expira. C'était bien. Mieux que bien. Oui, il était sexy et, oui, il l'excitait, mais si l'expérience passée était fiable — et seul un idiot répétait les erreurs du passé en espérant un résultat différent — cela finirait mal.

Un charmeur un jour, un charmeur toujours. Les léopards ne changent pas leurs taches.

* * *

— Tu veux que je porte *quoi* ? Dare regarda les... *collants*... qui pendaient devant lui.

Les collants tachetés de léopard.

— La dernière fois que j'ai vérifié, Gage, les pompiers ne portaient pas de pantalons de yoga pour combattre les incendies.

— On change les choses pour le deuxième acte. On garde ça frais. Gage lui lança l'objet offensant.

Dare les écrasa dans son poing. — Les imprimés animaliers sont passés de mode dans les années 70.

Gage haussa les épaules et lança une paire à motif tigre à Darryl. — Hé, la mode est un éternel recommencement. Les femmes veulent vous voir dans, je cite, « des peaux d'animaux moulantes ». Comme je suppose qu'elles ne parlent pas de vraies peaux, on va essayer ça. On a guépard, zèbre, girafe...

— Je prends éléphant ! Jace remua ses hanches au cas où ils n'auraient pas compris la référence.

Samps — Carlo Sampani — lui donna une claque sur la poitrine. — Le bleu, tu prendras ce qu'on te donne et tu aimeras ça. D'ailleurs, on sait tous que c'est Markus qui a l'éléphant.

Le coin de la bouche de Markus tressaillit, mais il ne dit pas un mot. Pas besoin. C'était indiscutable.

— Vous avez vraiment fait des groupes de discussion sur ce qu'on est censés porter ? Je croyais que l'idée était de *ne rien* porter. Dare sentait ses testicules remonter dans son corps à l'idée de les écraser avec ce tissu serré.

— On a mis des cartes de sondage sur les tables. Autant donner aux dames ce qu'elles veulent, et comme nous ne sommes pas des femmes, on ne peut pas savoir ce que c'est à moins qu'elles nous le disent.

— Putain, la moitié des nanas avec qui je sors ne savent même pas ce qu'elles veulent, marmonna Dominic en se frottant les cheveux mouillés avec la serviette qui, quelques secondes auparavant, était autour de ses hanches.

Dare secoua la tête. — Donc on doit changer nos numéros à la volée ?

Gage haussa un sourcil. — Tu peux faire ce que tu veux là-haut ; elles ne cherchent pas vraiment un numéro. Fais ce truc de panthère rampante que tu fais normalement à la fin quelques fois de plus, simule un coup de rein sur la scène, gonfle tes biceps... Elles ne sont pas là pour la chorégraphie, juste pour les corps qui font ces mouvements.

Ouais, ouais, Dare le savait, mais ça craignait d'être un morceau de viande sur cette scène parfois.

Néanmoins, ça payait ses factures et contribuait au fonds pour sa nouvelle propriété — d'ailleurs, il devait parler à son agent immobilier à nouveau. Voir s'il avait trouvé quelque chose de prometteur. La danse perdait de son attrait.

Marmonnant dans sa barbe, Dare remonta les collants le long de ses jambes. En fait, ses testicules n'étaient pas aussi inconfortables qu'il l'avait pensé et son sexe... Hmmm. C'était en réalité beaucoup moins contraignant que le slip banane et il n'y avait pas d'élastique serré autour de ses cuisses. Ça pourrait ne pas être si mal, finalement.

— Ça va, mec ? Finn le poussa du coude en rangeant ses vêtements dans le casier à côté de celui de Dare. Tu sembles ailleurs ce soir.

— Nan. Juste... Je sais pas. Peut-être la tempête qui approche. Il avait raté un repère dans le premier set, mais seuls les gars l'auraient remarqué. C'était comme Gage l'avait dit ; les femmes ne venaient pas ici pour une chorégraphie incroyable.

— Nan, mec. Je connais ce regard. C'est une nana, pas vrai ? Elle te casse les couilles ?

Dare ricana. — J'aimerais bien. Elle ne veut même pas avoir une conversation avec moi.

— Ah. Finn hocha la tête. Qu'est-ce que t'as fait ?

Dare le regarda. — Pourquoi tu supposes que j'ai fait quelque chose ?

Finn lui donna un coup d'épaule. — C'est toujours notre faute, mec. Si elles ne parlent pas — ou pire, si elles vont *bien* — c'est nous qui avons fait quelque chose. Alors excuse-toi simplement pour ce que tu as foiré et retourne à ta vie. La vie est trop courte pour se disputer pour des broutilles.

Venant de n'importe qui d'autre, ce discours d'encouragement aurait pu être plein de sarcasme, mais la fiancée de Finn avait été tuée un mois avant leur mariage et il leur rappelait toujours la fragilité de la vie.

Une chose que Dare ne connaissait que trop bien.

Gage passa la tête dans le vestiaire alors que *Pony* de Ginuwine commençait sur scène. Cliché mais standard depuis que *Magic Mike* était sorti au cinéma. Et même si c'était banal, ça excitait la foule pour le deuxième acte. — Allons-y, les gars. Les dames nous attendent.

Si seulement elle l'attendait.

Dare défilait avec le reste d'entre eux pour la grande entrée, qui consistait maintenant en une bande de gars rampant sur scène, grognant vers le public.

Qui devenait complètement dingue.

Dare secoua la tête. Il ne comprendrait jamais comment fonctionnait l'esprit d'une femme.

Pourtant, ce n'était pas difficile pour lui de savoir pourquoi Gina était en colère contre lui. Et, oui, elle avait le droit de l'être.

Il lui devait des excuses. Même si elle ne les accepterait pas. Ou ne lui parlerait pas. Il était temps qu'il lui dise ces mots. Qu'il sorte ce gros éléphant blanc de la pièce.

Il ondula sur la scène, contractant et relâchant ses muscles pour un effet maximal, donnant aux femmes ce pour quoi elles étaient venues. Il ramasserait ses pourboires, prendrait une douche, s'habillerait, puis irait au spa pour pouvoir parler à Gina.

Il tomba à genoux, puis ondula ses abdominaux, se penchant en arrière ce faisant, traînant ses mains sur sa poitrine, puis accrochant ses pouces dans la ceinture, jouant avec les femmes.

— Enlève-le, Foster ! Le cri venait de la gauche de la scène. Michelle, qui l'encourageait. Quelle courtoisie professionnelle.

Il sourit et baissa le tissu de quelques centimètres.

Michelle et sa petite amie Meggie incitèrent la foule à se lever, agitant les bras, des sifflets éclatant, et les gars encerclèrent la scène derrière lui, lui laissant son moment.

Dare travaillait sur le temps fort, se souvenant quand il faisait ça pour Gina.

Les lumières flashaient sur lui, la sueur perlant sur sa peau. Il rejeta la tête en arrière, secouant ses cheveux qu'il aurait dû couper, mais qu'il ne couperait pas parce qu'ils fonctionnaient bien pour le boulot.

Frankie, le DJ, augmenta les basses et elles pulsèrent à travers les planches mêmes du sol, dans ses tibias et ses genoux, à travers ses terminaisons nerveuses, s'installant dans son bassin.

Si seulement Gina était là.

Il travailla ses hanches plus fort, serrant ses fesses, et se trémoussa sur ses genoux à travers la scène, baissant le collant très lentement.

Les femmes jetaient de l'argent sur la scène, certains billets collant à sa poitrine.

Dare sourit, faisant ressortir ces fossettes, captant le regard des femmes au premier rang, leur faisant croire qu'il ne faisait ça que pour elles.

À quelques pas du bord, il roula ses abdominaux sur le sol puis se releva, se retrouvant face à face avec une brune portant une tiare et une écharpe FUTURE MARIÉE.

C'est parti. Les enterrements de vie de jeune fille étaient un arbre à fric garanti.

Il fit un clin d'œil.

Comme prévu, ses amies commencèrent à faire pleuvoir des billets sur lui, principalement des un dollar, mais il crut voir quelques billets de cinq, quelques-uns de dix. Peut-être même un ou deux de vingt.

Il écarta ses jambes derrière lui et rampa comme un soldat le reste du chemin vers elle, sans jamais rompre le contact visuel.

Il arriva au bord de la scène, l'agrippa, puis fit un rapide mouvement de flare pour se retrouver assis sur le bord, les genoux écartés, puis il lui fit signe du doigt, ses hanches pompant au rythme de la musique.

Elle rougit jusqu'à la racine des cheveux.

Ses amies poussèrent sa chaise plus près.

Dare sourit, puis sauta de la scène, la ceinture épousant ses hanches à quelques millimètres au-dessus de la ligne entre respectable (une blague !) et indécent, repoussant les limites, vendant le fantasme, alors qu'il faisait quelques mouvements de pop-and-lock pour elle.

Puis il saisit le dossier de sa chaise à côté de ses biceps et roula des hanches et des abdominaux en rythme avec la musique, montant au-dessus d'elle, si proche, mais sans la toucher. Titillant. Taquinant.

Ses lèvres s'entrouvrirent quand il poussa ses hanches, et il put sentir l'odeur de mojitos sur son souffle, normale pour les futures mariées. Elle était assez allumée pour profiter du spectacle, mais pas au point de ne pas s'en souvenir — ou de s'embarrasser.

Ouais, il n'était pas là pour embarrasser les clientes. Vendre le fantasme, oui, mais jamais aller trop loin.

Il roula son corps contre le sien à nouveau, puis se retourna leeeeentement, son visage étant la dernière chose à bouger. Puis il fit glisser ses doigts le long de ses obliques, effleurant sa cage thoracique, serrant ses fesses tout du long, réunissant ses paumes au-dessus de sa tête... puis il secoua son derrière.

Des soupirs et des cris éclatèrent tout autour de lui et il sentit ses mains sur ses hanches. Bryan et Gage avaient une politique stricte de ne pas toucher les clients, mais c'était à chaque danseur de décider jusqu'où il laisserait aller les femmes.

Dare était d'accord pour qu'elle s'accroche à ses hanches, même quand elle essaya de le tirer sur ses genoux. Il pouvait faire une danse sur les genoux, mais il ne ferait jamais vraiment contact.

Il s'abaissa, ondulant tout en l'enfourchant. Il se poussa en arrière, se tortillant un peu, pompant ses poings en s'étirant, suivant le rythme de la musique.

Ses doigts le serrèrent, les ongles s'enfonçant alors qu'elle le tirait en arrière, et c'était le signal pour Dare de s'éloigner. Il leva une jambe haut, et fit une production lente, mais spectaculaire, de se retourner.

Il déploya ses bras, faisant travailler ses pectoraux dans leur propre spectacle, et s'abaissa sur un genou, le bassin toujours frappant le temps fort, puis il ondula de gauche à droite sur ses genoux... jusqu'au tout dernier temps où il prit sa main et embrassa le dos.

Elle retomba dans sa chaise, avec une expression sur le visage que Dare avait le sentiment que seul son futur marié avait vue auparavant.

— Putain de merde ! cria quelqu'un.

Son travail ici était terminé.

— Oh mon Dieu ! de la part d'une autre.

— Emmène-moi chez toi !

Il sourit à cette remarque. La plus grande leçon à retenir dans ce milieu : ne jamais mélanger travail et plaisir. Il savait, par expérience, à quel point cela pouvait être difficile — danser pour Gina lui avait presque donné les couilles bleues.

Sur scène, Charlie balayait l'argent dans le bac et Dare ajouta les billets qui lui étaient restés collés en allant vers les coulisses pour se doucher. Il ne s'inquiétait pas des recettes ; Charlie, un ancien comptable à la retraite, était si scrupuleusement juste qu'il répartissait les bénéfices au centime près avant de prendre sa part. Gage et Bryan, même avec ce qu'ils vendaient, géraient une affaire de premier ordre, ce qui expliquait leur succès et leur expansion vers d'autres sites.

— T'as assuré ! s'exclama Jace en lui tapant dans la main lorsqu'il entra dans le vestiaire.

— Une soirée comme une autre.

Il arracha son collant, le jeta dans le sac à linge, puis s'enroula une serviette autour des hanches.

Une douche et Gina l'attendaient juste au coin de la rue.

* * *

Mais la tempête de neige aussi.

Dare fixait la porte de service du club. C'était bien sa veine. Alors qu'il avait hâte de partir d'ici pour retrouver la femme de ses rêves, Mère Nature lui balançait le plus gros des rabat-joie qu'elle pouvait envoyer.

— Merde, lança Gage en s'approchant derrière lui. D'où ça sort, ça ?

Dare pointa le doigt vers le haut. — Du ciel ?

— Je sais ça, petit malin, mais ça ne devait pas tomber avant deux heures. Maintenant, je me retrouve avec une foule de femmes ivres pour lesquelles je vais devoir trouver des Uber.

— Ou tu pourrais toutes les faire dormir ici ce soir.

Gage haussa un sourcil. — Un peu comme un renard dans un poulailler. Pas une bonne idée.

— Pas plus que d'appeler une bande de mecs musclés des poules, mais bon, c'est ta tête.

Gage jura à nouveau et sortit son portable. Il appuya sur une application. — Merde. Pas un Uber en vue.

— Essaie Lyft.

— Tu crois ? demanda Gage d'un ton sarcastique. La moitié des chauffeurs Uber travaillent aussi pour Lyft. Qu'est-ce qui te fait croire qu'ils vont être dehors pour l'autre service ?

Dare haussa les épaules, pressentant où cela allait mener. — Ça vaut le coup d'essayer.

— Ouais, ouais. Gage expira et tapota à nouveau sur son téléphone. — Eeeet... c'est non. Putain. Je ne peux pas être absent toute la nuit encore. Mon neveu a subi une nouvelle opération et il devient trop lourd pour que Missy s'en occupe seule. Il se pinça l'arête du nez. — Écoute, Dare, je sais que je n'ai pas le droit de demander...

— Commence à les rassembler. Heureusement pour toi, nous, les "poules", sommes assez machos pour conduire des 4x4. Je suis sûr qu'on peut les ramener chez elles en toute sécurité.

Et, à une heure et demie, c'était fait.

Dare fit un signe d'au revoir à la future mariée et à sa demoiselle d'honneur, puis vérifia la route — plus par habitude que dans l'espoir de voir quelqu'un dehors par ce temps — avant de rentrer chez lui alors que la neige continuait de tomber.

Le trajet le faisait passer devant le spa et il songea à s'y arrêter, mais les lumières étaient éteintes et la voiture de Gina introuvable. À moins qu'elle ne soit sous un tas de neige grandissant, auquel cas elle n'irait nulle part et il la verrait le matin quand ils auraient tous deux dormi un peu et auraient une meilleure perspective pour la journée.

Sauf qu'il réalisa que cela n'allait pas arriver quand il s'engagea dans l'intersection et faillit déraper hors de la route.

Comme Gina l'avait déjà fait.

Chapitre Neuf

— Un petit souci, mademoiselle ?

Gina leva les yeux de son portable où elle cherchait une dépanneuse qui ne *serait pas* occupée à déneiger les routes — toutes les routes sauf celle où elle se trouvait, apparemment.

Il *fallait* que la seule personne qui sortirait par ce temps *et* qui la trouverait soit Darien.

Elle appuya sur le bouton pour baisser sa vitre. — Que fais-tu ici ? La neige recouvrit ses genoux en un rien de temps.

— Apparemment, je te sauve. Il fit un geste vers sa voiture. — Encore une fois.

— Je n'ai pas besoin d'être sauvée, dit-elle en remontant sa vitre jusqu'à ne laisser qu'un centimètre d'ouverture — et même cela laissait entrer trop de neige. Son siège passager allait être recouvert s'il ne fermait pas sa fenêtre.

— Vraiment ? Y a-t-il un service de dépannage Chevalier Blanc dans le coin que je ne connais pas ? Il haussa un sourcil. — Non ? Alors, viens. Mon pick-up est là. Je peux te ramener chez toi.

— Je ne veux pas rentrer chez toi.

Il posa son bras gauche sur le volant tandis que les essuie-glaces balayaient frénétiquement son pare-brise, peinant à suivre le rythme de la neige. — Ma chérie, je ne te demandais pas de rentrer chez *moi*. Je t'offrais mon aide. Rien d'illicite là-dedans.

Et une fois de plus, avec son petit sourire en coin narquois, elle était la cible de sa plaisanterie.

Elle en avait tellement assez d'être ça. *C'était* la raison pour laquelle il ne pouvait rien y avoir entre eux ; elle ne saurait jamais sur quel pied danser avec lui.

Ma belle, c'est pas debout qu'on veut être...

Levant les yeux au ciel, elle baissa un peu plus la vitre. — Écoute, Darien. Je peux me rendre au spa par mes propres moyens et y rester. Je dois y être demain matin de toute façon.

— Ce qui me fait demander pourquoi tu ne l'as pas fait dès le départ ? Pourquoi es-tu dehors ? C'est dangereux.

Parce qu'elle voulait être partie au cas où il se serait montré.

Mais il n'y avait aucune chance qu'elle l'admette.

Elle chassa les flocons de ses cils. — Alors pourquoi es-tu là si c'est si horrible ?

— Parce que j'ai un quatre-quatre et que j'ai passé la soirée à ramener des femmes éméchées du club pour que personne ne s'enroule autour d'un poteau téléphonique. Il regarda ostensiblement sa voiture. — Ou ne finisse dans le fossé au bord de la route. Allez. Il se pencha pour ouvrir la portière côté passager, puis enleva la neige. — Oublions le passé et rentrons en sécurité ce soir. Demain est un autre jour.

Il avait raison. Le spa était à au moins huit cents mètres et elle n'avait ni bottes ni gants. Et des doigts gelés ne semblaient pas très attrayants.

Elle soupira et ferma la fenêtre avant d'ouvrir la portière. — Tu cites Scarlett ?

Il remonta la vitre, puis sortit de son côté. — Qui ?

Elle mit le pied dans un tas de neige vraiment très froide. Pourquoi n'avait-elle pas mis de bottes aujourd'hui ? — Scarlett. O'Hara. Dans *Autant en emporte le vent* ?

Il contourna l'avant du pick-up. — Jamais vu.

— Quoi ? Qui n'a jamais vu *Autant en emporte le vent* ? Elle se remit sur pied et dut s'agripper à la portière quand un de ses pieds glissa. Parfait. Une plaque de verglas sous la neige. Pas étonnant que sa voiture n'ait eu aucune chance. — C'est comme une tradition américaine ou quelque chose comme ça. Ma mère et moi restions éveillées avec des tonnes de pop-corn chaque fois qu'il passait.

— Quelle chance. Tiens. Il lui saisit le bras. — Le premier pas est le plus dur.

Il ne plaisantait pas — mais ce n'était pas à cause de la neige ou du verglas. Sa main sur son poignet l'affectait d'une manière que le froid ne pouvait atteindre.

Juste arriver jusqu'au pick-up, juste arriver jusqu'au pick-up. Ensuite, il te lâchera.

Elle se concentra sur ce mantra — et sur le verglas — et réussit à atteindre le pick-up sans se ridiculiser.

Elle grimpa et attacha sa ceinture quand il ferma la portière, puis s'assura d'être bien calée aussi loin de lui que possible avant qu'il ne reprenne place côté conducteur.

— Tu es sûre que tu veux que je t'emmène au spa ? Ton appartement n'est pas un détour pour moi.

— Oui, j'en suis sûre. Ça ira. Ça m'évitera d'avoir à faire remorquer la voiture tôt pour pouvoir revenir demain.

Il haussa les épaules. — D'accord. Il reprit la route.

Gina lança un regard noir à sa petite hybride. Économe en carburant, nulle sur la glace. Elle croisa les bras et appuya sa tête contre la vitre.

— Tu sais, je ne mords pas.

Zut.

Elle chassa cette pensée. — Désolée. Je ne savais pas que la conversation était le prix du sauvetage.

— Je croyais que tu avais dit que tu n'avais pas besoin d'être sauvée ?

— Je n'en ai pas besoin. Je n'en avais pas besoin. Mais je suis sûre que tu le présenteras comme ça. Elle voulait un bain et une bouteille de vin. Et pas nécessairement dans cet ordre.

Mais pas avec Darien dans les parages. Le vin était interdit quand il était dans le tableau.

Il soupira et c'était assez lourd pour qu'elle le regarde. — Quoi ?

Il lui jeta un coup d'œil et elle vit... quelque chose... dans son regard qu'elle ne pouvait nommer. Pas de la colère. Pas de la frustration. Certainement pas de l'amusement. Mais c'était une nouvelle expression pour lui.

Il mit le pick-up en marche avant et prononça un cryptique : — Pas ici.

Elle ne demanda pas où. Tout ce qu'elle voulait, c'était arriver au Gilded Lily et lui souhaiter bonne nuit. Avec un *merci* ajouté parce que, peu importe à quel point il l'agaçait, c'était au-delà de ce qu'on pouvait attendre de lui.

Il passa l'intersection où sa voiture avait lâché, puis tourna dans le parking du spa. Le chasse-neige n'était pas encore passé par là, alors les pneus de Darien patinèrent un peu.

— Pas d'inquiétude, dit-il, ces bébés ont une bonne adhérence.

Jusqu'à ce qu'ils ne l'aient plus.

Le vénéré quatre-quatre de Darien finit par faire quelques toupies dans le parking avant de s'arrêter parallèlement à la porte d'entrée.

Il coupa le contact et la regarda. — Eh bien, au moins on n'a pas loin à marcher.

Ses fossettes n'effaçaient pas la réalité qu'elle allait maintenant être coincée au spa avec lui jusqu'à ce que quelqu'un vienne les déblayer.

Elle soupira. — Allez. Entrons. Elle détacha sa ceinture, puis faillit atterrir sur les fesses en descendant de la cabine.

— Gina —

— Je sais, je sais. Le premier pas est le plus dur.

Elle s'appuya entre la porte et le siège jusqu'à ce qu'elle ait les pieds bien ancrés, puis se traîna vers l'entrée du spa, priant pour que ses orteils gardent leur circulation sanguine encore un peu. La neige fouettait ses lèvres et recouvrait ses cils. C'était un véritable blizzard dehors.

— Ça va ? Darien apparut comme par magie à ses côtés. Pourquoi n'avait-il aucun mal à se déplacer, lui ?

Elle essuya à nouveau les flocons de neige de ses cils. Des bottes. Il avait eu la présence d'esprit de porter des bottes. Elle aurait dû prêter plus d'attention aux prévisions météo hier au lieu de s'inquiéter de le revoir.

— Où est ta clé ? Il tendit la main.

— Juste ici. Ses doigts étaient engourdis et elle la laissa — bien sûr — tomber dans la neige.

Quelques minutes tendues plus tard, Darien la retrouva et réussit à ouvrir la porte pendant que Gina soufflait sur ses doigts maintenant mouillés et gelés pour éviter les engelures.

— Où gardes-tu le café ? Je vais nous en faire, dit-il en allumant les lumières dans la zone d'accueil.

— Dans le… pla… placard… dans la… sa… salle… de pause, articula Gina en se frottant les bras pour y faire revenir la sensation.

— Je reviens tout de suite. Il faut te réchauffer.

Autant elle détestait l'admettre, elle était très contente qu'il ait insisté pour la ramener, mais pourquoi, juste une fois, ne pouvait-elle pas avoir le dessus avec lui ? Elle avait quitté The Gilded Lily justement pour ne *pas* le revoir ce soir — parce que, dans son Univers Karmique, il serait *forcément* apparu si elle était restée.

Il est venu quand même, c'est pourquoi cet Univers te dit de laisser tomber le passé. Oublie ce qui s'est passé. Tu l'as dit toi-même ; c'était un adolescent. Les adolescents font toutes sortes de choses stupides.

Ouais, mais elle semblait avoir un faible pour les gens qui lui faisaient des choses stupides *à elle*. Elle devait briser ce cycle. Darien était même un stripteaseur comme John.

— Voilà, le café est en route. Darien revint dans la zone d'accueil, l'air beaucoup trop en forme pour deux personnes bloquées ensemble dans une tempête de neige à minuit.

Elle, en revanche, était tout sauf pimpante et composée. La glace fondait dans ses cheveux, alors ses boucles allaient bientôt jaillir comme des tire-bouchons, et elle était sûre que son nez était bien rouge.

— J'ai pris une des couvertures chauffantes qu'on utilise pour les tables de massage. Ça devrait faire l'affaire en attendant le café. Il brancha la couverture en polaire. — Allez, enlève ce manteau. Je sais que ce n'est pas l'utilisation recommandée pour ce truc, mais aux grands maux les grands remèdes. Tes lèvres sont passées du bleu au violet.

— Tu… tu dis les cho… choses les plus douces, réussit-elle à articuler entre ses dents qui claquaient.

Il l'enveloppa dans la couverture. — Je pourrais dire que tu es vraiment jolie avec les flocons de neige dans tes boucles, mais j'ai l'impression que ça me vaudrait un grand froncement de sourcils.

Cela lui valut à *elle* plus que quelques papillons dans l'estomac.

Ce qui la fit taire.

— Quoi ? Pas de réplique cinglante ? Tu dois *vraiment* avoir froid. Il ramassa son manteau. — Je vais le suspendre dans le placard utilitaire pour qu'il sèche, puis je reviendrai avec ton café. Tu devrais t'asseoir sur ce truc poilu que tu as fabriqué là-bas. Ça a l'air assez douillet pour te réchauffer.

Lui aussi, d'ailleurs.

Ce qui était un problème.

Gina se débarrassa de ses chaussures inefficaces, puis s'assit sur le banc et croisa les jambes sous elle, enroulant la couverture autour. Ses pieds commençaient à picoter à mesure que la sensation revenait, mais elle savait qu'il ne fallait pas les frapper contre le sol. Ça pourrait causer des dommages. Mieux valait simplement supporter la douleur.

— J'imagine que tu n'as pas de cognac par ici ? demanda Darien en entrant dans la zone d'accueil avec deux tasses de café. — Ça te réchaufferait.

— Ma... malheureusement, boire au tra... travail est mal vu dans cet É... État. Elle prit la tasse qu'il lui tendait. — Me... merci.

Il s'assit à côté d'elle. — Je t'en prie.

Et c'était à peu près tout. Elle sirotait son café, il sirotait le sien.

Mais ce n'était pas gênant, étonnamment. C'était plutôt un silence amical.

Il y a une première fois à tout.

— Tu fais un bon café.

Il la salua avec sa tasse. — Les risques du métier quand on rentre après deux heures du matin. Il faut quelque chose pour me réveiller le matin.

Ne dis pas : "Tu veux dire, quelqu'un." Ne le dis surtout pas.

D'accord, mais elle pouvait le penser.

Mais *pourquoi* pensait-elle ça ? Une tasse de café et une bonne action n'effaçaient pas le fait que c'était Darien. *Froggy.* Le tourmenteur de ses années de formation.

Pourquoi ça ne compte pas ? Il n'avait pas à te sauver.

Elle ajusta la couverture autour de ses épaules.

— Tu as encore froid ? Il posa sa tasse sur la table basse. — Tiens. Laisse-moi t'aider.

— Non, ça va. Je peux...

Ses doigts effleurèrent son cou.

Elle se figea.

D'une manière qui lui envoya des frissons brûlants le long de la colonne vertébrale.

Les doigts de Darien ne bougèrent pas.

Elle non plus.

La neige frappait les fenêtres un peu plus fort maintenant, plus glaciale, le tintement ressemblant à une musique de fond à leur silence.

Un silence qui n'était plus aussi amical.

Et elle n'avait plus aussi froid non plus.

Et ses doigts n'avaient toujours pas bougé...

Attends. Ils commençaient à le faire.

En délicieux cercles sur sa nuque.

Oh oui, il pouvait la réchauffer très agréablement.

Elle serra sa tasse plus fort.

Son regard tomba sur ses lèvres.

Qui s'entrouvrirent.

Sa gorge se serra, comprimant sa respiration.

Elle humecta ses lèvres sèches.

Il bougea sur le banc, ses doigts continuant à dessiner ces cercles.

Et peut-être se pencha-t-il un peu...

Gina retint son souffle. Il allait l'embrasser à nouveau. Et elle n'était pas sûre de ce qu'elle en pensait.

Alors laisse-moi prendre les commandes parce que, ma chérie, nous n'allons pas *laisser passer cette opportunité.*

Gina n'allait pas discuter avec son subconscient.

Elle se pencha un peu. Bon, peut-être un peu plus qu'un peu. Assez pour lui faire savoir que c'était OK.

— Gina.

Sa voix était si basse et sexy.

— Darien...

Elle réussit à ne pas soupirer en prononçant son nom, gardant ainsi un peu de sa dignité.

Dignité qui s'évanouit lorsqu'il se recula, rendant évident qu'*elle* était la seule à avoir l'intention de faire ce qu'elle *pensait* qu'il allait faire, mais qui n'arrivait finalement pas.

Oh, mon Dieu, pas encore.

— Je suis désolé, dit-il doucement.

Désolé de ne pas l'avoir embrassée ? Ou d'avoir réalisé qu'elle le voulait et pas lui ?

Elle se redressa, le dos raide comme un piquet, le café débordant de la tasse lorsqu'elle la posa brutalement sur le rebord de la fenêtre à côté d'elle, puis elle arracha la prise de la couverture chauffante de la prise. C'était incroyable comme la colère brûlante et l'humiliation pouvaient chasser le froid plus vite que même la promesse d'un baiser qui n'allait pas se produire.

— Je ne sais pas de quoi tu parles.

M. Je-suis-le-meilleur pouvait prendre son ego surdimensionné et rentrer chez lui tout seul, merci bien.

Elle tira ses pieds de sous elle et les claqua sur le sol.

Aïe aïe aïe ! Des éclairs de douleur brûlante traversèrent ses mollets et elle retint une grimace.

Mais pas le juron.

— Écoute, laisse-moi t'expliquer.

Darien saisit son poignet, mais Gina dégagea son bras.

— Pas besoin. Je vais bien. Merci de m'avoir ramenée ici. Je vais me coucher.

Elle s'enroula dans la couverture comme dans une armure et se dirigea d'un pas furieux vers l'une des salles de soins. Les tables n'étaient pas assez grandes pour y dormir sans tomber, mais les pièces avaient des portes qui pouvaient être fermées. Dommage que le code du bâtiment n'autorise pas les verrous.

Elle se dirigea vers le bureau d'accueil. Elle utiliserait la chaise pour la caler sous la poignée de la porte.

Pour le tenir à l'écart ou pour t'empêcher de sortir ?

Pas drôle.

— Gina, attends.

Darien atteignit la chaise avant elle, alors elle fit un brusque demi-tour et se dirigea vers les salles de soins.

— Bonne nuit, Darien.

— Bon sang, Gina, tu veux bien m'écouter ?

Il attrapa son bras.

Elle se débarrassa de la couverture qui glissa sur le bras de Darien. Elle préférait avoir froid plutôt que d'être marquée par sa chaleur.

— Il est tard, nous sommes épuisés, et la pression atmosphérique est bizarre ou je ne sais quoi. Allons nous coucher, d'accord ?

Ses épaules s'affaissèrent et il la lâcha, la tension ou quoi que ce soit le quittant. Bien. Il allait la laisser tranquille.

Elle se dirigea vers le sanctuaire de la salle de soins. Suite. Peu importe.

— Je voulais te dire à quel point je suis désolé pour ce que j'ai dit dans le cours de Nester. C'était impardonnable.

Elle s'arrêta de marcher.

Maintenant ? Il abordait le sujet *maintenant* ? Après vingt ans à vivre avec ça, il fallait qu'il en parle *maintenant* ? Alors qu'elle avait froid, qu'elle était trempée et fatiguée et...

Blessée. Encore si blessée. Humiliée.

Elle cligna des yeux. Deux fois.

— Je ne veux pas en parler. C'est fini. C'est du passé. Terminé.

Il la rattrapa et ses doigts effleurèrent son bras.

— Mais ça ne l'est pas si tu ne veux même pas me parler. Pas si ça te fait me détester.

Elle aurait dû continuer à avancer.

— S'il te plaît, Gina ? Donne-moi une chance de me rattraper ?

Elle se retourna alors brusquement.

— Te rattraper ? Comment exactement comptes-tu faire ça, Darien ? Tu ne peux pas effacer deux décennies de moqueries, de regards et d'humiliation totale.

Elle voulut s'enrouler dans la couverture, puis se souvint qu'elle s'en était débarrassée. Merde.

— Je sais que je ne peux pas revenir en arrière et arranger les choses. Je ne peux pas *dédire* ce que j'ai dit. Mais je ne voulais pas que ça ait de telles conséquences. C'était juste un commentaire stupide d'un gamin irréfléchi dont la bouche allait plus vite que le cerveau. J'ai su à la seconde où j'ai vu ton visage...

— Tu veux dire à la seconde où tout le monde a commencé à rire.

— Oui, à ce moment-là aussi. Je sais. Je suis désolé. Je ne peux pas revenir en arrière, mais tu dois savoir que je n'essayais pas intentionnellement de te blesser.

— Eh bien, dis donc, ça me fait tellement de bien de savoir que tu aurais pu faire tellement pire si tu avais *essayé*.

Il passa une main dans ses cheveux.

— Ce n'est pas ce que je voulais dire. Ça... Ça ne sort pas comme il faut.

— Exactement. Donc rien n'a changé.

Elle arracha la couverture de ses doigts.

— Allons nous coucher, d'accord ?

Elle entra dans la pièce et se retint au dernier moment pour ne pas claquer la porte. Au lieu de cela, elle la ferma jusqu'à ce que le loquet s'enclenche, puis elle se laissa glisser contre le dos de la porte et drapa la couverture sur elle, s'interdisant de pleurer.

Pleurer était ridicule. Elle était adulte maintenant ; elle avait dépassé tout ça.

Mais les rires... Les moqueries qui avaient suivi... La façon dont on en parlait *encore* aujourd'hui. Elle croisa les bras sur ses genoux et y posa son menton. Ce foutu commentaire stupide la hantait encore après toutes ces années. Surtout quand les rendez-vous devenaient "trop entreprenants". C'était pour ça qu'elle avait baissé sa garde et s'était laissée séduire par John - quelqu'un qui était nouveau en ville, sexy, attentionné, et qui n'avait jamais entendu l'histoire. Pas que ça aurait eu de l'importance ; il était plus intéressé par son portefeuille que par sa poitrine. Ce qui avait apporté son propre lot de problèmes. Mais elle l'aurait remarqué si elle n'avait pas été si focalisée sur le fait qu'il n'était pas trop entreprenant. Tout revenait à ce que Darien avait fait.

Darien frappa à la porte.

— Gina, s'il te plaît. On peut parler ?

Elle ne pouvait pas faire ça ce soir.

— Bonne nuit, Darien.

Elle l'entendit glisser le long de la porte, sentit celle-ci céder légèrement contre son dos sous son poids, à peine cinq centimètres les séparant maintenant.

— Je suis désolé. Je n'avais pas pensé à ce que ça te ferait. J'étais un idiot, cherchant à faire rire les gars. Je n'ai pas considéré tes sentiments. Je suis désolé pour ça, Gina. Si j'avais la chance de recommencer, je ne l'aurais jamais dit. Bon sang, j'ai su à l'instant où les mots sont sortis de ma bouche que c'était la mauvaise chose à dire.

— Mais tu ne pouvais pas les reprendre.

— Je sais.

Il soupira.

— Le truc, Gina...

Sa tête cogna contre la porte.

— J'essayais d'attirer ton attention.

Elle ricana, mais sans humour.

— Eh bien, tu as certainement réussi. Tellement que tu es la seule personne de l'école que je ne pourrai jamais oublier.

— Ce n'était pas mon intention de te blesser. Je voulais être drôle et charmant et que tu me *voies*. Tu regardais toujours à travers moi, et je détestais ça. J'avais cette idée ridicule que tu me trouverais si drôle que tu voudrais me parler. Et que cela mènerait à d'autres choses. J'avais l'habitude de m'asseoir derrière toi en classe et de regarder tes cheveux rebondir à chaque fois que tu bougeais. La façon dont tu les rejetais en arrière d'un gracieux mouvement de la main. Et ce parfum que tu portais... Ça me rendait fou.

La bouche de Gina s'ouvrit. C'était Darien Foster, le garçon dont elle avait rêvé pendant tant de nuits adolescentes jusqu'à ce qu'il lui brise le cœur avec un commentaire négligent... Un commentaire qu'il avait lancé pour *essayer d'attirer son attention* ? Cela n'avait aucun sens et lui embrouillait l'esprit.

— Je voulais seulement te faire rire. Te faire me remarquer. Me regarder, me dire quelque chose, mais tu ne l'as jamais fait. Jusqu'à ce moment-là.

Parce qu'elle avait été si complexée. Il avait fait partie des beaux gosses, et elle, avec ses boucles frisées et sa poitrine opulente... Elle s'était sentie comme un monstre. Indigne.

C'était douloureux de se l'avouer. Mais oui, elle s'était regardée dans le miroir chaque matin. Elle ne ressemblait pas aux autres filles. Elle savait ce que tout le monde voyait. Mais lui... Darien... Il avait été...

Il avait été son fantasme.

Et puis il avait tout gâché.

— J'étais tellement content d'avoir une raison de te dire quelque chose et en public pour que tu ne puisses pas m'ignorer. Tu *devais* me parler.

— Oh, je t'ai parlé, c'est sûr. Tout le chemin jusqu'au bureau de M. Dilworth. Je crois que les mots étaient "brute", "crétin", "minable", et...

— "Imbécile", "porc", "prétentieux", "homme des cavernes"... Je m'en souviens. Mais tu *me* parlais.

Gina leva la tête, plissant les yeux dans la faible lueur orange de l'horloge, la seule lumière dans la pièce. — Pourquoi voulais-tu que je te parle ? Tu ne m'aimais même pas. Tu te moquais de moi.

Elle le sentit bouger contre la porte, et puis il n'était plus assis contre elle. — Pouvons-nous, s'il te plaît, parler de cela sans la porte entre nous ? Je te dois une explication, et cette fois, j'aimerais qu'il n'y ait aucun malentendu entre nous.

— Malentendu ? *C'est* comme ça que tu appelles le fait de m'avoir rendue la risée de toute la classe – un malentendu ?

La poignée tourna. — Laisse-moi entrer, Gina.

La demande semblait avoir deux niveaux.

Elle regarda la poignée de la porte, sachant qu'elle voulait le laisser entrer, mais effrayée de le faire. Parce que si elle le croyait, si elle acceptait ses excuses, elle n'aurait plus la colère comme défense contre lui.

Si tu le crois, tu n'auras plus besoin d'en avoir une.

Et c'était probablement la partie la plus effrayante de toutes.

Vas-tu laisser la peur définir ta vie ?

Plus important encore, vas-tu laisser John *la définir ?*

Elle se leva et tira sur la poignée. John n'allait pas avoir un autre morceau de sa vie.

Candy avait raison ; Darien n'était pas John et tous les hommes n'étaient pas des porcs.

Certains étaient... des grenouilles.

Elle sourit tandis que la porte s'ouvrait.

— Puis-je ? Darien fit un signe de tête vers la pièce.

Elle fit un geste de la main.

La lumière tamisée de l'enseigne EXIT réglementaire suivit Darien alors qu'il sautait sur la table de traitement et tapotait la place à côté de lui. — Promis, je ne mords pas.

— Tant mieux. Ton aboiement était déjà assez mauvais.

— Aïe. Il grimaça alors qu'elle sautait à côté de lui. — Je l'ai mérité.

— Ouais, c'est vrai. Elle glissa ses mains sous ses cuisses, ce qui servait doublement à les empêcher de révéler la tension qu'elle ressentait *et* à les empêcher de migrer vers lui, deux factions très différentes se battant pour la domination en ce moment. Comme aucune n'était une bonne idée, elle élimina la possibilité des deux.

Il se tourna légèrement, la faible lumière soulignant la barbe d'un jour sur son menton. — Je sais que je ne peux pas défaire le passé, mais comme je l'ai dit à l'époque, je suis désolé. Vraiment, honnêtement, sincèrement désolé.

— Tu ne t'es excusé dans le bureau de Dilworth que parce qu'il t'y a obligé. Tu ne l'as jamais dit devant tout le monde.

Il baissa la tête. — J'aurais dû. Je ne suis pas fier du gamin que j'étais. J'ai fait une erreur, une erreur que j'assume pleinement. Si me lever à notre prochaine réunion de lycée et m'excuser publiquement arrangerait les choses pour toi, je le ferais sans hésiter.

— Oh non, surtout pas. Elle secoua la tête. — Si tu le faisais, tout recommencerait. Je n'ai pas besoin de revivre ça.

— As-tu jamais arrêté de le revivre ?

Encore une fois, son reniflement ne contenait pas une once d'humour. — On ne dépasse jamais vraiment le lycée, n'est-ce pas ?

— J'aimerais penser que si. Parce que j'aimerais penser que j'ai un peu plus de conscience de moi-même. Crois-moi, si je le pouvais, je botterais les fesses du Dare de quatorze ans si fort que le gamin ne pourrait pas s'asseoir pendant un mois.

Elle ne put s'empêcher de sourire un peu à cela. — De nos jours, tu serais arrêté pour maltraitance d'enfant.

— Et le Dare de quatorze ans aurait des ennuis pour harcèlement.

— Mais les gens ne traitaient pas les harceleurs de cette façon à l'époque. Elle ajusta ses mains. — Les gens n'ont aucune idée du pouvoir des mots.

Il s'éclaircit la gorge. — Si ça peut aider, je n'ai jamais rien fait de tel à personne depuis. J'ai appris ma leçon. Je suis juste désolé que ça ait dû se faire à tes dépens.

Gina grimaça. Il portait autant de culpabilité qu'elle de bagages. Et, honnêtement, il ne devrait pas. Il n'avait pas été conscient à l'époque de à quel point elle avait été complexée. Il avait été un adolescent, des êtres qui, notoirement, ne pensent qu'à eux-mêmes. Il n'avait pas essayé de la blesser. Elle le voyait maintenant. Elle n'avait juste pas pu le voir *à l'époque*.

S'il avait été malveillant, s'il avait délibérément cherché à la blesser, alors elle aurait pu se plaindre. Mais ce n'était pas le cas. En tant qu'adulte, elle s'en rendait compte.

Donc, si elle croyait qu'il n'avait pas voulu la blesser, elle devait lui pardonner, comme s'il l'avait accidentellement frappée avec une branche d'arbre ou quelque chose comme ça. C'était un acte irréfléchi qui avait causé du tort.

En tant qu'adulte, elle reconnaissait la vérité dans cela et il était temps de dépasser son moi adolescent.

Elle sortit une main de sous sa cuisse et la lui tendit. — Trêve.

Ces satanées fossettes apparurent dans toute leur gloire. — Merci.

Elle aurait dû se préparer à la chaleur qui la traversa quand ses doigts se refermèrent sur les siens, mais elle ne l'avait pas fait, alors elle retira instinctivement sa main.

Enfin, elle essaya. Darien ne lâcha pas prise.

— Gina.

Sa voix était basse et douce, et ils se trouvaient dans une pièce éclairée uniquement par la lumière du couloir et les chiffres de l'horloge numérique.

Et assis ensemble sur une table de massage, de tous les endroits possibles.

Le cœur battant, elle plongea son regard dans ses yeux. L'étincelle qui y brillait habituellement s'était transformée en quelque chose d'autre. Quelque chose de similaire à ce qu'elle y avait vu la nuit où il l'avait embrassée.

Il jeta un coup d'œil à ses lèvres.

Elle les humecta — elles étaient *soudainement* sèches, après tout.

Il gémit et détourna le regard.

Elle ne bougea pas. Pas même pour retirer sa main.

Darien expira et la regarda à nouveau.

Puis il lâcha sa main. — Crois-moi, Gina, j'adorerais passer à l'étape suivante, mais je ne veux pas précipiter les choses. Être ici, bloqués par la neige ensemble, l'ambiance, ce qu'on s'est dit... c'est grisant. Je te désire depuis long-temps, mais je ne veux pas que tu penses que mes excuses n'étaient qu'un prétexte pour te mettre dans mon lit. Je ne vais pas profiter de notre situation et de nos défenses abaissées pour faire quelque chose qui compromettrait ce qu'on a commencé ce soir. Alors... Il prit son visage en coupe, puis l'embrassa doucement sur le front. Je vais sortir de cette pièce, prendre une autre de ces couvertures et m'installer dans la salle de soins la plus éloignée de celle-ci. Comme ça, il n'y aura pas de vagabondages nocturnes.

Elle retrouva sa voix. — Il est... après minuit.

Ses fossettes lui firent un clin d'œil. — En effet. Ce qui signifie que le matin est à nos portes et qu'on va avoir besoin de dormir un peu. Il l'embrassa à nouveau sur le front.

Puis un peu plus bas — le bout de son nez.

Et ensuite...

Son souffle se coupa lorsque ses lèvres planèrent au-dessus des siennes.

Son regard la transperça. — Et puis on pourra parler demain.

Son souffle était chaud contre ses lèvres...

Mais ce fut tout.

Les doigts de Darien effleurèrent sa mâchoire tandis qu'il glissait de la table. — Fais de beaux rêves.

C'est pas juste. Elle voulait le dire à haute voix, mais sa voix — et son souffle — étaient coincés dans sa gorge.

Elle le regarda sortir de la pièce, ses épaules dessinant un V jusqu'à sa taille fine, éclairé par derrière par la lumière du couloir, et une image de ce qui se cachait sous sa chemise surgit dans son esprit.

Pas juste. Le gars l'avait complètement émoustillée et il sortait de la pièce comme si ça ne l'affectait pas.

Il se tourna de côté. — Bonne nuit.

Oh oui, ça l'avait affecté.

Gina se mordit la lèvre pour contenir son sourire en le saluant. Eh bien, au moins elle pouvait aller dormir en sachant qu'il traverserait son propre tourment.

Si elle arrivait à dormir.

* * *

— Eh bien, eh bien, qu'avons-nous là ? Le rire de Candy réveilla Gina. — Je m'inquiétais pour toi quand j'ai vu le pick-up de Darien coincé dans un banc de neige dehors, mais je te trouve bien au chaud et confortable, installée dans une pièce avec une grande couverture chaude autour de toi, mais sans aucune trace de lui. Est-ce que ça veut dire que tu as caché son corps quelque part ou qu'il se cache sous cette couverture avec toi ?

Gina cligna des yeux contre la lumière crue que Candy avait allumée et repoussa la masse de boucles de son visage. — Ni l'un ni l'autre. Elle repoussa la couverture pour le prouver. Dieu nous préserve que Candy ait la moindre idée de ce qui s'était passé la nuit dernière — ou plutôt, de ce qui ne s'était *pas* passé. Gina n'en aurait jamais fini d'en entendre parler. — Il est dans la salle numéro cinq. Laisse-le dormir.

— Oh, ça semble trop juteux pour laisser passer. Candy se frotta les mains, puis sauta sur la table. — Raconte-moi tout.

Gina se leva. — Il n'y a rien à raconter. Ma voiture est dans le fossé sur Monroe et il ramenait justement des clients du club chez eux. Il m'a ramenée ici, mais la neige était si mauvaise que son pick-up s'est embourbé.

— Eh bien, c'est pratique. Ma fille, je dois te le dire, tu sais vraiment comment mettre en scène.

— Il n'y a pas eu de mise en scène, Candy. Et vu qu'on est aux extrémités opposées du couloir, je pense que ça prouve mon point. Il ne s'est rien passé. Elle croisa les doigts en ébouriffant ses cheveux sur sa nuque.

— Hum hum. Candy tapota sa lèvre de son ongle orange. — Ça ne veut pas dire qu'il ne s'est rien passé ; ça veut juste dire que tu ne veux pas admettre ce qui s'est passé. Elle sauta de la table et se dirigea vers la porte. — Mais je le découvrirai, Gina. Tu sais que je le ferai.

Ouais, elle le découvrirait probablement. Quand Gina craquerait enfin et lui dirait. Mais elle repousserait ça le plus longtemps possible. Elle n'avait pas besoin de l'"aide" de Candy pour commencer quelque chose avec Darien — ça avait déjà commencé, selon lui.

Mais qu'est-ce que c'était ? Que voulait-il ?

Plus important encore, que veux-tu ?

C'était la question à un million de dollars.

Candy s'arrêta sur le pas de la porte, regardant par-dessus son épaule. — Joli regard sur ton visage. Tu veux m'en parler ?

Gina sentit le rouge lui monter aux joues, alors elle se pencha pour ramasser la couverture, laissant ses cheveux tomber devant elle pour cacher les preuves. — Il m'a aidée à m'abriter de la tempête, on est allés dormir. Séparément.

— J'ai l'impression qu'il y a plus à cette histoire.

Gina rejeta ses cheveux en arrière. — Oui, il y a plus. Ça s'appelle le petit-déjeuner, le café et ensuite se remettre au travail pour finir cet endroit. Je suppose que les routes sont dégagées ? Ou as-tu sorti ton balai de sorcière des boules à mites ?

— Ha, ha, très drôle. Candy recula pour laisser Gina sortir de la salle de soins. — La police demande aux personnes non essentielles de rester chez elles. Les routes sont un peu délicates. Et le parking est un vrai bazar, donc ça va prendre du temps pour déterrer ton petit ami.

Gina leva les yeux au ciel. Dommage que Candy soit derrière elle. — Ce n'est pas mon petit ami.

— Eh bien, il n'est certainement plus la persona non grata qu'il était il y a vingt-quatre heures. Tu ne m'as pas sauté à la gorge ou dit une seule méchanceté sur lui. C'est un record te concernant.

— Pourquoi avons-nous cette conversation ? On est dimanche, alors que fais-tu même ici ? Tu n'es pas du personnel essentiel, enfin, sauf dans ton propre esprit... Attends une minute. N'est-ce pas la tenue que tu portais hier ? Gina fit volte-face. Ce pull orange était *très* distinctif. Surtout qu'elle l'avait vu hier. — Candy Jane Carson, est-ce que c'est ta marche de la honte ?

Candy se mit soudainement très occupée à redresser la table des magazines dans la zone de réception.

— Si tu penses que j'étais dehors à marcher par ce temps, Gina, tu devrais peut-être consulter un médecin pour la blessure à la tête que tu as dû subir quand ta voiture est sortie de la route hier soir.

— N'élude pas la question.

— Je n'élude rien. Je t'ai répondu. Je n'étais pas sortie me promener.

Gina croisa les bras. — D'accord, alors tu étais en voiture. Où étais-tu ? Avec qui ?

— Ce n'est pas important, Geen. Elle agita la main comme pour chasser une mouche. — Rien dont il faille parler.

— Ah bon. Gina en savait long sur ces « rien dont il faille parler ».

— Sérieusement, ce n'est pas important.

Gina haussa un sourcil. — Désolée d'entendre ça.

Le visage de Candy prit une expression étrange, mais elle afficha rapidement un large sourire. — Bien joué.

— Je sais. Et tu éludes toujours la question.

Candy se mordit la lèvre inférieure. C'était nouveau. Gina n'avait jamais vu son amie hésiter sur quoi que ce soit.

Gina s'approcha et lui saisit le bras. — Ça va ? Il s'est passé quelque chose ? On doit appeler la police ou t'emmener à l'hôpital ? Il y avait toujours toutes sortes de choses bizarres et horribles dans les nouvelles ces derniers temps.

— Non. Rien de tout ça. C'est... Candy leva les yeux au plafond comme si elle allait y trouver la réponse qu'elle cherchait.

— Bonjour ! J'apporte le café. Les clochettes tintèrent lorsque Darien poussa la porte. — Oh. Salut, Candy.

Le soulagement se lut sur le visage de Candy tandis qu'elle détaillait Darien de haut en bas. — Ah bon. Son regard glissa vers Gina et elle dégagea son bras. — Je vois que mes services ne sont plus nécessaires. Elle se dirigea vers la porte d'entrée, en accentuant le déhanché de son postérieur en contournant Darien. — Maintenant que je vois que vous êtes tous les deux vivants et en bonne santé, et pas coincés dans un fossé quelque part, je vais vous laisser. Elle attrapa le carnet de rendez-vous, puis saisit son manteau sur le portemanteau et le jeta sur son épaule tout en se dandinant vers la porte d'entrée, ses cheveux blonds contrastant de façon saisissante avec ce pull et cette veste noire qu'elle portait *définitivement* hier.

— J'ai interrompu quelque chose ? demanda Darien en posant les sacs sur le comptoir d'accueil.

— Seulement un interrogatoire. Gina fixait la porte par laquelle Candy était sortie. Il se passait quelque chose. — Elle a vu ton pick-up dans le congère, moi sous une couverture, et elle a additionné un plus un pour obtenir onze. Ou quelque chose comme ça. L'odeur du café l'attira vers le comptoir d'accueil — enfin, peut-être pas seulement le café. — Mmm, ça sent bon. Où l'as-tu eu ?

— À la caserne des pompiers. Ils ont ouvert leurs portes et servent tous ceux qui peuvent y arriver. Il brandit un sac. — J'espère que tu aimes les donuts avec des vermicelles.

— Au chocolat ?

— Bien sûr. Je sais que le chemin vers le cœur d'une femme passe par le chocolat.

Gina leva les yeux, la main toujours dans le sac de donuts. — Euh, pardon ?

Darien sembla réellement gêné. — C'est, euh, une expression.

— Oh. Elle fouilla un peu plus dans le sac. — D'accord, alors.

— Oui, je veux dire, la nuit dernière était un point de départ, non ? Pas de pression.

Pas de pression ? Après vingt ans d'histoire entre eux ? — Très bien. D'accord. Si tu le dis.

— *Très bien* ? Qu'est-ce que j'ai dit de mal ?

Eh bien, le fait que la nuit dernière il ait dit qu'il la voulait et que ce matin il soit tout « c'est un point de départ », désinvolte... Ces excuses avaient-elles même été sincères ? Son désir pour elle était-il réel ? Après tout, il ne l'avait *pas* embrassée. — Rien. C'est très bien. Elle enfourna la moitié du donut dans sa bouche avant que les mauvais mots ne sortent. — Oh mon Dieu, c'est divin.

— Tu as du sucre sur la lèvre. Il agita ses doigts vers les siens pour lui montrer.

Elle essuya sa lèvre inférieure.

— Non, c'est encore... Il fit un pas en avant et passa son pouce dessus.

Puis il prit son visage en coupe.

Et l'autre joue.

Il se pencha. — Avale le donut, Gina.

Elle cligna des yeux, son regard captivé par cette lueur dans ses yeux.

— Je ne veux pas que tu t'étouffes quand je vais t'embrasser. Il hocha la tête. — Avale.

Elle s'exécuta. D'un coup.

Et puis il l'embrassa.

C'était tout aussi magique que la dernière fois.

Mais c'était beaucoup trop court.

Il se recula alors qu'elle avait encore les yeux fermés.

— Mon Dieu, ma belle, tu as l'air tellement appétissante en ce moment.

Elle ouvrit les yeux. Voilà. Voilà cette lueur. Voilà ce regard. Il la voulait *vraiment*.

Et elle le voulait.

C'était ça. La vérité. Aussi claire que le sourire sur son visage. Enfin, il n'y avait rien de simple dans ce sourire. Ni en lui.

Alors qu'est-ce qui t'arrête ? Ce n'est pas comme si tu allais l'épouser.

Exactement. — Alors qu'est-ce qui t'arrête, Darien ?

Darien gémit, plongea son regard dans le sien pendant un battement de cœur ou deux, puis... il écrasa sa bouche contre la sienne.

Il avait un goût de cannelle, de café et de sucre.

Et de lui.

Gina l'enlaça, le donut tombant sur le comptoir de la réception. Du moins, elle l'espérait.

Elle canalisa sa Scarlett intérieure et s'en préoccuperait plus tard.

Il glissa une main le long de son dos tandis que l'autre s'emmêlait dans ses cheveux, inclinant sa tête pour approfondir le baiser.

Elle le laissa faire, sa langue s'entremêlant avec la sienne, le café et la cannelle rendant le baiser encore plus intense.

Elle embrassait Darien. Froggy. Le gars qui lui avait rendu la vie impossible... tout ça parce qu'il *voulait qu'elle le remarque*.

Quand sa paume glissa sur sa hanche, la tirant contre lui, elle le *remarqua* définitivement.

Dehors, une voiture klaxonna.

Darien se recula avec un soupir. — Je suppose que c'est notre signal.

— Signal ? Elle frotta sa joue contre la sienne, rugueuse, adorant la sensation sur sa peau.

— Qu'on doit se mettre au travail. Il mordilla ses lèvres. — Même si j'adorerais t'embrasser toute la journée, on a des invités spéciaux qui arrivent cette semaine.

Juste.

Les Cavanaugh.

Son entreprise.

Le travail.

Elle avait oublié pendant ces quelques instants.

La voiture klaxonna de nouveau. Gina leva les yeux pour voir Candy secouer la tête avec un grand sourire en passant devant la porte d'entrée.

Il allait falloir donner quelques explications.

Chapitre Dix

— Marteau, dit Gina en tendant la main du haut de l'échelle.

Darien le lui passa. — Vérifié.

— Poinçon.

Il le lui tendit. — Vérifié.

Elle plaça le poinçon à l'endroit marqué sur le mur, là où elle avait mesuré depuis le plafond, puis le martela. — Tournevis.

Il le fit passer de sa main gauche à sa droite avant de le lui tendre, en le faisant tourner deux fois.

Prétentieux.

— Vérifié.

Elle le posa sur l'étagère derrière les autres outils pour qu'il ne roule pas, puis tendit la main sans se retourner. — Vis.

— Dis-moi quand et où, ma chérie.

Gina leva les yeux à *ces mots*.

Darien arborait un sourire idiot. — J'espérais que l'invitation serait un peu plus romantique, mais si tu demandes, je m'exécute.

Elle prit le détecteur de montants et le lui lança.

Bien visé, Geen.

— Tu te souviens qu'on a des invités spéciaux ? dit-elle en le pointant avec le poinçon. Les sous-entendus ne vont que nous ralentir.

Il rangea le détecteur dans la boîte à outils. — Ou nous donner une excellente excuse pour expliquer pourquoi cet endroit n'est pas prêt. Je veux dire, ils viennent pour un enterrement de vie de jeune fille ; ils comprendront toute cette histoire de tension sexuelle.

Elle ne comprenait pas toute cette histoire de tension sexuelle. Comment Darien et elle avaient-ils pu passer d'adversaires à... ça... en si peu de temps ?

Parce que vous le vouliez tous les deux, évidemment.

— Qu'en dis-tu ? Darien plaça le crayon de charpentier sur sa lèvre supérieure et remua les sourcils en tenant la vis. Il te suffit de dire oui.

Elle la lui arracha des doigts. — Les sœurs Cavanaugh comprendraient peut-être, mais Candy va exiger un tout autre niveau d'explication, et avec ce que je vais déjà devoir expliquer, je ne sais pas si j'ai envie d'aller plus loin. On dirait que tu n'as pas de chance, mon pote.

Elle était d'accord pour que ce quoi-que-ce-soit entre eux soit un point de départ, mais pour ce qui était du sexe... Elle n'en était pas encore là.

Euh, ma grande ? Tu te souviens du baiser dans l'appartement ? Tu y étais certainement là.

Bien sûr, physiologiquement elle y était, mais mentalement, émotionnellement... pas encore. C'était trop nouveau. Trop plein d'espoir. Trop... fragile.

Tu veux dire que tu es trop fragile.

Oui. Elle l'était. Elle avait déjà été blessée, et pas seulement par lui. Elle avait dû se construire des couches de protection. Elle ne pouvait pas simplement les arracher comme si elle n'avait pas eu de raisons de les construire en premier lieu. Elles devaient être retirées lentement. Avec le temps et la confiance.

Ou avec des doigts habiles, et il en a certainement. Parmi d'autres parties du corps requises.

Ne pas penser aux parties du corps de Darien. — Tu peux me passer ce fronton mural ? Celui de droite avec les feuilles d'acanthe.

— C'est ce pourquoi je vis, milady.

Elle rit de son faux accent britannique, puis mit la vis entre ses lèvres et le tournevis derrière son oreille, se préparant à accrocher la décoration.

— Tu vas devoir annoncer la nouvelle à Debby, tu t'en rends compte. Il lui tendit la pièce.

— Quelle nouvelle ? dit-elle avec la vis entre les lèvres en alignant le trou du bois sculpté sur celui qu'elle avait fait.

— Qu'il y a quelque chose entre nous. Ce sera gênant si elle essaie de me faire des avances.

Gina recracha la vis. Elle rebondit sur le mur, laissant une petite marque dans la peinture fraîche. — Zut.

— On peut réparer la peinture.

— Non. Je veux dire à propos de Debby. Le Code des Filles et tout ça.

— Ah oui, le Code des Filles. J'ai entendu dire qu'il y a des conséquences vraiment dures quand on le brise.

— Tu plaisantes, mais elle ne va pas être contente. Je veux dire, on ne drague pas l'intérêt amoureux de son amie, faute d'un meilleur terme.

Il se pencha pour ramasser la vis. — Je doute fortement qu'elle me voyait comme un intérêt amoureux. Peut-être un intérêt sexuel, mais son cœur ne sera pas brisé. Je ne suis pas assez prétentieux pour penser ça.

— À quel point es-tu prétentieux, alors ?

— Assez pour savoir que tu me regardes quand tu penses que je ne m'en aperçois pas. Il leva la vis.

Elle ne la prit pas alors qu'une chaleur lui montait du cou au visage.

— Tu es tellement jolie quand tu es gênée.

— Alors j'ai dû être Miss America dans le cours de Nester.

— Tu l'étais pour moi.

Eh bien, zut. Comment était-elle censée répondre à ça ?

Elle ne le fit pas. Elle resta simplement là sur l'échelle, tenant le motif sculpté d'acanthe, clignant des yeux vers lui.

Darien soupira et mit la vis dans sa poche. — Écoute, je sais qu'on a beaucoup de travail à faire, mais tu crois que tu pourrais descendre de ton grand piédestal pendant une minute ou deux ?

— Dans quel but ?

— Eh bien, j'espère que ce sera tes lèvres sur les miennes. Il lui tourna effrontément une joue — et pas celle de son visage — en s'éloignant de l'échelle. J'ai besoin de me sustenter jusqu'à ce qu'on puisse chercher de quoi déjeuner.

— Oh là là. Tu en fais vraiment des tonnes, n'est-ce pas ? Néanmoins, elle descendit un échelon ou deux.

— Bébé, tu n'as aucune idée à quel point j'en ai envie.

Elle le découvrit quand il la souleva dans ses bras depuis le dernier barreau.

Quelques minutes et plusieurs centaines — peut-être des milliers — de battements de cœur plus tard, il la posa sur le bureau de la réception et se tint entre ses jambes. Il fit glisser ses mains le long de ses bras, prenant la pièce en bois et la mettant de côté. Puis il posa ses mains à côté de ses cuisses sur le comptoir et lui mordilla le nez. — Mon Dieu, Gina, comment se fait-il qu'on n'ait pas fait ça depuis vingt ans ?

— Tu étais absent ?

— Oh, bien sûr, rejette la faute sur moi. Il l'embrassa à nouveau. Mais oui, j'ai dû partir. Avec toi qui me détestais, je ne voulais pas traîner dans le coin et risquer de te croiser.

Elle leva les yeux au ciel. — Ce n'est pas pour ça que tu es parti.

Il haussa les épaules. — En partie.

Bien qu'il fût agréable de prétendre qu'elle était si importante pour lui, ils n'étaient que des enfants à l'époque. Elle connaissait bien les caprices des adolescents égocentriques. — Mmh mmh.

Il lui prit le menton et cette lueur dans ses yeux devint sérieuse. — Écoute, si je mets mon cœur à nu, autant y aller à fond. J'ai un faible pour toi depuis des années, alors si je ne mets pas toute mon énergie à faire fonctionner cette relation, à quoi bon ? Il se pencha et l'embrassa sur la joue. Enfin, plutôt à la jonction entre sa joue et son lobe d'oreille, et son souffle était chaud et picotant à cet endroit. — Tu sens divinement bon.

Elle pouffa. C'était exactement la distraction dont elle avait besoin pour ne pas s'attarder sur son *j'ai un faible pour toi depuis des années*. C'était presque trop beau pour être vrai. Et elle avait déjà emprunté ce chemin auparavant. — Ça s'appelle Eau de Peinture.

— Sherwin Williams devrait la mettre en bouteille. Elle a capté mon attention.

Elle pencha la tête, une ou deux boucles rebelles lui tombant dans les yeux. — Es-tu jamais sérieux ?

— J'ai mes moments, mais pourquoi être toujours sérieux quand c'est tellement plus amusant de rire ?

— Tu te souviens que nous sommes en plein chantier, n'est-ce pas ?

— Bien sûr, mais pourquoi ça ne pourrait pas être amusant ?

— Tant que tu ne t'écrases pas le pouce avec un marteau.

— Exactement. Il la souleva par la taille et la déposa sur ses pieds entre lui et le bureau. Ce qui était vraiment un endroit agréable où se trouver.

Il écarta quelques boucles de son front. Elles ne restèrent pas en place, bien sûr. — Alors, que reste-t-il à faire pour rendre cet endroit parfait pour Sophie et sa sœur ?

— Eh bien, d'abord, tu dois te souvenir du nom de sa sœur. C'est Amalie, et c'est la future mariée. Peu importe qui est Sophie, nous devons nous assurer qu'Amalie soit mise en avant le jour de son mariage.

— Compris. Les mariées font la loi. Il fit un salut militaire, ce qui la fit rire et oublier un peu qu'ils se tenaient à environ douze centimètres l'un de l'autre.

Sa main se posa sur son épaule. Adieu l'oubli.

— À vos ordres, capitaine. Indique-moi ce que tu veux que je fasse ensuite et je m'efforcerai de te satisfaire.

Tellement de possibilités...

Au lieu de cela, elle se dégagea de son contact et se dirigea vers la boîte dans le coin. — Il nous reste ces frontons à installer et je dois couper davantage de moulures pour les salles de traitement...

— Suites, dirent-ils à l'unisson.

— Exact. Suites. Elle ramassa quelques fournitures de peinture pour les déplacer afin d'accéder au reste des décorations murales. — Je dois admettre que Candy a de bonnes idées.

— Je pense que celle sur un plus un égale *quelque chose* était sa meilleure. Il haussa les sourcils d'un air suggestif.

Elle lui lança un chiffon de peinture. — Esprit mal tourné.

— En ce qui te concerne, oui. Il porta le chiffon à son nez et renifla. — Ah, l'essence de Gina. Je porterai ta faveur partout où j'irai, gente dame, afin de ne jamais être séparé de toi.

— Oh là là, qu'ai-je déclenché ?

— Fais attention, femme, ou tu pourrais bien le découvrir. Si nous n'avions pas cette échéance de jeudi, tu pourrais le découvrir maintenant.

Si c'était son idée d'un point de départ, la ligne d'arrivée pourrait être plus qu'elle ne pouvait gérer.

Elle sourit intérieurement tandis qu'il continuait ses joyeuses reparties pendant qu'ils terminaient les frontons avant de faire une pause déjeuner.

— Tu veux braver les éléments et retourner à la caserne pour voir s'ils font des sandwichs ? Il rangea les derniers outils dans la boîte à outils.

— Ça a l'air amusant. Elle jeta les emballages plastiques des frontons dans la boîte dans le coin.

— Alors rassemble ton équipement météo lamentablement inadéquat et on y va. Je vais peut-être devoir te porter, cependant, ou risquer des engelures à tes pieds dans ces je-ne-sais-quoi que tu portais hier soir.

— Des Crocs.

— Eh bien, voilà. Ce n'est pas un temps pour un crocodile.

— Très *drôle*. Elle leva les yeux au ciel. — Elles sont parfaites quand je suis sur mes pieds toute la journée.

Sans parler du fait qu'elles avaient maintenant l'avantage supplémentaire d'inciter le gars qu'elle pensait *ne pas* être intéressé par elle à la porter sur son dos à travers la neige.

La société pourrait envisager d'inclure cela dans leur campagne marketing.

* * *

— À la recherche de nouveaux mouvements, hein, Foster ? Carlo Sampani tapa l'épaule de Dare quand il déposa Gina à l'intérieur de la caserne.

Dare leva les yeux. — Samps ? Que fais-tu avec mon costume ? Il fit un signe de tête vers le casque et la veste de pompier dans la main de son collègue.

— Pour toi, c'est un costume. Pour moi, c'est un uniforme. Il passa ses pouces sous ses bretelles. — Tu as ton boulot de jour, j'ai le mien. Ses yeux se plissèrent quand Gina rejeta en arrière sa magnifique crinière. — Bonjour, Gina.

— Salut, Carlo. On se demandait si votre déjeuner allait surpasser le petit-déjeuner.

— Le petit-déjeuner, hein ? Il haussa les sourcils.

— Ne commence pas à faire des commérages, dit Dare. Super. C'était tout ce dont ils avaient besoin. — La voiture de Gina est restée bloquée hier soir et je l'ai vue sur le chemin du retour, alors je l'ai emmenée au spa. Ensuite, mon pick-up n'a pas pu sortir du parking. Rien de plus que ça.

Samps marmonna quelque chose que Dare fut content de ne pas comprendre — pour ne pas avoir à lui faire mal. Cette histoire avec Gina était trop récente pour être prise à la légère.

Cette histoire avec Gina... Dare secoua la tête. Au mieux, il avait espéré qu'elle accepterait ses excuses ; aller au-delà était quelque chose qu'il ne s'était pas permis d'espérer.

Parce que ça lui faisait vraiment peur. Gina était trop importante pour tout gâcher. Ou pour s'amuser avec elle. Gina était une fille pour la vie, et bien qu'il ait eu un faible pour elle *depuis toujours*, si ça devait durer *pour toujours*, il devait s'assurer qu'elle ressentait la même chose. Quelques parties de jambes en l'air n'étaient pas ce qu'il voulait d'elle. Bien que, oui, il les voulait, mais avec beaucoup plus.

— Je suis sûr que Bryan te remerciera d'avoir pris soin de sa cousine. Samps mit le casque sur sa tête et Dare jeta un coup d'œil à Gina pour voir sa réaction. Pas besoin d'être un génie pour comprendre pourquoi les femmes devenaient folles de ce type ; la chemise moulante sous les bretelles ne faisait que mettre en valeur la silhouette de Samps.

Heureusement, cependant, Gina ne le regardait même pas. — Seulement si tu le lui dis.

— Mec, toute la caserne t'a vu jouer à saute-mouton ; la nouvelle va forcément se répandre.

— De la bonne façon, j'imagine, lança Dare en le fusillant du regard.

Samps hocha la tête. Message reçu. — Cela va sans dire.

— Allô ? Je suis juste là, dit Gina en agitant la main entre eux.

Dare ne put s'empêcher de sourire. Les femmes. Elles disaient vouloir un homme comme chevalier servant, mais quand un gars se levait vraiment pour les défendre, elles devenaient du genre : « Je peux me débrouiller toute seule ». Ça le rendait fou.

Cela dit, Gina faisait ça depuis des années, ce n'était donc pas nouveau.

— Et je peux parler à Bryan aussi bien que vous tous, dit-elle, inconsciente de la testostérone dans l'air, alors je vous serais très reconnaissante de ne *rien* dire. Ce n'est pas comme si je devais lui rendre des comptes sur avec qui je déjeune.

— Comme tu veux, Gina. Samps arqua un sourcil en direction de Dare.

Ouais, Dare avait compris. Il devait avoir cette conversation avec Bryan avant que quelqu'un d'autre ne le fasse. Heureusement qu'il travaillait ce soir.

— Alors, qu'est-ce qui est bon ? Dare se frotta les mains, essayant de ramener la conversation sur la nourriture. J'ai travaillé mon appétit en peignant le spa de Gina.

Encore une fois, Samps avec ses sourcils. — Ouais, *peindre* est *tellement* épuisant. Ça nécessite du carburant. Il désigna une demi-douzaine de personnes qui s'affairaient autour de quelques tables pliantes. Masterson a préparé son fameux chili et des muffins. Il y a aussi de la salade de pommes de terre, de la salade de chou, de la salade César et des charcuteries. L'épicerie McCaffrey fonctionne avec un personnel réduit et les livraisons n'ont pas été faites hier soir, alors on a dû se contenter de ce qu'on pouvait. Ça te remplira quand même le ventre. Pour toute cette *peinture.*

Son ton était si pince-sans-rire que Dare savait qu'il allait en entendre parler la prochaine fois qu'ils travailleraient ensemble. Ce qui, heureusement, n'était pas ce soir.

— Merci, mec.

— Quand tu veux. Samps inclina la tête. Gina.

Gina regarda par-dessus son épaule alors qu'ils se dirigeaient vers le buffet. — Bon sang, c'est quoi la suite ? Vous allez commencer à marcher sur vos phalanges et vous frapper la poitrine ? Parlez-moi de Néandertaliens.

Dare haussa les épaules et lui tendit une assiette. — On établit simplement les limites. Tu es, après tout, la cousine de Bryan. Ça rend les choses, euh, intéressantes.

— Pourquoi ? Tu ne vas pas perdre ton travail, n'est-ce pas ?

Il prit son assiette. — Non. On en a parlé.

— Pardon, *quoi* ? Vous avez parlé de moi ? Pourquoi ? Quand ? Qu'est-ce qu'il a dit ? Qu'est-ce que *tu* as dit ?

Merde. Il n'avait pas voulu mentionner ça. Gina avait un gros problème avec les gens qui parlaient d'elle.

— Ce n'est pas ma faute. Bry a entendu dire que je travaillais pour toi et m'a donné quelques, je ne sais pas, directives. Rien de grave. Une cuillerée de salade de pommes de terre atterrit dans son assiette. Ce n'est pas comme si j'en avais besoin de toute façon.

Le *ploc* de nourriture de Gina fut un peu plus énergique que nécessaire. — Bryan n'avait pas le droit—

— Bien sûr que si. Il t'aime. C'est pareil que quand on était à l'école. Il m'en a fait baver à l'époque aussi.

— Je m'en souviens. Il a eu une semaine de colle.

— Pour m'avoir tabassé. Tu as apprécié ça, n'est-ce pas ? Il lui tendit les pinces à salade. Comme offrande de paix, probablement pas aussi bien que des fleurs, mais bon, elle avait renvoyé tous ses paniers, alors que savait-il ?

Elle se servit de la salade César dans son assiette, puis lui rendit les pinces pour qu'il puisse s'en servir. — Vengeance. Je me sentais un peu vengée.

Il prit sa portion de salade. Ce n'était probablement pas le moment de mentionner qu'il avait rencontré Linda en colle. Linda, qui n'avait *aucun* problème avec les gars intéressés par ses, euh, *tétons*. En fait, elle avait encouragé son intérêt. Et, en tant qu'adolescent, il n'allait pas dire non.

Il avait juste prétendu qu'elle était Gina.

Hmmm... les adolescents étaient vraiment *des* Néandertaliens.

— C'est quoi ce sourire narquois ? Gina claqua un petit pain Kaiser sur son assiette.

— Sourire narquois ? Moi ? Je ne vois pas de quoi tu parles. Il mordit dans le pain.

Elle le fixa du regard. — Mouais. C'est ça.

— Tu veux du rosbif ou de la dinde ? Il lui tendit la fourchette de service pour qu'elle se serve.

Elle ne la prit pas, se contentant de pencher la tête. — Je ne sais pas quoi penser de toi, Foster.

— Moi ? Il se servit. Je suis plutôt un homme à rosbif. Tu sais, le gars typique viande et pommes de terre.

Elle se servit une tranche de fromage américain, marmonnant quelque chose qui ressemblait beaucoup à : « Rien de typique chez toi. »

Il choisit de prendre ça comme un compliment.

Ils finirent de préparer leurs sandwichs, puis prirent des boissons dans une glacière avant de s'asseoir aux tables pliantes installées près des camions de pompiers, faisant le tour des présentations avec les cinq autres personnes présentes, bien que Gina connaisse déjà tout le monde.

— Je vois que tu as bien traversé la tempête, Gina. Le gars en uniforme de livreur leva sa tasse de café en guise de salut.

— Heureusement, on n'a pas perdu l'électricité, Hank. J'ai entendu dire que les routes sont difficiles.

— Ça en dit long quand *ici* est l'endroit où je dois venir chercher mon café. Je suis juste content que ce ne soit pas la semaine avant Noël sinon je devrais faire une nuit blanche. Comme c'est, je vais probablement dormir au bureau de répartition ce soir.

— Julie s'en sortira avec les enfants ?

— Julie est incroyable avec les jumeaux. Ils m'épuisent au bout d'une demi-heure, mais elle continue de sourire et de leur parler comme s'ils étaient les choses les plus précieuses au monde.

— Ce qu'ils sont, dit Gina.

— Je sais. Une femme géniale, des enfants géniaux, un bon boulot. J'ai de la chance.

Un sourire si niais traversa le visage du gars que Dare aurait ri s'il n'avait pas voulu la même chose que Hank avait visiblement avec sa femme.

Dare prit une bouchée de son sandwich. Il voulait ce que Hank avait. Ce que ses parents avaient eu. Enfin, avant que Maman ne tombe malade, mais même alors, l'amour qu'elle et Papa avaient partagé...

Il avait vu ça aussi avec Bill et sa femme. Maintenant Gage et Lara. Bryan et Jenna. Même Tanner et sa femme Juliet avaient ravivé ce qu'ils avaient failli perdre. S'ils avaient pu reconstruire, Gina et lui devraient pouvoir le faire. Il devait juste se rappeler, comme Bryan l'avait averti, qu'il l'avait profondément blessée. À l'époque, il ne savait pas mieux ; maintenant...

Heureusement qu'il n'avait aucune intention de tout gâcher cette fois-ci.

— ...une soirée de repos, monsieur Foster ?

— Je vous demande pardon, qu'avez-vous dit ? Dare se tourna vers la femme âgée à côté de lui. Madame Kelton, s'il se souvenait bien. Son mari était assis à côté d'elle, leur fille et leur gendre en face d'eux.

Elle tira sur les revers de son manteau blanc et bouffant qui ressemblait à quelque chose que le bonhomme Michelin porterait. — Je vous demandais s'ils vous avaient donné votre soirée hier, avec la tempête imminente. Je n'imagine pas que beaucoup de gens seraient sortis au club avec de telles prévisions météo.

Le fait que cette septuagénaire sache A) où il travaillait et B) ce qu'il faisait dans la vie le fit secouer la tête.

— Oh, Estelle. Son mari la poussa légèrement de l'épaule. — Tu te souviens de ce que c'était d'être aussi jeune. Rien ne nous aurait empêchés de nous amuser.

— C'est drôle que tu dises ça, Stewart, mais *je* suis toujours jeune. Et si la nuit dernière ne t'en a pas convaincu, peut-être que *tu* devrais aller voir le spectacle de monsieur Foster. Tu pourrais apprendre quelques mouvements. Il faut aimer les tempêtes de neige.

Estelle s'attaqua à sa salade de chou avec ardeur tandis que les autres restaient bouche bée. Sa fille avait l'air de vouloir se cacher sous la table, son gendre essayait de ne pas rire, et son mari s'étouffa avec son café.

— Dites-moi, madame Kelton, avez-*vous* vu le spectacle de Darien ? Gina haussa les sourcils en direction de Darien.

— Je suis vieille, ma chère, pas morte. Elle fixa du regard monsieur Kelton — qui regardait maintenant dans sa tasse de café comme s'il y avait un trou noir ou une machine à remonter le temps à l'intérieur.

— Vous savez qu'ils ont des danseuses ? Michelle en est une, n'est-ce pas, Darien ?

Où diable Gina voulait-elle en venir avec ces questions ? Essayait-elle de *briser* le mariage des Kelton ? — Euh, oui. Michelle, Daisy, Morgan, Letty... Il y en a pas mal.

— Peut-être devriez-vous y aller avec votre femme, monsieur Kelton. Gina ne voulait *vraiment pas* lâcher l'affaire. — Ce qui est bon pour l'un est bon pour l'autre.

Dare aurait voulu que la neige l'ensevelisse. Et Gina aussi. Ou au moins qu'elle lui remplisse la bouche pour qu'elle ne puisse plus rien dire. À quoi pensait cette femme ?

— Oh, crois-moi, Gina, j'ai essayé de l'y emmener. Il dit qu'il est trop vieux pour ce genre de choses. Madame Kelton renifla. — Mon œil. Elle prit une nouvelle bouchée de salade. — Le jour où je serai trop vieille pour ce genre de choses sera le jour où on me portera dans un cercueil en pin.

Monsieur Kelton leva les yeux avec surprise. — Mais pourquoi diable voudrais-tu que j'aille là-bas ? C'est pour la jeune génération.

Elle pointa sa fourchette vers lui. — Ce n'est pas parce que nos corps n'ont plus vingt ans que nos esprits ne peuvent pas les avoir. C'est amusant, c'est sexy, et ça pourrait mettre du piquant là où il en faut.

Cette fois, c'est Dare qui s'étouffa avec son café.

— Comment ça va par ici ? Samps arriva juste à temps, tel le véritable pompier héroïque qu'il était.

— Euh, il commence à faire un peu chaud ici, dit le gendre de madame Kelton.

— Eh bien, c'est carrément brûlant dans votre club. Madame Kelton sourit à Samps.

Gina éclata de rire tandis que Dare essayait de se remettre du fait que cette femme l'avait vu danser avec Samps. Il était content d'avoir pu apporter un peu de *piquant* comme elle l'avait dit dans sa vie, mais c'était une chose d'être sur scène et de savoir que les femmes étaient là et d'entendre leurs cris, et c'en était une autre d'être assis en face d'une de ces femmes qui criaient et qui était assez âgée pour être sa grand-mère.

À bien y réfléchir, cependant, sa grand-mère aurait probablement été l'une de ces femmes qui criaient. Mamie Dee n'avait jamais été du genre à fuir la vie.

— Alors, vous avez aimé le spectacle, hein, Estelle ? Samps fit onduler ses hanches en marchant autour de la table pour se placer derrière elle. — Vous avez vu quelque chose qui vous a plu ?

— Oh, mon chou, j'ai vu beaucoup de choses qui m'ont plu. Assez pour raviver ces vieux feux.

— Voyons, Estelle, je ne pense pas que tu devrais soumettre ces jeunes gens à ce genre de propos. Monsieur Kelton essuya quelques gouttes de café. — Tu les mets mal à l'aise.

— Cathy et Logan ont des enfants ; ils connaissent le sexe, Stewart. Bon sang. La femme prit une nouvelle bouchée de salade de chou.

Elle était la seule à manger. Gina riait trop fort, Logan, le gendre, se mordait l'intérieur de la lèvre, et Cathy avait l'air de ne pas pouvoir garder sa nourriture même si elle arrivait à en avaler. Stewart posa ses couverts avec exaspération, Darien sentait qu'il ouvrait la bouche comme un poisson, et Hank sortit son téléphone en disant qu'il devait passer un appel.

Seul Samps semblait à l'aise avec les, euh, observations d'Estelle. — Alors vous devez aller voir le spectacle ce soir. Tenez. Il lui tendit une paire de billets. — C'est pour moi.

La tête de Cathy *cogna* contre l'épaule de son mari.

— Tu y seras ? Estelle flirtait sans honte avec Samps.

— Non, je suis en congé ce soir, mais Foster y sera. Le spectacle sera assez chaud pour faire fondre la neige.

— Bon sang, donnez-lui juste une copie de *Magic Mike* et elle la fera fondre elle-même, marmonna Cathy.

— Elle possède déjà ce film. Monsieur Kelton secoua la tête. — Elle l'a vu plus de fois que je ne veux le savoir.

Estelle frappa des mains sur la table. — Les mouvements sont bons. Ça fait sentir jeune.

— Oh, mon Dieu, les choses que je ne veux pas savoir sur mes parents. Cette fois, la tête de Cathy alla *cogner* sur la table.

Dare eut une image d'Estelle faisant quelques coups de bassin et ce fut trop pour lui. Il ne put contenir son rire.

Gina applaudit. — Madame Kelton, je veux être comme vous quand je serai plus âgée.

— Non, ma chère. La femme lui tapota la main. — Tu veux être exactement qui tu es. C'est la meilleure façon d'être. Elle poussa son mari du coude. — Allez, Stewart. Allons chercher un peu plus de cette salade de chou. Ça te gardera régulier.

La table explosa de rire après leur départ.

— Oh mon Dieu. Cathy enfouit son visage dans ses mains. — Je suis tellement désolée pour ma mère. Elle est juste...

— Originale. Gina essuya le coin de ses yeux. — On ne peut qu'aimer quelqu'un qui est si à l'aise dans sa peau pour être comme ta mère.

Cathy jeta un coup d'œil et roula des yeux. — Elle est un peu trop à l'aise, si tu veux mon avis. Un peu de retenue ne ferait pas de mal.

— Mais alors elle ne serait pas ta mère, dit Logan en passant son bras autour des épaules de sa femme. Et tu sais ce qu'on dit ? Regarde la mère pour voir à quoi ressemblera la fille à son âge.

Cathy lui donna un coup de coude. — Si je commence à parler comme ça, je te donne la permission de me jeter dans la neige pour me refroidir.

— Pourquoi diable voudrais-je faire ça ? Je préférerais plutôt te traîner derrière les camions de pompiers. Histoire de faire monter la température.

Cathy devint écarlate. — Oh mon Dieu, qu'est-ce qui ne va pas chez vous ? Une tempête de neige et vous vous transformez en obsédés sexuels ?

Dare ne put s'empêcher de regarder Gina.

Elle plissa les yeux. — Ne va pas avoir des idées, Foster.

Trop tard.

— On a trop de peinture à faire. Elle agita son doigt vers lui.

Ah... ce qu'il pourrait faire avec ce doigt. — Je vais peindre à toute vitesse si c'est ton argument.

— Je pense que je vais aller sauver mon père, dit Cathy en se levant et en rassemblant son assiette. N'hésite pas à aller sauter dans un congère pour te refroidir, mon chéri, ajouta-t-elle avec un sourire pas si doux en s'éloignant.

— Allez, ma chérie. Logan faillit tomber de sa chaise en se levant. Tu devrais être contente que je veuille encore aller derrière le camion de pompiers avec toi. Il leur fit un rapide signe de la main, puis partit à la suite de sa femme.

Dare haussa les sourcils d'un air suggestif. — Et puis il n'en resta que deux.

— Qui doivent retourner peindre. Gina se leva.

Dare se leva aussi, puis se retourna, les bras écartés. — Votre carrosse vous attend, ma dame. Sautez.

Comme Estelle, il ne pouvait pas assez vanter les mérites d'une tempête de neige.

Gina se dirigeait vers la porte de son appartement quand la sonnette retentit, frottant ses cheveux avec une serviette. Dare avait déneigé son camion, puis l'avait déposée avant son rendez-vous de l'après-midi puisque sa voiture était encore bloquée par la neige. Elle avait sauté dans la douche, sachant que cette confrontation imminente était inévitable. Mais elle avait espéré au moins avoir le temps de finir de se sécher les cheveux.

— Gina Maria Theresa Taormina, ouvre cette porte. Je sais que tu es là.

Seules sa mère, sa grand-mère et Candy utilisaient son nom complet. *Y compris* son nom de confirmation.

Elle ouvrit la porte. — Je t'attendais.

— Bien sûr que tu m'attendais. Candy entra d'un pas léger, jetant son manteau de vison sur la chaise près de la porte. Très peu de femmes pouvaient porter un jean avec une fourrure longue, mais Candy en faisait partie. Et elle ne s'excusait pas d'avoir une fourrure, disant que les visons avaient été élevés pour le manteau tout comme le bétail Wagyu était élevé pour devenir du bœuf de Kobe. Et elle appréciait les deux.

Elle contourna le canapé, ses doigts effleurant le dossier, puis se laissa tomber dans les coussins. Au moins, elle avait changé ses vêtements de la veille.

— Raconte.

— Eh bien, je vais bien, Candy, merci de demander. Tu veux boire quelque chose ? Gina accrocha la serviette à la poignée de la porte du placard.

— Arrête de tergiverser. On passera au vin après que tu m'auras dit ce que tu faisais à embrasser le crapaud.

Gina renifla, puis retint son rire. Candy n'aimait pas être tenue à l'écart. *Et* elle s'inquiétait pour Gina. Elle savait ce qui s'était passé à l'école et avait été présente lors des retombées avec John. Malgré le fait que Candy l'ait poussée vers Darien, elle était très protectrice, et Gina l'aimait pour ça.

— Assieds-toi. Candy tapota le canapé à côté d'elle.

Gina soupira et s'assit. Elle aurait dû prendre un verre de vin *avant* que Candy n'arrive.

— Alors, que s'est-il passé pour qu'en te quittant, tu puisses à peine supporter ce type, mais douze heures plus tard, ta langue soit dans sa gorge ? Candy semblait sincèrement blessée de ne pas avoir été témoin de la transformation.

Comme si *ça* n'aurait pas été gênant. — Ma langue n'était pas dans sa gorge.

— La sienne était dans la tienne. Peu importe. C'est de la sémantique. Elle agita ses ongles rose pailleté. — Le fait est que tu es maintenant folle de ce type ?

— Je n'étais pas folle de lui.

Les mains de Candy s'abattirent sur le canapé, le rose pailleté contrastant vivement avec le tissu bleu marine. — Oh mon Dieu, Gina, c'est comme arracher des dents. Dis-moi enfin.

Gina soupira et replia ses jambes sous elle. — Il s'est excusé.

— C'est *tout* ? Ne l'avait-il pas déjà fait il y a des années ?

Gina tripota un fil qui dépassait du coussin. — Oui, mais je pensais qu'il l'avait fait parce que M. Dilworth l'avait obligé à s'excuser. Je n'avais pas pu entendre sa sincérité parce que j'étais trop prise dans ma propre douleur.

— Donc tu dis que le temps guérit toutes les blessures ?

Gina haussa les épaules. — C'est juste que... j'étais prête à écouter.

— Tu *voulais* écouter. Candy tapota son genou. — Parce que tes hormones te disaient de passer outre la douleur et de faire attention.

Pas seulement ses hormones, mais elle avait du mal à se l'avouer à elle-même, encore moins à Candy. Elle aimait sa meilleure amie, mais parfois, le *Je te l'avais bien dit* était dur à avaler. — Quelque chose comme ça.

— Et... ?

— Que veux-tu dire ?

Candy se tortilla sur le coussin, se tournant vers Gina, rapprochant son talon Louboutin argenté pailleté - aussi peu pratique pour ce temps que les Crocs de Gina, mais au moins celles de Gina avaient des applications pratiques pour le travail - à portée de frappe du passepoil blanc. — Ce que je veux dire, c'est où ça va mener ? On parle de long terme ?

Gina se leva et se dirigea vers la fenêtre. Les lumières du parking faisaient scintiller la neige qui tombait. — Bon sang, Candy, je ne sais pas. Je viens juste de le laisser entrer. Est-ce que je peux prendre mon temps, s'il te plaît ?

— Tu as laissé ce type entrer il y a des années, tu ne voulais simplement pas l'admettre.

Dans le reflet de la fenêtre, Gina vit Candy faire glisser ses ongles le long du dossier du canapé. — Ce n'est pas vrai.

— Alors pourquoi penses-tu à lui depuis l'obtention du diplôme ?

— Ce n'est pas vrai.

— Si, c'est vrai. Tu me l'as dit cette nuit-là quand on a déplacé tes meubles et que ton album de fin d'année est tombé.

Parce que le vin avait été impliqué, évidemment. — Eh bien, c'est assez difficile de *ne pas* penser à lui quand il continue de m'envoyer des paniers.

— C'était seulement ces quatre derniers mois. Je te connais depuis douze ans et je peux réciter cette histoire sur le cours de Nester mot pour mot. Tu ne l'as pas oublié pendant toutes ces années.

Gina se pinça l'arête du nez. — Eh bien, à quoi t'attends-tu ? Ce type m'a embarrassée non seulement devant ma classe, mais devant au moins six années d'élèves. Sans parler de leurs frères et sœurs. La rumeur s'est répandue avant même qu'on sorte du bureau du directeur ce jour-là. J'étais humiliée. C'est difficile d'oublier.

— Je comprends ça, mais je connais ton fonctionnement. Darien t'a accrochée il y a des années et pas à cause de l'humiliation. Ce matin le prouve.

Gina ne pouvait pas argumenter contre ça.

— Tu avais peur.

Gina la regarda dans le reflet. — C'est ridicule. Darien ne me faisait pas peur.

— Bien sûr que si. Ou, si ce n'était pas lui, c'était le fait de *vouloir* de lui qui te faisait peur. Tu avais peur de faire la même erreur avec lui que celle que tu as faite avec John.

Elle se retourna. — Tu peux m'en blâmer ?

— Oui. Parce que, comme je te le dis, tous les hommes ne sont pas des crétins.

— Mais il a déjà prouvé qu'il en était un.

— C'était il y a trop longtemps pour compter. Tu as dit toi-même qu'il était un gamin. Sois indulgente. On a tous droit à un laissez-passer pour les conneries qu'on a faites quand on était jeunes.

Gina croisa les bras et s'appuya contre le cadre de la fenêtre. — Il y a une histoire.

— Un incident ne fait pas une histoire. Un incident fait une erreur. Tu n'es pas obligée de la répéter.

— Mais comment puis-je savoir que je ne le fais pas ?

Quelque chose passa sur le visage de Candy pendant une seconde et Gina se demanda si cela avait à voir avec sa sortie honteuse, mais avant qu'elle ne puisse lui demander, Candy redressa les épaules et se redressa.

— J'ai fait quelques recherches.

Gina leva les yeux au ciel. — *Évidemment* que tu l'as fait.

Candy continua comme si elle n'avait pas entendu le commentaire de Gina. Ni le sarcasme. — Il possédait un immeuble d'appartements avec un associé. Il a fait une jolie petite somme avec la vente. Il n'est définitivement pas après toi pour ton compte en banque, donc c'est un souci en moins pour toi.

— Je sais. Je lui ai proposé de le payer pour son temps cette semaine, mais il a refusé. Il a dit qu'il faisait ça pour ses études et qu'il ne voulait pas prendre mon argent.

— Tu vois ? Il est honnête. Tu dois juste te faire confiance. Écoute ton instinct.

— Je l'ai fait une fois. Ça m'a déçue.

— *John* t'a déçue. Et Darien n'est rien comme John.

Gina écarta les bras. — Je sais, mais pourquoi devrais-je lui donner le pouvoir de me blesser à nouveau ?

— Mis à part l'évidence, qui est que tu t'illumines comme un sapin de Noël quand tu parles de lui — en parlant de ça, on doit en installer un dans le spa avant jeudi — il s'est excusé. Ça veut dire quelque chose. Ça demande beaucoup à la plupart des hommes de s'excuser. Bon sang, même de reconnaître qu'ils en ont *besoin*. Et c'était visiblement assez sincère pour que tu l'acceptes. Donc c'est un point dans la colonne des *pour*.

— C'est vrai. Ses mains se posèrent sur ses hanches.

— Et puis il y a les cadeaux. Je veux dire, d'abord il a été tout doux et romantique, mais quand ça n'a pas marché, il est devenu pratique. Il faut respecter un homme qui respecte les affaires.

— Encore vrai.

— Et puis il y a la *pièce de résistance*. Il travaille pour toi. Gratuitement. Même si tu lui as proposé de l'argent. Qui fait ça ? Quelqu'un qui veut vraiment passer du temps avec toi, voilà qui.

Gina hocha la tête. — Je suppose que c'est vrai.

— Bien sûr que ça l'est. Donc trois *vrai* signifient que tu dois au moins lui donner une chance.

— Et si je suis blessée ?

— Tu seras blessée. Il n'y a pas de garanties dans cette vie, et pas de risque signifie pas de récompense.

Elle soupira et prit place dans l'un des fauteuils. — Je ne sais tout simplement pas si je suis sur le marché pour une récompense en ce moment. Je veux dire, avec tout ce qui se passe avec le spa...

— Conneries. Les ongles scintillants de Candy lui firent un geste. — Le spa est une excuse. À moins que tu ne prévoies de licencier tout le monde et de tout faire toi-même, tu as *effectivement* le temps d'avoir une vie. Et — oh ! pratique ! — il est en fait *au travail avec toi*. Donc, pas besoin de dégager du temps supplémentaire pour être ensemble. Elle se rassit et croisa les bras sur son chemisier en satin argenté, un sourire suffisant sur le visage. — Tu es la seule qui ne pouvait pas voir ça venir à des kilomètres, au fait.

— Ce n'est pas vrai. Debby ne l'a pas vu. Elle m'a demandé si elle pouvait tenter sa chance avec lui, donc ce n'est pas aussi évident que tu le penses.

— Elle t'a demandé ça pour te faire réagir. Pour te faire réaliser que, si tu ne faisais rien, tu pourrais passer à côté.

Gina se pencha en avant, les coudes sur les genoux. — Tu veux dire qu'elle n'est pas vraiment intéressée par lui ? Que c'était une sorte de stratagème ?

Les mains de Candy se levèrent, paumes ouvertes. — Du calme et ne tire pas sur le messager. Et surtout ne pense pas à la licencier. *Bien sûr* qu'elle est intéressée. Au moins la moitié de la population féminine l'est. Mais elle devait voir ce que tu en pensais. Si tu montrais ne serait-ce qu'un soupçon d'intérêt, elle reculait.

— Je lui ai dit d'y aller.

— Oui, mais avec des conditions. Elle me l'a dit. Candy se rassit, drapant son bras sur le canapé. Il ne lui manquait qu'un bol de crème et une ou deux plumes à la bouche. — Elle a aussi dit quelque chose à propos de la dame qui protestait trop.

— Donc elle n'est pas intéressée ?

— Oh, elle prendra définitivement tes restes si tu n'es pas prudente. Mais elle ne fera rien s'il y a quelque chose entre toi et Darien. Candy agita un doigt vers elle. — Et il y a quelque chose.

Gina soupira. — Tu as raison. J'ai peur.

— Nous avons tous peur à un moment donné. C'est la façon dont nous gérons cette peur qui nous définit. Tu penses que je n'étais pas un tout petit peu nerveuse d'investir toutes mes économies dans un portefeuille que *j'*avais conçu ? Je veux dire, pour qui je me prenais ? Elle repoussa une mèche de cheveux inexistante. — Mais je devais tenter ma chance. J'ai fait mes devoirs et j'ai fait le grand saut. Tout comme tu l'as fait avec le spa. C'est tout ce que n'importe lequel d'entre nous peut faire. Elle leva un doigt. — Un, tu connais Darien. Un autre se leva. — Deux, il travaille pour ton cousin. Et encore un autre. — Trois, c'est la vérification des antécédents qui s'est bien passée. Et, quatrième — son petit doigt apparut — et le plus important, il s'est excusé. Puis il y a le fait qu'il soit attentionné. *Et* il semble être un sacré bon embrasseur d'après ce que j'ai vu. Sans parler du fait que cet homme sait *bouger*. Et ce corps... Candy s'éventa. — Je veux dire, ouh-*là-là*, ma chérie. Tu peux t'offrir un peu de ça...

— D'accord, Hattie McDaniel. Calme-toi.

Elle et Candy avaient regardé *Autant en emporte le vent* quelques fois aussi.

— Tout ce que je dis, c'est que tous les signes sont au vert.

— Mais et si je ne lis pas correctement les signes ?

— Et si tu les lis correctement ? Tu ne le sauras pas avant d'avoir essayé. Tu peux avoir le beurre *et* l'argent du beurre avec lui, si tu vois ce que je veux dire. Candy remua les sourcils. — Alors, peut-on en finir avec l'angoisse — et tous les clichés — et simplement te laisser profiter du fait qu'un beau mec soit fou de toi ? Je veux dire, il y a pire.

— En parlant de ça... Gina sauta sur le canapé à côté d'elle. — C'est à ton tour de tout déballer. Qu'est-ce que c'est que cette marche de la honte ?

— Ce n'est rien. Candy secoua la tête et se mit à triturer ses ongles — ce qu'elle ne faisait jamais ; *ne jamais gâcher une bonne manucure* était sa devise. — Une supposition que je n'aurais pas dû faire. Tu sais ce qu'on dit des suppositions, n'est-ce pas ?

— Mais avec qui ? Je ne savais pas que tu fréquentais quelqu'un.

Elle continua de triturer ses ongles. — Ce n'est pas le cas.

— Alors qui ?

— Ce n'est pas important. Comme je l'ai dit, j'ai tiré la mauvaise conclusion et je ne recommencerai certainement pas. Elle se leva d'un bond. — Je ferais mieux d'y aller.

— Et le vin ? Gina se dépêcha de suivre Candy qui filait hors de l'appartement plus vite qu'une femme en Louboutins ne devrait pouvoir le faire.

— Je te l'ai dit, il n'y a rien à dire, encore moins à pleurnicher. Candy jeta son vison sur son épaule avec un mouvement parfait digne d'un mannequin sur le podium.

— Pas ce genre de vin. Je veux dire le genre qu'on boit.

— Je sais ce que tu voulais dire. C'est pourquoi je m'en vais. Il n'y a rien à raconter, et m'arroser d'alcool ne me fera pas parler. En plus, tu dois te lever tôt demain. J-4 avant le deuxième plus grand jour que The Gilded Lily aura connu à ce jour. Ciao !

Sur ces mots, Candy quitta l'appartement de Gina en grande pompe, laissant cette dernière se demander quelle corde sensible elle avait touchée avec sa question.

Et quelles autres cordes ce mystérieux « personne d'important » avait également touchées.

* * *

— Salut, P'pa.

Dare grimaça lorsque la porte moustiquaire claqua derrière lui alors qu'il entrait dans la maison de son enfance — et faisait un bond de quinze ans en arrière. Rien n'avait changé. Bien que le problème de la porte ne datait que d'environ huit mois — à peu près une semaine avant la retraite de son père.

— Tu n'as toujours pas réparé la porte, hein ?

Son père poussa sur les accoudoirs de son fauteuil pour se lever.

— Pas encore. J'ai été un peu, euh, occupé.

Distrait, voulait-il dire. Dare connaissait la vérité. C'était la raison pour laquelle il était là. Enfin, l'une des raisons.

— Tu veux une bière ? Son père fit un geste en direction de la cuisine. En d'autres termes, si Dare en voulait une, il devait aller la chercher lui-même.

— Non, ça va. Il n'était pas question qu'il mette les pieds là-dedans aujourd'hui.

— Alors, qu'est-ce qui t'amène ? Tu n'as pas trouvé ce bâtiment que tu cherchais et tu veux revenir vivre ici ? Pop rit. Ils étaient de bons amis, mais ne seraient colocataires que par nécessité. Mais pas dans *cette* maison. Trop de tristes souvenirs les regardaient en face.

— Toujours rien côté propriété, et ma propriétaire ne serait pas contente si elle devait louer mon appartement pendant Noël, donc pas de déménagement. Je pensais passer voir si tu avais besoin d'aide pour quoi que ce soit. Un projet ou autre chose. N'importe quoi pour garder l'esprit de Pop — et le sien — loin de la date d'aujourd'hui.

Ou du moins faire semblant. L'anniversaire de la mort de Maman pesait lourdement sur eux deux.

— Non. Je ne travaille pas vraiment sur des projets en ce moment.

Alors à quoi était-il si occupé ? Mais Dare savait qu'il valait mieux ne pas poser la question. C'est pourquoi il devait intensifier sa recherche de propriété. Avec l'expérience de Pop dans la construction, Dare aurait le « projet » parfait pour le tenir occupé — gérer les tâches quotidiennes du nouveau site.

— Eh bien, entre donc. Pop se traîna vers la porte. Pas besoin d'attraper la mort dehors.

Dare eut le souffle coupé. Il paraît que c'est vrai ce qu'on dit sur les couples mariés qui finissent par parler comme l'autre — Pop avait sonné *exactement* comme Maman pendant quelques secondes.

Ou peut-être était-ce le souvenir de sa voix venant de la cuisine qu'il avait entendu.

Il secoua la tête. Aujourd'hui était le seul jour de l'année qu'il aurait aimé pouvoir faire semblant de ne pas exister, mais il ne pouvait pas. À cause de Pop. Dare n'avait manqué de venir qu'une seule fois en quinze ans depuis le décès de Maman.

— Alors, qu'est-ce qui te préoccupe ? Pop ferma la porte d'entrée derrière lui. C'était son « truc ». Ça l'avait toujours été. « Je m'assure juste que la chaleur ne s'échappe pas », disait-il toujours.

Ce qu'il voulait vraiment dire, c'était : « S'assurer que Darien ne s'échappe pas ». Dare était parti « se promener » quand il avait deux ans. En plein hiver. Au milieu de la nuit.

Le loquet de la porte d'entrée n'avait pas complètement pris pour une raison quelconque cette nuit-là et, heureusement, Pop avait entendu le vent siffler au rez-de-chaussée. Par chance, il y avait eu une nouvelle chute de neige qui avait suffisamment intéressé le petit Dare pour qu'il reste sur le porche pour y jouer.

Depuis, Pop était fanatique quand il s'agissait de s'assurer que cette porte était bien fermée.

— Je pensais, P'pa, si tu n'es pas occupé, que dirais-tu qu'on aille manger un morceau ?

— Non, j'ai assez dans la cuisine.

Ouais, mais il n'en cuisinerait rien. Dare connaissait cette routine.

— C'est moi qui invite. Et il y a quelque chose dont je voulais te parler avant d'aller travailler.

Cela éveilla l'intérêt de son père.

— Bon, si ce n'est pas un nouveau local, est-ce une fille ?

Dare sourit. Gina avait dépassé le stade de *fille* depuis longtemps et était bien au stade de *femme*.

— Ouais. C'est ça.

— Eh bien, laisse-moi prendre mon manteau.

Semblant plus alerte que Dare ne l'avait vu depuis un moment, son père se précipita vers le placard à manteaux et en sortit la vieille veste verte de l'armée qu'il portait depuis toujours. Dare lui en avait acheté une nouvelle le Noël dernier, mais il avait le sentiment qu'elle avait encore les étiquettes.

— Vas-y, je m'occupe de la porte. Pop le poussa dehors devant lui.

— D'accord, mais on prend mon pick-up.

— Bien sûr qu'on le prend. Le mien est au garage et la berline n'est pas adaptée à ce temps.

C'était parce que cette voiture avait vingt ans. Elle avait appartenu à Maman, et Pop n'était pas prêt à la vendre.

Dare s'inquiétait un peu de cette mentalité. Ça allait quand Pop avait un travail où aller. Quelque chose à faire. Un but. Mais maintenant... Il restait juste assis à la maison, devenant de plus en plus... distrait.

Pop vieillissait vite. Inutilement vite. Dare l'avait remarqué à Noël dernier quand il était venu. Puis, quand le pronostic de Bill s'était aggravé, Dare avait décidé de tout vendre et de rentrer à la maison. Son père et lui avaient tous les deux besoin d'un nouveau départ.

— On peut aller chez Charlie's Place ? demanda Pop. Je n'y suis pas allé depuis un moment.

— Bien sûr. Ça me semble une bonne idée. La taverne historique avait été un endroit favori de la famille autrefois. Ils n'y étaient pas allés ensemble depuis des années. Au moins quinze ans.

— Regarde-toi, tout malin, à reculer par ce temps. Pop s'agrippa à la poignée de la porte tandis que Dare prenait son temps pour contourner l'avant du pick-up. Quoi ? Tu as fait des dérapages sur la pelouse ou quoi ?

— Je ne voulais pas risquer de rester coincé. Tu sais, P'pa, tu devrais vraiment faire déneiger ton allée par quelqu'un.

— Je peux déneiger ma putain d'allée tout seul si j'en ai besoin. Pop se hissa dans la cabine. Je n'en ai juste pas eu besoin jusqu'à présent.

Parce que son père n'allait nulle part. Ne faisait *rien*. Et depuis que Snoopy, leur beagle plus vieux que Mathusalem, était mort — également une semaine après le début de sa retraite — Pop devenait un ermite. Tout ça parce que Maman était partie et qu'il n'avait maintenant plus de raison de se lever le matin.

Dare connaissait la solitude. C'était la raison pour laquelle il était parti en premier lieu. Et la raison pour laquelle il était rentré à la maison.

Il sauta sur le siège conducteur et engagea doucement le camion dans l'allée. La neige s'était tassée, recouverte d'une fine pellicule de glace, ce qui permettait à ses pneus d'adhérer. Mais ses traces allaient geler pendant leur absence, transformant l'allée en patinoire. Donc, dès qu'il aurait installé Pop dans un box chez Charlie, il allait filer et passer un coup de fil. Faire déblayer l'allée avant leur retour et prétendre que c'était un « bon Samaritain qui aidait M. Foster ». C'était son histoire et il s'y tiendrait.

Pop tapota sur la vitre côté passager. — Ta mère aimait la neige, tu sais ? Même après cette fois où tu...

Pop avait beau prétendre être dur, quand il s'agissait de sa famille, c'était un tendre. Mais si on le lui faisait remarquer, il nierait tout en bloc.

Alors Dare fit semblant de ne rien remarquer. Comme d'habitude. C'était plus simple ainsi. — Oui, je sais. Elle a toujours adoré les tempêtes de neige. Elle s'assurait qu'on avait assez de bois et de guimauves pour le feu.

— Janet savait faire de bons s'mores, c'est sûr. — Pop essuya la buée que son souffle avait formée sur la vitre. — Elle voulait plus d'enfants, tu sais.

— Ah bon ? — Maman avait toujours dit qu'ils avaient eu l'enfant parfait en l'ayant et qu'elle n'avait pas voulu tenter le diable. Qu'il lui avait suffi.

Enfant, il avait adoré entendre ça. Adulte, il se doutait qu'il y avait plus derrière tout ça, surtout vu leur âge quand il était né, mais ce n'était pas un sujet de conversation qu'il avait déjà abordé avec Pop — et il n'était pas sûr de où cela allait les mener maintenant.

— Ouais. Je sais ce qu'elle t'a dit, mais ta mère, elle était faite pour être mère. Elle aurait dû en avoir plus. On a essayé. Il y en a eu deux avant toi, mais... — Son père haussa les épaules. — On n'arrivait pas à les garder.

C'était une première. Dare ne savait pas que sa mère avait fait des fausses couches. Ça expliquait pourquoi ils avaient « attendu » si longtemps pour l'avoir, comme on le lui avait dit. — Tu penses que c'était lié à... ?

Ils n'avaient jamais prononcé le mot. Ça avait toujours été « Maman était malade ». Ou *souffrante*. Jamais *ce* mot.

Dare détestait ce mot. Une haine qui s'était renforcée avec le diagnostic de Bill.

Pop haussa à nouveau les épaules. — Je sais pas. On a essayé d'en avoir d'autres après toi, mais ça n'a pas marché. Et on n'avait pas l'argent pour continuer d'essayer comme les gens le font aujourd'hui avec la fécondation in vitro et tout ça. Peut-être que ça se serait vu plus tôt, peut-être pas. — Il soupira, regardant toujours par la fenêtre. — C'était une bonne femme, ta mère. La meilleure qui soit. Plus que ce que j'aurais pu espérer, tu vois ?

Dare ne put répondre. Pas qu'il en ait eu besoin, l'épaississement de la voix de son père ressemblait suspicieusement à des larmes — que son père n'avait jamais versées devant lui. Pas quand Maman était morte, pas quand Dare était parti, et même pas quand ils avaient trouvé Snoopy ce soir-là après avoir finalement réussi à faire sortir Pop de la maison pour regarder le match éliminatoire.

Quelques minutes plus tard, Dare se gara sur le parking de la taverne. Tout le monde l'appelait « Chez Charlie » parce que Charlie Schmidt, un vieil ami de Pop, en était le propriétaire, mais elle s'appelait en réalité « Le Mayflower ». Ça sonnait trop chic pour la clientèle et le menu, alors, comme

Charlie la possédait depuis près d'un demi-siècle, c'était devenu « Chez Charlie ».

Les jeudis étaient généralement les soirées poker, les mercredis les fléchettes. La femme de Charlie, Iona, avait essayé de lancer le bingo le dimanche, mais une fois les télés HD installées, les dimanches et lundis soirs étaient réservés à Saint Football à l'automne et aux Monseigneurs Baseball, Hockey, Golf et NASCAR le reste de l'année, avec occasionnellement le Révérend WWF les soirs calmes. Les fondateurs de l'établissement original n'avaient sûrement pas prévu *ça* il y a cent ans.

Lui et Pop mirent environ cinq minutes à atteindre le box, après une série de tapes dans le dos et de « Ça fait un bail qu'on t'a pas vu » — adressés à eux deux.

— Commande-moi une bière, Pop, — dit Dare après que son père se soit assis. — Je dois passer un coup de fil rapide.

Pop se contenta de hausser un sourcil et de grogner, puis fit signe à l'une des filles de Charlie de venir prendre la commande. Cinq dollars que des nachos irlandais seraient sur la table à son retour.

Dare poussa la porte d'entrée pour passer son appel là où il pouvait réellement entendre au-dessus du brouhaha des fans de foot. Il neigeait à nouveau. Il sourit. La neige avait pris un tout nouveau sens depuis qu'il avait passé la tempête avec Gina.

Il vérifia auprès de son agent immobilier si une propriété viable était miraculeusement apparue sur le marché, puis prit des dispositions pour qu'une entreprise de déneigement passe chez son père avant de retourner à l'intérieur. Ça lui coûtait le double, mais ça valait le coup pour que Pop ne se casse pas une hanche.

— Alors... Cette fille. C'est la bonne ? — Pop lui tendit sa bière quand il revint au box.

— Je ne sais pas. — Des nachos irlandais — des frites avec du fromage fondu, du bacon, des oignons verts et de la crème fraîche par-dessus — le firent tendre la main vers une fourchette.

— Des conneries. Si elle vaut assez pour que tu en parles à ton vieux, alors c'est la bonne. Combien d'autres t'ont mis dans un tel état que tu as voulu demander conseil à ton vieux, hein ? — Pop inclina sa bouteille vers Dare pour appuyer son propos.

— Aucune.

— Exactement. — Pop but une gorgée. — Alors, elle a un nom ?

— Gina. — Dare jeta un coup d'œil et attendit que son père avale. Ça devrait bien passer. — Taormina.

La bouteille de Pop heurta la table, mais il réussit à ne pas recracher sa bière, donc c'était une victoire. — Cette pauvre fille que tu terrorisais au lycée ?

Dare grimaça. — C'était au collège et je ne dirais pas qu'un commentaire stupide soit du terrorisme.

— Ça dépend de qui le définit. — Pop se frotta le menton. — Quand même... Gina, hein ? Elle a toujours été une jolie petite chose.

— Euh, ouais. Elle l'était. Maintenant, elle est magnifique. — Il prit une gorgée rapide. — Je l'ai vue à la réunion il y a quelques mois et je n'arrive pas à me la sortir de la tête.

— C'est la bonne, alors. — Pop reprit sa bière. — Alors, quand est-ce que tu vas faire quelque chose à ce sujet ?

— J'y travaille.

— Ça ne devrait pas être du travail.

— Sauf que je ne suis pas exactement sa personne préférée. — Enfin, il ne l'*avait* pas été. Maintenant... il pensait avoir commencé à gravir les échelons de l'acceptabilité.

— Alors tu deviens sa personne préférée. T'es un type bien. Beau gosse. T'as toujours eu plein d'amis. Les filles n'arrêtaient pas de tourner autour de toi aussi. Ça rendait ta mère dingue. Elle avait peur qu'une fille te piège dans un mariage trop jeune.

Dare secoua la tête. Il n'allait *pas* avoir *cette* conversation avec Pop. — J'étais prudent.

— Heureusement. Ta mère voulait le meilleur pour toi.

— Je sais. Elle avait l'habitude de lui dire ça tout le temps. Sa mère avait été formidable, et il ne passait pas un jour sans qu'il ne pense à elle. Il aurait aimé qu'elle soit là.

— Alors, cette fille. Gina. C'est la meilleure ?

Dare tapota sa bouteille. — Je pense que oui.

— Alors fais en sorte que ça marche.

— C'est que, Pop, je travaille pour elle.

— Je croyais que tu faisais ce truc de strip-tease.

Il fallait reconnaître à Pop qu'il l'avait dit sans sourciller. Dare avait été impressionné quand, à son retour en ville, il lui avait annoncé ce qu'il ferait en attendant de trouver une propriété où investir. Pop avait pris la nouvelle avec calme, mais ça le perturbait toujours que Pop ne soit pas perturbé. Dare ne pensait pas qu'il serait aussi compréhensif si son fils lui disait qu'il allait devenir danseur exotique.

Son fils.

Wow. L'idée de ça —

— T'as arrêté ?

Dare secoua le brouillard mental que l'image d'un bébé — *son* bébé — avait créé. — Non, je fais toujours ça le soir, mais je travaille pour Gina pendant la journée.

— Tu fais quoi ? Elle ne possède pas un salon de manucure ou de coiffure ou quelque chose comme ça ?

— C'est un spa. Je donne des massages.

— Tu n'as pas besoin d'être diplômé pour faire ça ?

— Je suis en formation. Ce à quoi il devrait probablement retourner. Après tout, il avait payé les frais de scolarité.

Pop rit et prit une autre gorgée de sa bière. — Ouais, c'est bien elle. Toute fille qui te fait retourner à l'école à trente-trois ans est à garder. Quand vas-tu lui demander de t'épouser ?

C'était au tour de Dare de presque recracher sa bière. — Je viens à peine de réussir à ce qu'elle arrête de me détester. Tu vas trop vite, Pop.

— Ce n'est pas moi qui me suis inscrit à des cours juste pour me rapprocher d'elle.

Quand il le présentait comme ça... — Comment as-tu su ? Avec Maman ? Comment as-tu su qu'elle était la bonne et quand lui demander ?

Pop haussa les épaules. — J'ai su dès la minute où j'ai vu Janet qu'elle était la femme que j'allais épouser. Je le lui ai dit à ce moment-là aussi. Pop tapota sa bouteille sur la table en bois usé. — Je ne te recommanderais pas de le faire exactement comme ça, cependant. Elle a pensé que j'étais fou, alors tu ferais mieux d'attendre un peu. Mais fais-lui savoir qu'elle est spéciale. Et si tu es spécial pour elle... Tu sauras. Tu sauras simplement quand ce sera le bon moment pour lui demander.

Dare but une longue gorgée de sa bière. Pop ne connaissait pas Gina. Il ne pouvait pas simplement lui demander d'être sa femme. D'ailleurs, ça avait besoin de temps pour se développer. Il venait à peine de réussir à ce qu'elle lui parle.

Et l'embrasse.

— Oh là là. Voilà ce regard. Pop fit tinter sa bouteille de bière contre celle de Dare. — Tu es vraiment accro à elle. Tu l'as toujours été, hein ?

— C'est vrai.

— Je m'en doutais. Tu n'étais même pas un peu en colère d'avoir eu une retenue pour ce coup. Personnellement, je pensais qu'un mois c'était un peu trop, surtout que son cousin n'avait eu qu'une semaine, mais tu ne t'es jamais plaint.

— Je savais que je l'avais blessée. Je me suis excusé, mais elle ne m'a pas cru. Elle pensait que je me moquais encore d'elle. Il fit tourner sa bouteille, traçant la condensation sur la table, se souvenant à quel point il s'était senti mal à la fois pour ce qu'il avait fait et pour ne pas avoir réussi à la convaincre qu'il était désolé. Un geste tellement stupide.

— Ouais, eh bien les femmes sont... sensibles à certaines choses. Surtout à leur apparence. Ta mère l'était. C'est drôle, mais elle pensait que la chirurgie ferait une différence pour moi. Qu'elle serait moins femme. C'étaient ses mots. Pop mit une frite dans sa bouche et la mâcha pensivement. — Comme si *ça* faisait d'elle une belle femme. La seule raison pour laquelle je me souciais qu'elle ait l'opération — mis à part lui donner une chance d'être guérie — c'était parce qu'*elle* s'en souciait. J'ai essayé de lui dire que l'extérieur n'est qu'un emballage ; ça ne montre pas ce qu'il y a à l'intérieur du paquet. Pour ça, il faut ouvrir le cadeau, couche par couche.

Beaucoup plus d'éloquence de la part de son père que ce à quoi Dare était habitué. Avec le regard nostalgique sur le visage de Pop et la frite entrant si lentement, Dare pouvait voir les souvenirs défiler dans l'esprit de son père.

Ils n'avaient jamais parlé comme ça avant. Maman était morte quand il avait dix-huit ans et ils avaient géré leur chagrin séparément — tout comme ils ne l'avaient *pas* géré auparavant. Maman avait insisté pour que chacun de ses jours restants soit rempli de rires, de sourires et de légèreté. Elle disait qu'elle avait traversé assez d'obscurité, que son dernier moment avec eux devait être heureux.

Ç'avait été doux-amer, ce dernier mois. Afficher un sourire sur son visage chaque fois qu'il entrait dans sa chambre, puis pleurer toutes les larmes de son corps quand il partait. Mais pas devant Pop. Pop était fort. Maman le lui avait dit d'être, Dare le savait. Tout comme elle avait dit à Dare d'être fort pour Pop. Que tous les deux devaient compter l'un sur l'autre pour garder sa mémoire vivante.

Eh bien, Pop avait bien fait ça. Il n'avait rien débarrassé de ses affaires dans la maison, ni repeint un seul mur. La seule raison pour laquelle il y avait un nouveau frigo dans la cuisine était que celui qu'elle avait acheté quand ils avaient emménagé avait finalement lâché.

Pop avait acheté la même marque pour le remplacer.

— Elle sait ce que tu fais comme métier ?

Dare leva les yeux. — Gina ? Euh, ouais. Elle était au club l'autre soir.

Pop mâchouilla l'intérieur de sa joue pendant quelques secondes. — Elle pourrait ne pas aimer ça, tu sais. Avoir toutes ces autres femmes qui crient pour toi. Toi qui danses comme ça en public. Je veux dire, je ne connais pas la fille, mais vu sa réaction à ce que tu avais dit à l'époque... Ce n'est peut-être pas le meilleur boulot à avoir si tu veux qu'elle te voie comme un mari potentiel.

Il n'y avait pas vraiment pensé. Peut-être que se déshabiller devant un tas de femmes hurlantes la mettait mal à l'aise. Après tout, elle *s'était* enfuie du club quand il dansait.

Merde. Peut-être que son boulot *était* un problème.

Il prit une frite. — Merci, Pop. Tu m'as donné matière à réflexion.

— Bien. Maintenant, passons à la nourriture pour la faim. Pop prit le menu. — Je vais prendre un des fameux hamburgers aux champignons de Charlie. Et toi ?

Dare commanda un BLT — il devait garder une nourriture légère pour danser ce soir — mais c'était Gina qu'il voulait vraiment. Il devait passer à la vitesse supérieure.

Il rangea leurs menus dans le porte-condiments à l'extrémité de leur box une fois que la fille de Charlie eut pris leur commande. — Alors, Pop, je pensais à trouver un partenaire pour la nouvelle propriété.

— Je croyais que tu avais dit que tu n'en avais pas. Il poussa l'assiette de nachos irlandais vers lui.

Dare balaya la remarque d'un geste et prit une autre gorgée de bière. — Eh bien, non, pas encore. Mon agent immobilier y travaille. Avec un peu de chance, on trouvera quelque chose bientôt. Probablement après les fêtes. Il ne semble pas y avoir beaucoup d'activité dans le secteur de l'immobilier commercial en cette période de l'année.

— Pas beaucoup *quelle que soit* la période de l'année. Les gens ont tendance à s'accrocher à leurs terrains par ici. Le vieux Wayne garde son cinéma en plein air d'une main de fer depuis des années, mais n'y projette pas un seul film.

C'était parce que Wayne avait hypothéqué cette propriété jusqu'au cou et ne pouvait pas s'en défaire. Jonas, son agent, lui avait dit que le gars espérait qu'un grand promoteur débarquerait pour construire un tas de condos.

Dare n'avait pas le capital pour un projet d'une telle envergure, sinon ce terrain aurait été parfait. Il était dégagé et plat, avec les lignes d'utilités publiques déjà installées... De belles économies en perspective, mais quand Jonas avait vérifié, le prix demandé par Wayne dépassait le budget de Dare pour le terrain *et* la construction.

— Tu vas avoir autant de mal à trouver un partenaire qu'un bâtiment. La plupart des gens n'ont ni le temps ni l'argent pour attendre qu'un endroit leur tombe dans les bras. Pop prit une poignée de frites.

C'était la raison pour laquelle Dare travaillait chez BeefCake, Inc. — C'est vrai. La plupart des gens n'en ont pas. Il prit une inspiration. *Allez, c'est parti.* Mais toi, si.

Pop arrêta les frites à mi-chemin de sa bouche. — Moi ? Tu veux que *je* me lance en affaires avec toi ?

— Oui. Réfléchis-y. Tu ne travailles pas et je n'ai pas besoin de ton argent.

— Alors pourquoi tu as besoin de moi ? Ses yeux se plissèrent et il remit les frites dans le tas avec les autres. Ce n'est pas de la charité, n'est-ce pas ?

— Non, Pop. J'ai besoin de quelqu'un au quotidien une fois que ce sera opérationnel pour gérer les besoins des locataires, tous les problèmes qui surviennent, ce genre de choses. Dare leva à nouveau sa bière.

Pop s'essuya les mains avec la serviette. — Tu n'as pas de personnel de bureau pour ça ?

Dare inclina sa bière vers son père. — *Je suis* le personnel de bureau. Réparer les choses n'est pas mon fort ; Bill était le gars sur place. Je vais avoir besoin de quelqu'un, et j'ai pensé que ça pourrait t'intéresser.

— Hmmm. Pop tambourina des doigts sur la table. — J'imagine que j'ai le temps. Mais où est le partenariat là-dedans ? Je fais ça gratuitement ?

— Bien sûr que non. Je te mettrai sur la liste de paie. Avec toi, je sais que les choses seront faites et bien faites. Appelle ça une assurance tranquillité d'esprit. Il prit une autre gorgée, cachant un sourire. C'était une bonne idée ; il ne manipulait pas Pop. L'homme pouvait tout réparer et cela pourrait le réparer lui. Maman devait probablement leur sourire de là-haut en ce moment même.

— Ça ressemble toujours à de la charité pour moi. Une trop grosse part du gâteau, si tu veux mon avis, juste pour réparer des charnières de porte et déboucher des toilettes.

Dare avala et arqua un sourcil. — Ça veut dire que ça ne t'intéresse pas ?

— Attends une minute, je n'ai pas dit ça. Pop entrelaça ses doigts sur la table. — Ça m'intéresse. Je dois juste trouver comment faire pour que ça ressemble à un partenariat et pas à un cas de charité. Un index tapota le dos de sa main. — Mais ouais, tu dois embaucher quelqu'un, et mieux vaut le diable qu'on connaît.

Dare finit sa bière, puis la posa sur la table. — Tu n'es pas le diable, Pop.

— Oh, je ne sais pas trop. Ta mère le pensait quand je commençais des projets autour de la maison.

— C'est parce que tu ne les finissais jamais.

— C'est parce qu'elle trouvait toujours plus de choses à me faire faire. Son sourire et celui qu'il avait eu plus tôt quand Dare avait dit qu'il voulait lui parler d'une fille étaient les premiers sourires sincères que Dare avait vus depuis la mort de Snoopy. — Mais je peux rentrer chez moi à la fin de la journée, pas vrai ? Et je dois les finir donc je dois rendre des comptes. Comme quand je travaillais. Pop passa sa main sur son pantalon, puis la tendit. — Ouais, je vais le faire. Tu as ton partenaire commercial, fiston.

Bien. Maintenant, s'il pouvait se trouver une partenaire de vie, il serait comblé.

* * *

— Hé, Bry, tu as une minute ? Avec un peu de chance, c'est tout ce que ça prendrait.

Bryan leva les yeux de son bureau. — Qu'est-ce qui se passe, Dare ? Pas assez de monde ? Je pensais que les routes étaient dégagées.

Dare se glissa dans le siège devant le bureau, se sentant comme s'il était de retour dans le bureau du Principal Dilworth.

Même fille, raison différente.

— Non, les routes vont bien. Ça concerne, euh... Bon sang, il était vraiment nerveux.

— Laisse-moi deviner. Bryan posa son crayon. Gina. Et la nuit que tu as passée avec elle.

Maudite machine à rumeurs. — Ce n'était pas comme ça.

— Oh, je sais que ce n'était pas comme ça.

— Quoi ? Comment tu le sais ? *Que* sais-tu ?

Bryan croisa les doigts sur le bureau. — Je sais que tu as sorti ma cousine d'un fossé et que tu l'as ramenée au spa. Je sais que tu l'as portée dans la caserne de pompiers et que tu l'en as sortie sur ton dos. Je sais qu'elle te parle toujours et qu'elle ne m'a pas appelé pour défendre son honneur. Donc je dois supposer que tu as réussi à garder tes mains pour toi. Et si ce n'est pas le cas — il leva une main —, je ne veux pas le savoir.

Bien. Parce que ce n'étaient pas ses affaires. Pourtant, il comprenait pourquoi Bryan était intéressé ; Dare aurait été pareil pour n'importe laquelle de ses cousines. Malheureusement, il n'en avait pas. — Donc... on est bons ?

— On est bons jusqu'à ce qu'il y ait des larmes. Gina est une grande fille et j'aimerais penser que notre petite, euh, discussion de la dernière fois était suffisante pour te garder dans le droit chemin. Ça ne sera gênant que si elle est blessée. Il arqua un sourcil. — Alors *tu* seras blessé. Encore. C'est clair ?

— Comme du cristal.

— Très bien. D'autres questions ?

— Pas une seule. Dare se leva.

— Bien. Bry se remit à griffonner quelque chose sur le bloc-notes sur son bureau.

Dare se rassit. — Sauf...

Bryan exhala et reposa le crayon. Un peu plus brusquement cette fois. — Crache le morceau, Foster. Le spectacle va bientôt commencer.

— À propos de ça. Je pense à donner mon préavis.

— Quoi ? Tu m'as dit, quoi, il y a trois jours que tu ne démissionnais pas. Maintenant tu le fais ? Ça a quelque chose à voir avec Gina ?

— Je n'ai pas dit que j'allais le faire ; j'ai dit que j'y pensais.

— Ouf. D'accord, alors. Que dirais-tu de me le dire dans trente ans quand je serai prêt à prendre ma retraite ? Bryan ramassa le crayon. — Les femmes t'apprécient. Je détesterais te perdre. À moins que ça concerne Gina, bien sûr.

Le gars était comme un chien avec son os. Cela dit, lui aussi l'était quand il s'agissait de Gina. — Je pense que ce sera plus tôt que dans trente ans. Et, honnêtement, ça pourrait être encore plus tôt que ça. Je voulais juste te prévenir que j'y pense.

Bryan reposa le crayon. — Ça *a* un rapport avec Gina.

Ce n'était pas une question.

— J'ai pensé qu'elle pourrait ne pas aimer ce que je fais comme métier.

— Hé, elle est aussi femme que n'importe quelle femme dans le public.

Comme Dare le savait bien. — Je ne conteste pas ça. Je parle de ce que je fais. Devant d'autres femmes.

Bryan haussa les sourcils. — Tu ne vas pas un peu vite en besogne ? Attends. Il leva à nouveau la main. — Je ne veux pas savoir.

— Je dis juste... Elle pourrait ne pas apprécier le boulot.

— Donc tu vas accepter une baisse de salaire parce qu'elle *pourrait* ne pas aimer ça ? On dirait que tu précipites les choses ou que tu ne la connais pas assez bien, mais bon, c'est ta vie. Mais donne-moi suffisamment de temps pour te remplacer, d'accord ? La rotation fonctionne avec les danseurs qu'on a.

— Je le ferai. Dare se leva, puis se dirigea vers la porte, pas vraiment sûr de ce qu'il avait accompli, mais s'il partait, au moins ce ne serait pas une surprise.

— Foster ?

Dare se retourna.

— Sans vouloir jouer les Oprah, Gina fait partie de la famille. Elle mérite le meilleur. Alors sois le meilleur. Souviens-toi de ce que tu as fait pour la blesser et ne le refais pas. Mais... garde-le en mémoire. Ce n'est pas parce que c'était il y a des années que ça n'a pas laissé de traces. Il regarda Dare pendant quelques secondes, puis hocha la tête avant de reprendre son crayon et de retourner à ce sur quoi il travaillait.

Y avait-il un avertissement ou un conseil dans ce commentaire ? Dare ne répondit pas. Il n'y avait pas grand-chose à dire à cela. Mais beaucoup à méditer.

Elle ne devrait pas être ici.

Pourtant... Gina ferma la portière de la voiture et fit signe au chauffeur Uber de partir.

C'était idiot. Ridicule, même. Ce n'était pas parce que Darien s'était excusé — et l'avait embrassée — qu'elle devait venir le regarder danser.

Encore.

Gina se retourna pour rappeler le chauffeur, mais il était déjà parti.

Elle prenait ça comme un signe.

Pratique.

Elle prit une profonde inspiration, le froid lui brûlant la gorge, et redressa les épaules. Après le départ de Candy, elle avait fixé les murs de son appartement, se demandant comment elle allait passer le temps jusqu'au lendemain matin où elle le reverrait. Puis elle avait réalisé qu'elle pouvait le voir maintenant. Il restait encore son deuxième spectacle de la soirée.

Elle voulait le voir. Voir ça. Elle voulait le regarder danser avec un nouveau regard car les choses avaient changé depuis la dernière fois. Oh, comme elles avaient changé. Suffisamment pour qu'elle soit attentive cette fois. Qu'elle en profite. Elle allait juste prendre une place en périphérie et personne ne le saurait. Ni Darien, ni Bryan, et surtout pas Candy. Ce serait uniquement pour elle.

Elle entra et se faufila dans le couloir de service qui reliait les coulisses, la zone des loges, la cuisine et le côté éloigné du club pour le personnel de service afin qu'ils n'aient pas à se frayer un chemin à travers les tables de femmes bruyantes. Appelé le couloir à bestiaux, il était faiblement éclairé, ce qui était particulièrement utile pour son plan. Tout ce qu'elle avait à faire était d'éviter les danseurs.

— Gina ? Que fais-tu ici ?

Bien sûr que Darien descendrait le couloir. En bretelles rouges et pantalon de pompier, et rien d'autre. Bon, des bottes aussi, mais même celles-ci lui allaient sexy.

— Tout va bien ? Tu as besoin de moi pour quelque chose ?

Il n'en avait aucune idée.

— Je, euh. Zut, c'était une chose de regarder sans qu'il le sache, mais qu'il sache qu'elle était là... C'était tellement embarrassant.

Ou excitant. Enivrant. Émoustillant, même.

— Je suis revenue chercher mon manteau. Je, euh, l'ai oublié ici l'autre soir. *Faites que Candy et Darien ne comparent jamais leurs versions à propos de ce fichu manteau.*

— Il est probablement au bureau. C'est généralement là que les objets perdus finissent. Tu veux que j'aille voir ?

— Non, ça va. Je suis sûre que tu dois finir de, euh, te préparer. Elle agita les mains devant lui, essayant désespérément de ne pas fixer ses abdos.

Corrige ça : ses huit abdos.

Elle resserra son manteau.

— Nan, je suis prêt. Y a pas grand-chose dans le costume. Comme tu le sais. Il haussa les sourcils d'un air suggestif.

Était-ce mal que des papillons se réveillent soudainement dans son estomac ?

Probablement, mais elle n'allait pas le nier. Ce regard, ces fossettes... Ce torse... Et il s'était excusé. Et il le pensait. Et puis il y avait le feu vert de Candy, à la fois financièrement et... intellectuellement ? Physiquement ?

Elle ne savait pas comment catégoriser le fait d'avoir reçu l'autorisation de sa meilleure amie, mais Candy allait devoir garder les yeux pour elle à partir de maintenant si elle venait au club. — Euh, ce n'est pas grave. Je ne vais être là que quelques secondes de toute façon.

— Alors ta voiture va bien ?

Elle pencha la tête, ne comprenant pas ce qu'il voulait dire.

— Ta voiture. Quelqu'un l'a déneigée et te l'a ramenée ?

— Oh. Euh, non. Pas encore. Je, euh, suis venue en Uber.

— Pour ton manteau ? Alors que tu en portes un ? Il croisa les bras, ses pectoraux se contractant, puis arqua un sourcil. — Gina Taormina, es-tu venue ici juste pour me regarder danser ?

— Ne te flatte pas, Foster.

Il se contenta de lever l'autre sourcil.

Si elle n'avait pas eu le visage en feu, elle aurait peut-être pu s'en tirer. Mais c'était le cas, alors elle ne pouvait pas. — Oh... d'accord. Oui. Bien. Sûr. Peu importe. Je sais, je devrais être au spa. On a beaucoup avancé, mais il y a encore plus à faire et pas assez de temps pour le faire. J'allais y aller, mais—

— Hé, hé, hé. Il lui saisit les avant-bras et chaque mot qu'elle allait dire s'évapora comme le Sahara. — Tu n'as pas à te justifier auprès de moi. C'est ton affaire, comme tu l'as dit, et nous *avons* fait beaucoup de progrès ce week-end. Tu as le droit de prendre un peu de temps pour toi. Il fit un pas en avant et baissa la voix. — Je suis juste content que tu aies décidé de le passer avec moi.

— Comme quelques centaines d'autres femmes.

— Foster ! Un des gars se pencha hors d'une porte. — Le show va commencer. C'est à toi.

Avec une rapide pression sur son bras, Darien se pencha pour murmurer :
— Peut-être, mais je ne danserai que pour toi, avant de s'éloigner.

Au moins, il était encore debout ; Gina était à peu près sûre que ses genoux allaient lâcher.

Elle s'appuya contre le mur et le regarda partir. Mon Dieu, ce mec était puissant.

Et il avait un *faible* pour elle.

Elle gloussa. Jamais, au grand jamais, elle n'aurait vu ça venir.

Tout comme elle n'avait pas vu venir le reste des danseurs. Ils descendaient le couloir en trottinant, se dirigeant dans la direction qu'avait prise Darien. Juste devant elle.

Adieu l'idée que personne ne sache qu'elle était là.

— Salut, Gina. Carlo agita deux doigts en se dirigeant vers la scène, son pantalon rouge identique à celui de Darien.

— Euh, salut, Carlo.

— Gina. Dominic souleva un chapeau imaginaire — portant également un pantalon rouge de pompier.

Elle ne se souvenait pas les avoir déjà vus tous dans le même costume. — Dom.

— Tu es venue voir Bry ? Steve ralentit, un chapeau à la main. Un chapeau *rouge* pointu avec un pompon blanc au bout. — Il est parti vers l'avant.

— Merci.

— Content de te voir Gina. Markus hocha la tête en glissant devant Steve. *Lui aussi en pantalon rouge.* Un pantalon rouge et *duveteux.* — Profite du spectacle.

— Oh, je ne reste pas pour le—

— Allez, ma belle. Le nouveau gars s'arrêta devant elle, un mètre quatre-vingt-dix-huit de pur muscle bronzé. Cheveux blonds, yeux turquoise... Il ferait de l'ombre à Chris Hemsworth — *s'il* jouait le Père Noël dans *son* pantalon rouge et duveteux. — Reste au moins pour mon numéro. Je peux te garantir que ça t'aidera à bien dormir ce soir.

Cependant, le clin d'œil l'élimina de la compétition. Il n'était tout simplement pas Darien.

— Je, euh, dois trouver Bryan.

— Je l'ai vu verser quelques doigts de whisky à un groupe de femmes qui ont l'air de ne pas avoir vu un homme depuis des lustres. Ça va être une nuit de folie. *Thor* inclina la tête vers elle, baissant la voix. — Tu es sûre que tu ne veux pas rester ?

— Certaine. Enfin, certaine qu'elle *restait,* mais certainement *pas* pour son numéro.

La musique commença et le public acclama. *Wild Thing.* Approprié, surtout que Darien passait en premier.

Elle parlerait à Bryan plus tard.

Elle se fraya un chemin depuis les coulisses et réussit à attraper une chaise d'une des tables de femmes qui hurlaient. Sérieusement, elles se comportaient comme si elles n'avaient jamais vu un beau mec avant. Ou un mec qui danse. Sans chemise.

Oui, il y avait un tas de beaux mecs sur scène — tous habillés en pères Noël coquins — mais quand même, elle aurait pensé que les femmes feraient preuve d'un peu de retenue. Après tout, elles n'étaient plus au lycée.

Puis Darien donna un coup de bassin et Gina fut heureuse qu'elles ne le soient plus. Elle n'aurait pas su quoi faire de ça au lycée.

Tu le sais maintenant ? Ça fait si longtemps.

Ne daignant pas répondre à cette pensée, elle tira la chaise dans l'ombre, désirant de l'intimité pendant qu'elle regardait Darien danser.

Il pourrait te faire un show privé, tu sais.

Oh mon Dieu, quelqu'un allait trop vite en besogne.

Il faut bien que l'une de nous le fasse.

Sur scène, des lumières colorées tourbillonnaient sur les muscles de Darien tandis qu'il suivait chaque battement de la musique en ondulant vers l'avant-scène. Les gars se mirent en file derrière lui, exécutant une chorégraphie qui impliquait beaucoup de saccades et un tas de contractions des fesses et de poussées du bassin, mais, sérieusement, il n'y avait personne sur cette scène pour elle à part Darien.

Bon sang, il savait bouger.

Il se jeta au sol pour faire du break-dance, puis fit une sorte de flip pour atterrir sur ses pieds, son corps ondulant au rythme, une longue ligne d'ondulation qui lui donnait envie de faire courir sa langue le long de son abdomen. Si elle pouvait juste lécher ces abdos, elle mourrait heureuse.

Elle se secoua. Elle s'impliquait un peu trop dans la danse — et cela sans alcool.

C'était peut-être pour ça.

Elle leva la main pour appeler la serveuse.

Les femmes continuaient de hurler tandis que Darien travaillait le public. Ou ses attributs. Les deux. Peu importe. Et quoi que ce soit, ça marchait pour elle aussi.

La serveuse prit sa commande d'un Cosmo. Tout autre chose serait trop lourd avec la chaleur que Darien faisait monter en elle.

Il tomba à genoux, pompant et se balançant, pointant du doigt quelques-unes des femmes, les appelant de son index.

D'accord, il pouvait arrêter ce mouvement. Et celui où il avait l'air de ramper vers les femmes —

Oh, non. Elles étaient assises à *cette* table. La sienne. Celle sur laquelle il avait dansé pour elle —

Effectivement, les femmes savaient évidemment ce qui allait se passer et poussèrent la table juste contre la scène.

Le regarder glisser sur cette table lui donna un flash-back de quand il l'avait fait pour elle.

Elle aurait vraiment dû profiter du moment. Elle en profitait certainement maintenant.

Tout comme les femmes à cette table. Des paumes caressant les cuisses de Darien, ses bras, ses flancs —

Les doigts d'une femme s'égarèrent un peu trop près du centre, et Darien, en pro, réussit à l'intégrer dans sa routine, attrapant sa main et l'éloignant du territoire dangereux, tout en l'empêchant de réaliser ce qu'il faisait.

Cet homme était doué.

Ses hanches suivaient le temps fort, ses abdos faisant toutes sortes de choses merveilleuses tandis qu'il étendait ses bras au-dessus de sa tête et il se tourna —

Dans sa direction.

Il ne pouvait pas la voir. Les lumières étaient sur lui, le club était sombre, et elle était derrière une colonne dans l'ombre, pourtant elle aurait juré qu'il la regardait droit dans les yeux.

Elle sourit quand même.

Juste au moment où l'un des projecteurs l'éclaira.

Ce ne fut que pour quelques secondes, puis la lumière rebondit sur le public, mais elle savait qu'il avait demandé aux gars de l'éclairage de le faire à cause d'elle. Elle avait vu assez de spectacles ici pour savoir qu'ils ne balayaient généralement pas le public.

Darien, avec son sourire effronté et ces fossettes, fit une roulade arrière de la table sur la scène, puis sauta sur ses pieds et recommença à onduler.

Vers son côté de la scène.

Mais il prit tout son temps pour le faire.

Les gars derrière lui tombèrent au sol, certains faisant *le ver*, d'autres simulant l'acte sur la scène, quelques autres faisant ce truc cool de ramper sur les genoux, le rythme lourd de la musique distillant du sexe dans toute la salle. Ils auraient dû avoir l'air ridicules avec les bonnets rouges et les pantalons de Père Noël, mais aucun d'entre eux ne l'était. Oh, attendre *ça* dans la cheminée le matin de Noël...

La sueur brillait sur la poitrine de Darien, et ses doigts la démangeaient de tracer les ruisselets. Sa peau brûlait de glisser contre elle. Et sa bouche... sa bouche salivait de le goûter.

Cela faisait plus de trois longues années qu'elle n'avait pas désiré un homme, et, franchement, elle n'était pas sûre que ses parties intimes sauraient encore quoi faire.

C'est comme le vélo, ma belle.

C'est bien vrai...

Darien travaillait son corps magnifique à travers cette scène, offrant un sacré spectacle. Les gars en arrière-plan le laissaient faire — à cause d'elle.

Comment cela était-il devenu si intense si rapidement ? Si les clients ne l'avaient pas compris, l'équipe, elle, l'avait certainement fait.

Des sifflements éclatèrent alors que Darien faisait l'équilibre sur les mains puis s'abaissait lentement au sol dans une démonstration de force magnifique à contempler, ses biceps et les muscles de son dos gonflant sous l'effort. C'était un travail difficile et Darien était très doué dans ce qu'il faisait.

Il n'y avait pas de "peut-être" dans ce qu'il y avait entre eux. Elle aimait que Darien ait un faible pour elle. Parce qu'elle en avait définitivement un pour lui en ce moment.

Roulant sur le dos, ces bottes de Père Noël qui ne devraient pas être sexy mais qui l'étaient plantées sur la scène, son bassin poussé vers le plafond.

Gina dut fermer les yeux alors qu'un frisson la parcourait.

Tout cela pourrait être à toi, il te suffit de dire oui, tu sais.

Elle retint son souffle et ouvrit les yeux.

Il ramena ses genoux en arrière, puis réussit d'une manière ou d'une autre à se relever d'un coup de pied, tournant sur lui-même et retombant dans un grand écart latéral, le pantalon bas sur les hanches.

Il fit glisser ses bras hors des bretelles qui semblaient être la seule chose maintenant le pantalon en place.

Enfin ça, et le Velcro.

Qui céda facilement quand il tira dessus.

Oh là là.

Elle ne pouvait pas... Elle ne voulait pas... Elle ne devrait pas...

Gina ferma à nouveau les yeux brusquement.

Pour les rouvrir aussitôt.

Tout ce qu'elle avait à faire était de dire *oui*.

Il la regardait fixement, toujours en position de grand écart, son, euh, paquet dans le string en soie rouge à quelques centimètres du sol, son bassin ondulant au rythme de la musique.

Les femmes devenaient folles.

Ses papillons dans le ventre n'étaient pas en reste.

Darien afficha ce sourire narquois qui faisait vraiment ressortir ses fossettes, puis il posa ses doigts sur le sol devant lui, se souleva et fit une rotation, ajoutant une torsion d'une manière ou d'une autre, et se retrouva dans la même position mais dos à elles.

Et quel dos ferme, musclé et — à toutes fins utiles — *nu* c'était.

Qu'il contracta. Puis décontracta. Puis contracta encore. Ce qui fit se contracter ses ischio-jambiers, ses mollets se dessiner en haute définition, et le V de son dos apparaître comme la perfection absolue, sans parler de ses fessiers... Cet homme était une œuvre d'art vivante, respirante, marchante et parlante.

Et tout ce qu'elle avait à faire était de dire *oui*.

Des billets de banque pleuvaient sur la scène. Certains collaient à son dos. Une des femmes du premier rang se leva et commença à les décoller de lui.

Darien regarda par-dessus son épaule et fit un clin d'œil.

À Gina.

Son clin d'œil était tellement plus sexy que celui du nouveau. Celui de Darien ne lui donnait pas envie de prendre une douche — enfin, pas seule.

Elle se tortilla sur son siège à cette image. Elle et Darien sous la douche, l'eau ruisselant sur eux, lui répétant ces mouvements, elle appréciant la répétition...

Une femme de la table où Gina avait piqué la chaise se pencha vers elle. — Il est à toi ?

C'était la question à un million de dollars. — Ouais. Elle n'allait pas se lancer dans des explications ; elle allait juste profiter de pouvoir le revendiquer.

La femme soupira. — Quelle chance tu as.

Pas encore.

Tu pourrais l'être.

C'est vrai. Et... pourquoi pas ? Il avait dit qu'il avait un faible pour elle, et il n'y avait plus aucun doute dans son esprit sur ce qu'elle ressentait pour lui.

Candy avait raison. Premièrement, elle n'épousait pas le gars, et deuxièmement, elle *avait* pensé à lui depuis la remise des diplômes. La plupart du temps, elle avait été en colère contre lui pour ce coup, mais elle avait aussi été en colère qu'il n'ait pas été celui qu'elle voulait qu'il soit.

À l'époque.

Maintenant ?

Maintenant, ses excuses et sa prévenance, le fait qu'il n'ait pas été plus loin la nuit dernière — sans parler de la petite enquête de Candy — changeaient la donne. Une donne à laquelle elle envisageait définitivement de jouer.

Sur scène, Darien faisait un mouvement autour du périmètre qui semblait vraiment bon et qui lui permit de revenir au centre de la scène où il fit quelques flares, des rotations sur le dos comme en break dance, et... eh bien, un tas d'autres choses que Gina allait simplement s'asseoir et apprécier.

Tout comme le reste du public. Les gars s'impliquèrent, encerclant Darien, improvisant leurs mouvements, et c'était une masse de corps se tordant, en string, presque nus là-haut qui était juste un pur régal pour les yeux.

La chanson se termina par un « Wild thing ! » des gars, leurs poings levés, leurs poitrines haletantes, les jambes écartées, les lumières devenant aussi folles sur leur peau luisante que les femmes l'étaient pour les gars.

Gina eut un sourire narquois. Les Kelton auraient dû être ici pour voir ça ; il y aurait eu un certain *piment* chez M. Kelton s'ils avaient été là.

Tu ne t'en sors pas trop mal non plus.

C'est vrai. La danse de Darien était une expérience — quand elle n'essayait pas de le fuir, bien sûr.

Il n'y aurait plus de fuite maintenant.

— Qu'est-ce que tu fais encore assise ici ? demanda la femme de la table voisine. Si c'était mon homme, je serais déjà en coulisses en train de lui sauter dessus.

C'était un bon conseil. — Quand le set sera terminé. C'était la première danse. Il en restait six autres.

Ce qui semblait bon en théorie, mais en pratique ? Combien de temps ces gars pouvaient-ils danser sans se fatiguer ?

Gina resta assise pendant le reste des chansons — ce n'était pas vraiment une corvée, à part le fait que *regarder* n'était pas ce qu'elle voulait faire. Et chaque chanson ne faisait que le lui confirmer.

Quelqu'un s'était bien amusé à chorégraphier les numéros de Père Noël Coquin et de Boule de Noël, mais le temps que ceux-ci soient terminés, *elle* dansait pratiquement pour sortir de sa chaise, mais elle était venue ici assez souvent pour parler à Bryan et Gage pour savoir à quoi ressemblaient les coulisses après un spectacle. Pas d'intimité, et les gars se donneraient tous des coups de serviette sur les fesses en se dirigeant vers les douches, avec beaucoup de vantardises. Elle ne voulait pas vraiment être le sujet de conversation. Ou, si elle l'était, elle ne voulait pas être là pour le savoir.

— Je peux vous apporter un autre Cosmo ? La serveuse ramassa son verre vide. Son deuxième.

— Merci, mais ça ira. Elle se souvenait de ce qui s'était passé la dernière fois qu'elle avait bu trois verres d'alcool en présence de Darien. Pour sa défense maintenant, elle avait transpiré la majeure partie, à la fois à cause de la chaleur générée par le nombre de personnes dans le public et de la chaleur que Darien générait en elle. Elle était sobre, mais elle n'allait pas tenter sa chance. — Je vais prendre l'addition, s'il vous plaît.

— Oh, votre addition a été réglée. Bryan l'a mise sur le compte de la maison, donc vous êtes bonne.

Bryan ? Peut-être, mais à la demande de quelqu'un d'autre.

Eh bien, parfait. Cela lui donnait l'ouverture parfaite pour rembourser Darien.

La vengeance étant un plat qui se mange froid, Dare espérait qu'il n'aurait pas à payer pour le coup du projecteur. Il avait demandé à Karen, la serveuse, de trouver où était Gina. Il l'avait vue le dire aux gars de l'éclairage, donc il savait où projeter quand il dansait.

La bonne nouvelle était que Gina n'avait pas l'air agacée.

La meilleure nouvelle était qu'elle n'était pas partie.

Et la meilleure nouvelle de toutes... Elle l'attendait dans le couloir des artistes quand il avait fini sa douche.

— Tu as apprécié le spectacle ? tenta-t-il de dire d'un ton désinvolte, mais il était très intéressé par sa réponse.

— Oui. Surtout le premier numéro.

Il passa un doigt sous le col de sa chemise. — Je suis désolé pour le projecteur. Je leur ai dit de faire vite, pour que je sache où tu étais.

— C'est ce que j'ai pensé.

— Tu n'es pas fâchée ?

— Que tu voulais savoir où j'étais pour danser pour moi dans un club bondé ? J'ai peut-être été en colère contre toi avant, Darien, mais je ne suis pas morte. Seule une idiote s'énerverait pour ça. Ce n'est pas comme si tu m'avais forcée à me lever et à danser avec toi.

— Voilà une idée. Il posa une main au creux de son dos.

— Bonne soirée, Foster. Gina. Markus les salua en sortant de l'autre côté de la loge. Une courtoisie car c'était le chemin le plus rapide vers le parking à l'arrière. Le pauvre allait devoir esquiver les femmes ivres et excitées à l'avant.

— Toi aussi, Markus. Dare hocha la tête, puis regarda Gina pour voir comment elle prenait la nouvelle que tout le monde était au courant. Au cas où l'incident du projecteur ne l'aurait pas convaincue. — Bon, où en étions-nous ?

— Tu as dit que ce serait une bonne idée que je danse avec toi.

— Ah, oui. Ça. Ce *serait* une bonne idée sauf pour une chose.

— Hé, je sais danser.

Il rit. — Ce n'est pas de ça que je parle. Il fit un pas en avant. — Je ne veux personne autour quand je danse avec toi.

— Eh bien, c'est dommage. Il n'y a pas beaucoup de clubs de danse pour un seul couple par ici.

Il recula. — Attends. Tu es sérieuse ? Tu veux sortir danser ? Avec moi ?

Elle pencha la tête, le regardant sous ses cils. — Danser... oui. Sortir ? Non. Je n'ai certainement pas l'intention de sortir. Mais définitivement avec toi.

Le sourire sur son visage ne rendait pas cela plus facile à comprendre. — Gina, de quoi parles-tu ?

Elle tendit la main derrière elle et entremêla ses doigts aux siens. — Je n'étais pas là pour le premier spectacle. Je pense que tu devrais me montrer ce que j'ai manqué.

Dare la regarda fixement. Voulait-elle dire ce qu'il pensait qu'elle voulait dire ?

Non. Il avait dû mal entendre. Il devait sûrement mal interpréter. Elle ne pouvait pas vouloir dire-

— Tu as entendu la dame, Foster. Jace le bouscula de l'épaule en sortant de la loge. — Elle veut un spectacle privé. Tu es assez homme pour gérer ça ou je dois te montrer comment on fait ?

Dare ne quitta pas le visage de Gina des yeux. — Recule, Jace. Elle n'est pas intéressée. Il serra ses doigts. — Sortons d'ici.

Elle soupira. — C'est ce qu'elle a dit.

Le rire de Jace les suivit jusqu'à la sortie du club.

Chapitre Treize

Dare ne dit pas un mot pendant tout le trajet jusqu'au parking. Pas même quand il l'aida à monter dans son camion. Ni quand il recula, mit le levier en position DRIVE, puis s'arrêta à l'intersection où ils devaient tourner d'un côté ou de l'autre. — Où allons-nous ? furent ses premiers mots, mais il ne la regarda pas. Il gardait son regard fixé droit devant sur le feu de circulation.

Elle se tourna de côté, le dos contre la portière, son bras gauche étendu sur le siège. — Où veux-*tu* aller ?

— Ah non. Pas question. Il secoua la tête mais ne la regarda toujours pas. — C'est toi qui as commencé ; c'est à toi de décider. Le feu passa au vert, mais il ne bougea pas. Il n'y avait personne derrière eux, mais cela ne l'aurait pas fait bouger non plus. C'était à Gina de décider, point final.

— As-tu apporté ton costume avec toi... *Père Noël* ? Elle tapota le dossier du siège à quelques centimètres de son épaule.

Il pouvait sentir la chaleur de son corps de là. — Qu'est-ce que ça a à voir avec quoi que ce soit ?

— Eh bien. Elle bougea, glissant son genou gauche sur le siège. — Si tu vas me montrer ce que j'ai manqué, tu vas avoir besoin de ton costume. Ou peut-être que tu en as un autre chez toi ?

— Je ne vais pas faire mon numéro pour toi, Gina.

— Pourquoi pas ?

Il jeta un coup d'œil vers elle, puis revint. — Écoute, si c'est pour te venger de ce que j'ai fait dans le cours de Nester, je suis désolé, d'accord ? Je me suis déjà excusé et je pensais que tu l'avais accepté. Je ne sais pas ce que je peux faire de plus...

— Ce n'est pas ça, Darien.

— Alors c'est quoi ?

— Je... Elle soupira et se tourna vers la fenêtre, le silence emplissant l'espace entre eux.

Tant de mots auraient pu être dits. Il choisit, — Exactement, et tourna à droite. Vers son appartement. Il la ramenait chez elle. Et la laisserait là.

Ses doigts tambourinaient maintenant sur le panneau de la portière sous la fenêtre, l'air à l'intérieur de la cabine de son camion aussi lourd que l'air chargé de neige à l'extérieur.

Mais elle ne lui dit pas de faire demi-tour.

Il alluma la radio — une station de musique de Noël ringarde — sa mâchoire — et une autre partie en particulier — se crispant. Dare gardait les yeux sur la route. Si elle avait vraiment voulu aller chez lui, sa réticence l'avait manifestement fait réfléchir à deux fois. Ce qui était une bonne chose, non ? Certes, elle pouvait être toute excitée et en chaleur après avoir été dans le club — Dieu sait qu'il l'était, mais uniquement parce qu'elle avait été là — mais cela ne signifiait pas qu'elle ne regretterait pas cette idée le lendemain matin. Il devait être la voix de la raison ici.

Bien que cela devenait de plus en plus difficile à faire.

Tout comme autre chose.

Il se déplaça sur le siège, son jean soudainement trop serré. Il n'avait jamais — *jamais* — quitté le club avec le besoin de se soulager avant. Enfin, sauf quand elle avait été là la semaine dernière. Et, alors, il l'avait embrassée. Maintenant ?

Maintenant, cette fois, il n'allait pas s'approcher d'elle. Parce que sachant que la glace fondait entre eux — et quel goût elle avait — il ne pouvait pas se faire confiance pour ne pas aller plus loin. Pour ne pas précipiter les choses. Et avec elle qui venait au club ce soir et demandait un spectacle privé...

Un homme ne pouvait avoir qu'un certain contrôle.

Il jeta un coup d'œil vers elle. De profil, avec ses boucles effleurant ses joues — l'une d'elles s'étant même coincée sur ses cils — et mordillant sa lèvre inférieure, elle était — que Dieu lui vienne en aide — la chose la plus sexy qu'il ait jamais vue. Tous les fantasmes d'adolescent qu'il avait eus, maintenant adultes et assis à côté de lui. Voulant *danser* avec lui.

Son contrôle était sérieusement mis à l'épreuve en ce moment.

Il reporta son regard sur la route, la tension s'étirant entre eux, ses vrilles avides s'enfonçant en lui, le faisant se demander... Et s'il avait simplement dit d'accord ? Et s'il avait simplement jeté la prudence aux orties et l'avait conduite chez lui ?

Bon sang, la tentation était si foutrement forte de le faire quand même.

Mais il ne pouvait pas. Ne le ferait pas. Gina n'était pas un coup rapide — pas qu'il en ait eu beaucoup dans sa vie. Mais elle était spéciale. Et quand ils seraient ensemble, ça devait l'être aussi.

Il s'éclaircit la gorge, ayant besoin de briser ce cocon d'attente qui les entourait. — Alors les Kelton étaient au club plus tôt.

— Tant mieux pour eux. C'est agréable de voir un couple de leur âge encore ensemble et, euh...

— Fripon ? Cela semblait un mot assez anodin pour ce que les Kelton faisaient probablement en ce moment.

Et ce que lui ne faisait pas.

Bordel.

— C'est un bon mot pour ça, je suppose.

Il sentit son regard sur lui et jeta un coup d'œil.

Le clair de lune faisait briller ses yeux. Et chauffait son sexe. — Mon Dieu, Gina, tu es magnifique.

Les mots lui avaient échappé. Il ne s'était pas rendu compte qu'il les pensait. Oh, il pensait qu'elle était magnifique — bon sang, il l'avait toujours pensé. Mais ce soir, avec l'attraction sexuelle entre eux, et la lumière frappant son visage juste comme ça, et, bon sang, l'odeur de son parfum, et sachant qu'elle avait été excitée par ce qu'il avait fait dans le club... Il méritait le prix de l'Homme de l'Année pour sa retenue.

Elle rougit à son compliment, et il n'avait pas pensé qu'elle pouvait être encore plus jolie, mais ça l'avait fait.

Il ouvrit la fenêtre — il n'avait pas envie de répondre à des questions pour avoir allumé la climatisation alors qu'il neigeait — et pria pour que l'air frais fasse baisser sa température corporelle.

Des images de ce qui aurait pu se passer l'assaillirent. Il était idiot de lui avoir donné une porte de sortie. Et encore plus idiot de ne pas avoir simplement saisi sa main et de l'avoir traînée dans la chambre de secours au-dessus du club. Non, il devait être tout noble et faire la bonne chose, alors que ce qu'il *voulait* vraiment faire *était* la bonne chose à son avis.

Mais en ce qui la concernait ?

Dare prit une inspiration et se concentra pour les amener chez elle en un seul morceau.

Sept minutes remplies de tension sexuelle, c'est tout ce qu'il fallut. Mais cela aurait pu être soixante-dix pour le barrage de pensées et d'idées qui traversèrent son esprit.

Il appuya un peu trop fort sur le frein quand il se gara, l'inertie les projetant contre leurs ceintures de sécurité.

— Désolé pour ça.

Elle marmonna quelque chose qui ressemblait beaucoup à, — Tu devrais l'être.

Il n'allait pas toucher à ça, même avec une perche de trois mètres. C'était tout ce qu'il pouvait faire pour ne pas la toucher avec une de vingt centimètres.

Surtout quand elle a détaché sa ceinture de sécurité.

Il gardait sa ceinture fermement attachée pour éviter toute tentation.

Mais alors, au lieu de sortir de son pickup — ce qui aurait été l'option la plus sûre pour eux deux — elle prit une profonde inspiration et se tourna vers lui.

Il allait perdre la guerre, il le savait.

— Écoute, Darien, est-ce que j'ai mal interprété les signes ? Je veux dire, je sais que je manque de pratique, mais quand un homme dit qu'il a un faible pour vous, puis se déshabille devant vous en vous disant qu'il danse *juste* pour vous, il me semble que cet homme est intéressé par plus que la simple danse. Et même si nous sommes au vingt-et-unième siècle et non dans l'Angleterre victorienne, donc je n'ai pas à attendre que tu fasses le premier pas, j'ai pensé que tu l'avais déjà fait avec toute cette histoire de te déshabiller. Alors, j'essaie de comprendre ce que-

Il l'attira à lui et l'embrassa.

Au diable la bonne chose à faire — *ceci* était la bonne chose à faire.

Dieu, elle avait un goût incroyable. Se sentait encore mieux. Ses lèvres, sa langue, la chaleur de son souffle se mêlant au sien. La façon dont ses doigts s'enfonçaient dans ses cheveux. Ses seins écrasés contre sa poitrine, le parfum de son eau de toilette, le goût de ce qu'elle avait bu — quelque chose de fruité et sucré... Si c'était ça perdre la guerre, il avait été stupide d'avoir jamais livré bataille.

Il n'aurait jamais assez d'embrasser Gina.

Elle se rapprocha et cette fichue ceinture le maintenait en place.

Tâtonnant, il réussit à s'en débarrasser puis poussa contre le volant pour se rapprocher —

Et klaxonna.

Gina recula, haletante, les yeux écarquillés, les cheveux en bataille. — *Qu'est-ce que* c'était que ça ?

— Euh, le klaxon ? Bravo à lui pour l'avoir tant excitée qu'elle ne reconnaissait même pas un klaxon quand elle l'entendait.

— Je sais *ça*. Ses boucles balayèrent ses joues quand elle secoua la tête. — Je veux dire... Elle agita sa main entre eux. — *Ça*. Tu vas essayer de me dire que tu ne penses pas la même chose que moi ? Sa voix était quelques tons plus basse, un râle rauque qui glissait sur lui comme il voulait qu'elle le fasse. — Je ne te croirai pas.

— Tu n'as pas besoin de me croire. Parce que... Il prit une profonde inspiration, s'engageant, la peur et l'exaltation le traversant. — Tu as raison. Il serra ses doigts. — Allons à l'intérieur.

Le cœur de Gina battait plus vite que le rythme des flocons qui tombaient. Elle devait avoir perdu la tête.

Tu es enfin dans *ton bon sens, alors ne gâche pas tout.*

Elle avait une idée...

Gina saisit la poignée de la porte et se traîna hors de la cabine du pickup. Prenant sa main alors qu'il contournait l'avant du véhicule, elle baissa la tête pour garder la neige hors de son visage, bien que, vraiment, à qui voulait-elle faire croire ? Elle se fichait bien de la neige — pouvait à peine la sentir puisqu'elle était plus concentrée sur ce qui pouvait se passer entre eux. Sans parler du fait qu'elle fondait probablement à l'impact puisqu'il avait allumé un brasier en elle.

Elle trébucha sur la troisième marche menant à la porte d'entrée de l'immeuble, blâmant la glace plutôt que ce qu'elle avait mis en mouvement.

Mais les paroles de Candy avaient du sens. John était celui qui l'avait déçue et Darien n'était pas John. De plus, ses excuses sincères avaient fait beaucoup pour obtenir son pardon. Et puis il y avait le fait qu'elle le désirait, alors pourquoi pas ? Darien ne déclarait pas un amour éternel — elle ne l'aurait pas cru (elle était déjà tombée dans ce piège une fois) — mais dire qu'il était attiré par elle ? Il y avait pire. Et, Dieu sait, elle avait rêvé que quelque chose se passe entre eux il y a longtemps. Elle serait idiote de ne pas tenter sa chance.

Il ouvrit la porte du hall et la tint pour elle, puis la conduisit dans les escaliers jusqu'au deuxième étage — trop impatient pour attendre l'ascenseur ?

Bien, elle était d'accord avec ça.

Il tendit la main. — La clé ?

— Hein ?

Il fit un signe de tête.

Oh. La porte de son appartement.

— Ta clé ? Pour qu'on puisse entrer ? Cette fossette sexy apparut sur sa joue. — À moins que tu n'aies changé d'avis sur le fait de m'inviter à entrer.

Oh que non.

— Non, je n'ai pas changé d'avis. Heureusement, sa voix sortit claire et calme, si différente de la rumba qui se jouait en elle.

Elle lui tendit sa clé.

Ses doigts rencontrèrent sa paume.

Et puis leurs yeux se rencontrèrent.

Et d'une manière ou d'une autre, leurs lèvres aussi, et ce ne fut que lorsque l'arrière de sa tête rencontra la porte de l'appartement qu'elle réalisa exactement ce qu'ils faisaient dans le couloir. Où n'importe lequel de ses voisins pouvait les voir.

— Euh, Darien... Elle poussa ses épaules.

Il cligna des yeux, puis posa son front contre le sien. — Mon Dieu, femme, tu me tues, mais je vais partir. Il frotta son nez contre le sien, un triste sourire sur le visage. — Pendant que je peux encore.

Elle lui pinça le menton. — Je suis contente que ce soit une option pour toi, mais ça ne l'est pas pour moi. Ouvre cette fichue porte.

Prouvant que tout son sang n'avait pas encore coulé vers le sud, l'homme comprit ce qu'elle voulait dire, et réussit d'une manière ou d'une autre à mettre la clé dans la serrure et à la faire entrer dans l'appartement en quelques secondes.

Puis elle se retrouva le dos contre la porte et les paumes de Darien plaquées à côté de sa tête alors qu'il procédait à l'embrasser comme elle en avait rêvé.

Enfin, pas tout à fait. Elle avait encore son manteau.

Et ses vêtements.

Et ils étaient debout.

— Darien, attends. Elle réussit — comment ? — à détacher ses lèvres des siennes.

— Ouais, tu as raison. Il passa une main dans ses cheveux, les ébouriffant d'une manière qu'elle était plus que désireuse de faire elle-même. — Nous devons ralentir.

— Je ne suis pas sûre d'en être capable, marmonna-t-elle en essayant de sortir son bras de cette fichue manche de manteau. — Tu peux m'aider avec ça ?

Elle le regarda quand il ne répondit pas.

Il arborait à nouveau ce sourire sexy et une étincelle ou deux dans les yeux.

— Ouais, je peux t'aider avec ça.

Il sortit son téléphone portable de sa poche.

— Tu vas prendre une photo ? Elle secoua son bras, mais d'une manière ou d'une autre, le bracelet s'était coincé dans la manche de son pull ou quelque chose comme ça, et elle était pratiquement piégée.

— Attends une seconde. Son pouce fit défiler l'écran, puis le tapota.

La voix de Snoop Dogg se fit entendre sur le rythme de *Buttons* des Pussycat Dolls. Si le beat n'était pas assez sexy, les paroles étaient garanties pour mettre n'importe qui dans l'ambiance.

Et elle était déjà d'humeur.

Mais pour faire ce que cette musique suggérait... — Sérieusement ?

Il haussa les épaules et tendit les mains. — Hé, si tu veux que j'enlève mes vêtements, tu peux le faire aussi.

— Tu veux que je fasse un strip-tease ?

— Comme tu l'as dit, on est au vingt-et-unième siècle. Les femmes peuvent faire ce qu'elles veulent. Et je suis un homme libéré, si je ne suis rien d'autre. Il posa le téléphone sur la même table d'où elle avait fait tomber la bouteille de vin.

Elle pourrait ériger un autel sur cette table.

— Tu as le cran, Taormina ? Les hanches en mouvement, il tendit les mains et... lui fit un clin d'œil.

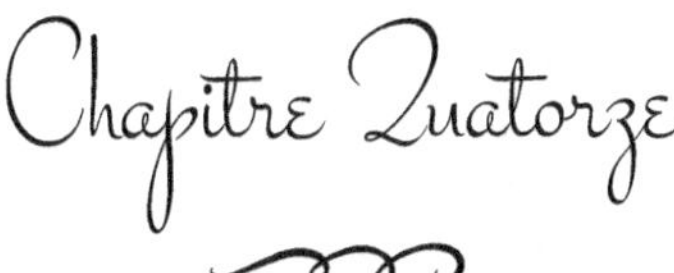

Gina se mordit la lèvre pour réprimer son sourire. Darien pensait qu'elle ne le ferait pas.

Elle allait lui montrer.

S'il te plaît, s'il te plaît, s'il te plaît *montre-lui...*

Elle arqua son dos contre la porte alors que les femmes commençaient à chanter le refrain, entrant dans la pièce d'une démarche sensuelle sur le temps fort.

Elle allait vraiment le faire.

Elle fit onduler ses épaules au rythme de la musique, se penchant légèrement en avant, mettant ses mains derrière son dos, le battement de la batterie pulsant dans ses veines.

Libérée de la porte, sa manche n'était plus coincée, alors elle pouvait la faire glisser le long de son bras.

Lentement.

Les hanches de Darien pivotaient au rythme de la musique tandis qu'il enlevait son propre manteau, un pied battant la mesure, mais il ne bougeait pas de sa place.

Tant mieux. Parce qu'elle se dirigeait vers lui.

Autour de lui.

Elle fit glisser le manteau de son autre bras, son postérieur ondulant contre la hanche de Darien, ses cheveux effleurant à peine son bras alors qu'elle tournait lentement autour de lui, ses hanches suivant le rythme.

Darien la regarda par-dessus son épaule, se tournant légèrement, mais Gina secoua la tête et s'éloigna de lui. D'un rapide mouvement de cheveux, elle se retrouva face à lui à côté de la table, puis écarta les pieds à la largeur des épaules au moment où le premier couplet après le refrain commençait.

Elle jeta son manteau sur le canapé.

Puis elle fit glisser un doigt le long de la chemise de Darien.

Elle adorait un homme en chemise boutonnée. Ça rendait les choses plus, euh, intéressantes. Surtout quand les deux premiers boutons étaient déjà défaits.

Elle ponctuait chaque temps fort avec ses hanches tout en défaisant le bouton suivant, reconnaissante d'avoir passé assez de temps dans le club de Bryan pour apprendre quelques mouvements.

Darien laissa tomber son manteau à ses pieds puis attrapa ses mains. — Hé, je croyais que c'était toi qui étais censée te déshabiller.

Elle se dégagea de ses mains, ses hanches bougeant toujours au rythme de la musique. — Je peux faire ce que je veux, tu te souviens ? Et tu es libéré.

Elle fit glisser sa paume le long de la rangée de boutons restants, souriant quand ses abdominaux se contractèrent. Ses hanches suivaient maintenant la rotation des siennes tandis qu'il levait les mains.

— C'est vrai. Je le suis. Définitivement prêt à être libéré. Il ajouta quelques mouvements de hanches sexy. — Si tu vois ce que je veux dire.

Son regard descendit vers ses hanches. Puis plus bas.

C'était évident ce qu'il voulait dire.

La bouche soudainement sèche, Gina se lécha les lèvres en relevant son regard.

Darien gémit. — Cette chanson dure combien de temps au juste ?

— Tu me demandes à moi ? Ce n'est pas moi qui l'ai dans ma playlist. Cependant... Elle défit un autre bouton. — Je pourrais bien l'ajouter.

— Dépêche-toi, bon sang, Geen. L'impatience dans sa voix la fit sourire.

— Tu n'es pas mon patron, Darien.

— Je peux l'être... *si* tu demandes gentiment.

Elle sourit. — On verra bien qui est le patron. Elle défit un autre bouton.

Il tendit la main vers ses hanches.

— Ah ah ah. Elle agita un doigt tout en se balançant au rythme de la musique et s'éloigna. En arrière. Hors de sa portée. — Pas touche. N'est-ce pas la règle au club ?

— En fait, ce sont les danseurs qui ne peuvent pas toucher. Les clients peuvent toucher autant qu'ils veulent tant que le danseur est à l'aise avec ça.

— En parlant de ça... Elle saisit l'ourlet de son pull et le fit onduler, le taquinant avec, étonnée de voir à quel point c'était libérateur. Elle, qui avait toujours été complexée par son corps, ne l'était plus.

Elle comprendrait pourquoi plus tard. Pour l'instant, elle profitait de ce sentiment de liberté.

Et d'être désirée.

— Ça devient un peu *in*confortable ici. Un peu... Elle tourna lentement, ses hanches pivotant avec la musique, son pull en mouvement le taquinant avec des aperçus de peau nue... *chaud* ici. Elle secoua la tête, faisant tomber ses boucles dans son dos alors qu'elle le regardait par-dessus son épaule. — Si tu vois ce que je veux dire.

Darien gémit et s'éloigna de la table, puis la tira par les bras. — Viens ici, femme.

Elle se dégagea de son emprise en se tortillant. — Pas touche, tu te souviens ?

Il secoua la tête et cala ses hanches sur les siennes, battement après battement. — Mais c'est toi la danseuse. C'est toi qui n'as pas le droit de toucher.

Elle s'arrêta de bouger. — Sérieusement ? Tu ne veux pas que je te touche ? Alors qu'est-ce qu'on fait là ? OK, il était temps de retourner se cacher dans son trou de self-défense. Mon Dieu, qu'est-ce qu'elle faisait ? Elle laissa retomber son pull et croisa les bras autour d'elle-même. Elle devait le faire sortir d'ici.

— Hé, hé. Tu me comprends mal. Il arrêta de danser et décroisa ses bras de sa taille pour les remplacer par les siens. — Je plaisantais, désolé. Crois-moi, Gina, je veux que tu me touches. Il se pencha et chuchota : — Partout.

Des frissons parcoururent sa peau.

Encore plus quand il passa sa langue dans le creux sous son oreille. — Vas-y, continue ce que tu faisais.

Elle tourna ses lèvres vers son oreille et répondit : — Tu n'es pas mon patron, Foster, avant de reprendre le rythme avec ses hanches.

Il recula, un sourire arrogant sur le visage. — C'est ce que tu n'arrêtes pas de dire, Taormina, pourtant te voilà, en train de danser à nouveau, exactement comme je te l'ai dit.

Elle attrapa l'ouverture de sa chemise et le ramena vers elle. — Tu sais, si je n'avais pas tellement envie de t'enlever cette chemise, je pourrais m'arrêter.

— Et si tu t'arrêtais, il passa le dos de ses doigts sur son ventre — *sous* son pull — je devrais enlever le *tien*.

— Bonne chance avec ça. Elle se força à prononcer ces mots calmement, mais à l'intérieur, elle était tout *sauf* calme.

— Je n'ai pas besoin de chance.

Ses hanches suivaient le rythme de la musique en accéléré tandis qu'elle reculait à nouveau. — Tu te sens un peu trop sûr de toi, n'est-ce pas ?

Il tendit la main pour caresser sa joue du dos de ses doigts. — Je préférerais que tu te sentes *très* remplie de moi.

Elle manqua un pas.

Darien sourit. — Je t'ai eue.

— Pas encore. Elle saisit ses hanches et le tira plus près. — Maintenant, arrête de parler pour que je puisse me concentrer sur le déboutonnage du reste de ces boutons.

— Je connais un moyen plus facile. Il attrapa la chemise et tira d'un coup sec.

Les derniers boutons s'envolèrent.

Et l'imagination de Gina aussi.

Son torse était encore mieux que dans son souvenir, même si cela ne faisait qu'une heure ou deux qu'elle l'avait vu.

Il était plus proche d'une part. Et il était à elle d'autre part.

Elle pouvait lécher ces abdominaux si elle le voulait et seul Darien pouvait l'en empêcher.

Le regard dans ses yeux disait qu'il n'en avait pas l'intention.

— Touche-moi. Le ton torturé de sa voix le confirmait.

Les mettant tous les deux hors de leur misère, Gina traça ses muscles. Chauds, durs et lisses, ils glissaient sous ses doigts. Sa respiration devint tremblante — aussi tremblante que ses mains — plus elle le touchait.

Elle étala sa paume sur son pectoral, son téton se durcissant sous son pouce.

— N'arrête pas, dit-il d'une voix rauque.

Elle n'avait aucune intention d'arrêter.

Elle fit glisser son autre main sur le même chemin de son côté gauche, se rapprochant, leurs hanches bougeant à l'unisson — surtout quand il plaqua une main sur son bas du dos et la tira tout contre lui.

Il n'y avait aucun doute sur ce qu'il ressentait à propos de ce qu'ils faisaient.

— Tu. Me. Rends. Complètement. Fou. Il articula chaque mot sur un battement distinct.

— Tant mieux, chuchota-t-elle, respirant son odeur, ses lèvres à quelques millimètres de sa gorge, son souffle chaud sur sa joue.

— Gina. Bas, guttural, sa voix était imprégnée de désir.

Elle leva les yeux.

La mâchoire de Darien tressautait et une goutte de sueur coulait le long de son visage.

Elle la lécha —

La seconde d'après, il l'avait fait basculer dans un baiser si incroyablement brûlant qu'elle était étonnée que des flammes ne jaillissent pas de sa peau.

Sa langue remplit sa bouche, goûtant, exigeant la sienne. Ses doigts s'étalèrent sur son dos, supportant son poids, mais sans s'enfoncer dans sa peau. Ses muscles se contractaient contre ses paumes, son cœur battant la chamade.

— Je te veux, Gina. Ici, maintenant, pressé, rapide, fort... tout ça. Toute entière.

Il traça ces mots le long de son cou pour qu'elle les sente autant qu'elle les entende, et c'est tout ce qu'elle put faire pour trouver assez de souffle pour prononcer ce simple mot qui rendrait tout parfait.

— Oui.

Quand la musique s'arrêta pour que Snoop Dogg puisse faire son couplet, Darien, Dieu merci, la remit debout pour que le "ici" ne soit pas le sol en bois dur de son salon.

Puis il remonta sa jambe sur sa hanche, la gardant plaquée contre lui avec l'autre main, et il les fit danser jusqu'à sa chambre, l'embrassant tout le long du chemin, sa main emmêlée dans ses cheveux, guidant sa bouche pour qu'elle s'adapte parfaitement à la sienne.

Comment il savait où était sa chambre, elle l'ignorait. Elle s'en fichait même. Elle était juste reconnaissante qu'il ait un sens de l'orientation infailliblement magistral.

La musique devint plus douce lorsqu'ils entrèrent dans sa chambre, mais elle pouvait encore sentir le rythme — bien que ce soit peut-être les battements de son cœur. Ou ceux de Darien.

Probablement les deux.

Elle avait enroulé un bras autour de son cou quand il avait déplacé sa jambe, ses doigts s'entremêlant maintenant dans les cheveux qui frôlaient son col, juste à la bonne longueur pour s'y accrocher —

Tandis qu'il l'allongeait sur son lit.

Se soutenant d'une main à côté d'elle sur le matelas, son poids la suivit.

Mon Dieu, qu'il se sentait bon au-dessus d'elle.

Et, toujours, ses hanches continuaient de bouger.

Gina se sentit fondre alors que leurs corps se rencontraient, alors elle serra une jambe autour de sa cuisse, se tirant contre lui, ayant besoin de la pression. Ayant besoin de lui contre elle.

En elle.

— S'il te plaît, dis-moi que tu as apporté des préservatifs. Elle ne voulait pas avoir à aller dans sa salle de bain pour en chercher. Elle aurait dû les mettre dans sa table de chevet, mais elle avait été trop pressée plus tôt pour penser si loin.

— Je ne sors jamais sans, dit Darien avec un petit rire.

Coureur.

Le mot ricocha dans son cerveau — l'expérience passée et tout — et Gina se raidit.

Darien se recula, s'appuyant sur ses deux mains. — Détends-toi, Gina. Je plaisante. Il n'y a eu personne depuis longtemps.

— Depuis combien de temps ? Ses doigts tapotèrent le col de sa chemise.

— Tu veux vraiment qu'on parle de nos histoires maintenant ?

Oui.

Non. Tu ne cherches pas une porte de sortie pour ça. Il n'est pas John. Laisse-toi aller.

Elle expira et secoua la tête. — Tant que tu as un préservatif — et rien que tu aies besoin de me dire — ça peut attendre.

Il frôla son nez avec le sien, puis effleura ses lèvres oh-si-doucement des siennes, et Gina se sentit fondre à nouveau.

— Eh bien, j'ai effectivement *quelque chose* à te dire.

Et là, elle ne fondait *plus*. En fait, elle était prête à se dégager de sous lui et à botter son pauvre cul jusqu'à la porte. La chauffer comme ça puis lui balancer quelque chose comme une MST —

— J'ai apporté plus d'un préservatif.

Oh.

Euh... Elle tira ses cheveux en arrière pour voir son visage. — *C'est* ce que tu as à me dire ?

Il leva un sourcil. — Ça ne te plaît pas que j'en aie plus d'un ?

— Ce n'est pas ça et tu le sais bien. Je ne trouve pas tes taquineries très amusantes.

— Tant mieux, parce que je ne veux surtout pas que tu ries quand je te taquine.

Il se pencha pour frôler son nez à nouveau.

— Par exemple...

Cette fois, il descendit un peu plus bas. Au niveau des mamelons. Et, cette fois, avec sa langue. À travers son pull.

Comme un choc électrique, son corps réagit, se cambrant à son contact, son mamelon se durcissant sous ses vêtements.

Il releva la tête, son regard croisant le sien, mais il ne bougea pas.

Ça lui convenait parfaitement. Il pouvait rester exactement où il était et faire sa magie.

— Il faut qu'on t'enlève ça.

— Oui. Et voilà *sa* magie à elle — un petit mot de trois lettres.

— Lève les bras au-dessus de ta tête, dit-il depuis quelque part au niveau de sa taille.

Plus que ravie d'obéir, elle lâcha ses cheveux et jeta ses bras en arrière sur le matelas juste au moment où il...

Oh, wow.

Il prit l'ourlet de son pull entre ses dents et le remonta le long de son corps.

Une de ses mains vint aider, faisant glisser la laine sur sa peau au rythme de la musique alors que la chanson recommençait.

— On va user ta batterie, réussit-elle à articuler même si ses doigts s'affairaient sur l'attache frontale de son soutien-gorge en dentelle après que son pull eut été jeté quelque part sur le lit.

Il rit doucement.

— Bébé, crois-moi. Tu ne vas pas user ma batterie. Pas avant très longtemps.

— Je parlais de celle de ton téléphone, espèce de narcissique prétentieux.

— Mon téléphone est la chose la plus éloignée de mes préoccupations en ce moment. Mais ce mamelon, ici, lui, est définitivement dans mon viseur.

Ce qu'il prouva de fort belle manière. Sa langue, ses lèvres, ses dents, ses doigts... tout cela la fit remercier sa bonne étoile qu'il soit — comment avait-elle pensé plus tôt ? Si infailliblement doué.

— Mon Dieu, Gina, tu es magnifique. La révérence dans sa voix la faisait se sentir belle.

L'expression sur son visage la faisait y croire.

— Viens ici, Darien. Elle caressa sa joue, sa barbe naissante le rendant encore plus sexy tandis que ses doigts dansaient sous son menton.

— Vos désirs sont des ordres, ma dame.

Elle sourit alors qu'il s'approchait pour l'embrasser.

— Qui est le patron de qui, maintenant ? chuchota-t-elle juste avant que leurs lèvres ne se rencontrent.

Il sourit contre sa bouche, leurs dents s'entrechoquant, mais cela ne fit qu'ajouter au facteur de sensualité de sa langue caressant la sienne.

Et puis, Dieu merci, sa poitrine frôla ses mamelons. Mon Dieu, elle pensa qu'elle allait jouir sur-le-champ, les sensations parcourant son corps, faisant se recroqueviller ses orteils et ses doigts, et probablement chaque mèche de cheveux qu'elle avait encore plus.

Elle gémit dans sa bouche, se mouvant contre lui, le flot de désir en elle noyant la musique alors qu'elle essayait de se rapprocher de lui autant que possible.

Il plongea ses doigts dans ses cheveux, mettant tout son poids sur elle — ses hanches gardant *toujours* le rythme de la chanson.

Elle allait aimer cette chanson pour toujours.

— Qui est le patron maintenant, bébé ? murmura-t-il, sa langue effleurant son oreille, envoyant des frissons — *plus* de frissons — à travers elle. — On dirait que je t'ai piégée, donc c'est moi.

— Tu en es sûr ? Elle enroula son autre jambe autour de lui. — Je t'ai piégé aussi.

Il gémit contre sa gorge — puis les fit rouler, ses jambes sous lui. Il la poussa pour qu'elle soit presque assise. — Dis "tonton", dit-il avant de prendre son sein dans sa bouche.

La vague de désir fit basculer sa tête en arrière. Il lui était impossible de dire *n'importe quel* mot, mais si elle le pouvait, elle ne dirait pas celui-là car ça mettrait fin à tout ça. Et ça, elle ne voulait pas que ça s'arrête.

Ses doigts imitèrent ce que faisait sa langue et Gina ne put retenir ses gémissements. Cela faisait si longtemps. Et John n'avait pas été aussi doué que Darien dans ce domaine.

Et c'était la *dernière* pensée qu'elle allait avoir à propos de John maintenant.

La langue de Darien effleura son mamelon.

Peut-être pour toujours.

Sa main glissa vers ses fesses, pétrissant ses muscles alors qu'elle ondulait contre lui. Ils devaient finir de se déshabiller. Et elle le lui dirait. Dès qu'elle pourrait prononcer ne serait-ce qu'une phrase partielle.

Sa bouche se libéra, répandant des baisers sur sa cage thoracique, puis sur son sein jusqu'à sa clavicule, et tout ce que Gina pouvait faire était de le laisser la guider pour son plaisir. Et le sien. Oh mon Dieu, oui, le sien.

— Qui est le patron maintenant ? murmura-t-il contre sa gorge avant d'aspirer la peau dans sa bouche.

— C'est moi, réussit-elle à articuler au milieu d'un gémissement.

Il la relâcha avec un *pop*. Ça allait laisser une marque.

Ça ne la dérangeait pas — bien que Candy poserait un tas de questions.

Ouais, pas question d'ajouter Candy à ce mix. Il s'agissait d'elle et de Darien et de personne d'autre.

— Comment peux-tu penser que tu es le patron ? Il lui donna une fessée. Pas trop fort... mais juste comme il faut.

Gina secoua ses cheveux hors de ses yeux en lui souriant. — Parce que je t'ai amené à me donner du plaisir.

— Sorcière. Il attira sa tête pour un baiser brûlant.

Elle se laissa aller à en profiter pendant quelques secondes, mais il n'aurait pas le dernier mot. Pas ici. — M'insulter n'est *pas* le moyen d'obtenir ce que tu veux, Foster.

— Je sais. Ceci l'est. Sa bouche trouva son autre sein.

Gina expira et laissa tomber sa tête en avant, glissant ses lèvres dans ses cheveux. Ouais, il pouvait avoir à peu près tout ce qu'il voulait en ce moment. Même les droits de se vanter.

Pas qu'elle le lui dirait.

Pas qu'elle le puisse, d'ailleurs.

Ses hanches suivaient toujours le rythme de la musique, le tempo si primitif qu'elle ne l'entendait presque plus. Mais elle le ressentait.

Ils devaient être nus.

— Ça me va.

Ses yeux s'ouvrirent lorsqu'il relâcha son sein. — J'ai dit ça à voix haute ?

— Tu l'as dit, oui. Mais je le pensais aussi. Il bougea ses hanches contre elle. — Remets-toi sur tes pieds, ma belle, et montre-moi quelques mouvements.

— Tu n'es pas le p-

— Et avant que tu ne le dises... Il leva une main. *S'il te plaît*, veux-tu bien danser de façon coquine et te déshabiller pour que je puisse avoir mon moment de plaisir avec toi ?

— Oh, eh bien, quand tu le dis comme ça... Elle démêla ses jambes et se remit sur pied, bougeant au rythme de la chanson. — J'espère que tu as une charge complète sur ce truc.

Darien se redressa sur ses coudes et baissa les yeux. — Complètement chargé et prêt à assurer, bébé.

Ils ne parlaient pas de la même chose.

Ou... peut-être que si.

Gina fit un tour lent, appréciant la caresse de ses cheveux glissant contre sa peau, une sensation si sensuelle qu'elle dut recommencer.

Cette fois, avec ses cheveux sur ses seins.

— Ne te couvre pas, Gina. Je veux voir.

Étonnamment, elle n'était pas du tout gênée de montrer ses seins devant lui. Pas maintenant. Surtout après qu'il y ait posé ses lèvres. Et sa langue. Il avait même utilisé ses dents.

Elle frissonna à cette pensée. Elle n'aurait jamais cru qu'un jour elle donnerait à Darien Foster l'occasion de voir ses, euh, *tétons*.

Souriante, elle s'éloigna du lit, savourant le pouvoir qu'elle avait sur lui. Il la désirait ; elle pouvait le voir dans ses yeux — entre autres parties. Mieux encore, il était en son pouvoir d'exaucer ce souhait.

Ou de partir.

Tu ne vas pas *sortir d'ici.*

Bien sûr que non ; c'était son appartement. Et elle avait enfin Darien Foster exactement là où elle le voulait.

Enfin, presque.

Elle fit quelques pas en avant.

— Mon Dieu, tu es magnifique. Viens ici. Il tendit la main vers elle, mais elle le repoussa sur le lit.

— Attends un peu, M. Ne-Précipitons-Pas-Les-Choses. J'ai quelques idées à moi. Des idées qui se concentraient principalement sur la braguette de son jean.

Elle se tint entre ses jambes et posa une main sur son ventre. — Ne bouge pas.

— Je t'entends, mais quelqu'un — il contracta ses muscles de la cuisse — ne fait pas attention.

Gina passa sa main sur toute sa longueur. — Oh, je ne sais pas. Il semble être très attentif.

Darien se laissa retomber sur le lit, les bras écartés. — Tu me tues.

— Ce n'est pas mon intention. Mais si c'est le cas, je ferais mieux de m'assurer que tu partes avec le sourire. Sur ce, elle saisit sa braguette.

Encore des boutons.

— On ne peut pas les arracher non plus, hein ?

Darien sourit. — Non. Tu vas devoir travailler pour ça, bébé.

— Quelle épreuve. Que ce soit par l'habitude avec sa chemise ou par empressement, elle réussit à défaire les boutons assez rapidement.

Bien sûr, Darien ne portait rien en dessous.

Elle le toucha.

Il inspira brusquement en même temps que les mots : — Préservatif. Poche. Arrière.

— Drôle, parce que tu es allongé dessus. Tu vas devoir te retourner pour que je puisse les prendre.

— Ou, mieux encore... Il fit glisser son jean sur ses hanches, puis s'assit et l'enleva d'un coup. — Tiens. Il le lui tendit. — Poche arrière.

Elle choisit d'écouter le désespoir dans sa voix plutôt que l'ordre alors qu'elle trouvait ce qu'elle cherchait.

Elle jeta l'assortiment sur le lit. — Eh bien, eh bien. On a une haute opinion de soi-même, n'est-ce pas ?

Il enroula son pied autour de sa cuisse et la tira vers lui.

Elle tomba presque sur ses genoux.

Ce qui n'était pas nécessairement une mauvaise chose.

— Choisis-en un, Gina, et mets-le-moi. Je ne sais pas combien de temps je peux encore attendre.

Elle en saisit quelques-uns. — Eh bien, nous allons justement voir combien de temps ça va durer, n'est-ce pas ?

Il en prit un de ses doigts, le déchira avec ses dents et l'enfila si rapidement qu'elle aurait dû être horrifiée par la pratique que cela impliquait, mais, au contraire, elle était ravie qu'il soit si excité qu'il ne puisse pas attendre.

Il lui fit signe du doigt comme il l'avait fait au club. — Viens ici.

— Tu n'es pas le-

— S'il te plaît.

C'était amusant de le taquiner, mais c'était encore plus amusant de faire ce qu'il voulait.

Elle prit un peu de temps pour s'abaisser sur lui, ses mains soutenant son poids tandis qu'elle frôlait sa poitrine avec ses tétons.

Il gémit.

— Tu aimes ça ?

— On peut dire ça. Il arqua son bassin. — Et tu as encore trop de vêtements.

Gina leva une main du lit et la glissa vers la ceinture de son jean. Mince, elle ne pouvait pas défaire le bouton d'une seule main, alors elle essaya de le faire glisser sur ses hanches.

Encore une fois, difficile à faire d'une seule main.

— Permets-moi. Darien la tira sur lui, et la fit rouler sur le dos, puis glissa à genoux sur le sol, caressant ses cuisses de ses paumes.

Son ventre se contracta quand ses doigts défièrent le bouton à sa taille.

Sa respiration s'arrêta complètement quand il baissa la fermeture éclair, ses doigts effleurant doucement sa peau tout du long.

Puis il écarta la fermeture éclair de ses paumes, les faisant glisser jusqu'à ses hanches avant d'enfoncer ses doigts sur le haut de la ceinture et de faire descendre son jean le long de ses jambes.

Il s'arrêta à la jonction de ses cuisses. — De la dentelle assortie, à ce que je vois.

Sa lingerie avait été un bon investissement.

— Je crois la reconnaître de l'autre soir.

Quand il était dans sa salle de bain à chercher des pansements. — Il n'y a que toi pour évoquer ce moment embarrassant maintenant, Foster.

— J'espère bien être le seul. Je n'aime pas partager. Il fit glisser le jean jusqu'en bas.

Puis il entreprit de remonter en léchant.

Mais pas jusqu'en haut. Il s'arrêta à un endroit très opportun.

Et fit d'elle une femme très heureuse.

Gina agrippa la couette tandis que Darien lui procurait un plaisir qu'elle n'avait jamais imaginé, l'amenant au bord du précipice, puis s'arrêtant juste avant qu'elle ne bascule. La taquinant, la testant jusqu'à ce qu'elle ne puisse plus penser à autre chose qu'au mot *oui*.

Elle était presque sûre de l'avoir dit plus d'une fois. Et assez fort, d'ailleurs.

Darien remonta enfin vers le nord, embrassant son chemin jusqu'à son nombril, puis plus haut, entre ses seins. Quand il fit un détour vers la droite, elle lui attrapa la tête. — D'accord, tu t'es bien amusé, maintenant termine ça, dit-elle en ramenant sa bouche vers la sienne.

— Autoritaire, autoritaire. Il sourit en lui mordillant les lèvres.

— Tu l'admets enfin.

— Je dois avouer que c'est plutôt sexy.

Elle sourit. — Alors prépare-toi à être sexysé jusqu'à en perdre la tête, Foster. Elle lui agrippa les fesses. — Allons-y.

— Sérieusement, Taormina, jamais des mots plus sexy n'ont été prononcés. Il glissa son genou sur le côté, l'ouvrant, avant de s'y glisser.

Gina exhala. — Doux Jésus.

— Pas exactement. Ses mots étaient tendus alors qu'il poussait. — Doux... d'accord. *Pas* féminin. Et certainement pas parent. Mais j'accepte la référence divine.

Elle lui donna une tape sur les fesses. — Prétentieux.

— Coupable. Il fléchit les hanches, allant plus profondément.

— Oh. Mon. Dieu. Les mots lui échappèrent tout seuls.

— Merci. Il sourit contre sa gorge.

Elle rit, une action intéressante compte tenu des sensations qui la traversaient. Darien la rendait brûlante mais avec la chair de poule, la remplissait mais pas assez, et la consumait presque, tout en la faisant rire. — Faire l'amour avec toi est amusant.

— Merci. Je crois. Il se recula pour la regarder. — Tant que ça remplit sa fonction... pour ainsi dire. Il fléchit à nouveau les hanches.

Elle gémit. — Oui, ça le fait.

— Bien. Il pompa encore. Plus vite. Un peu plus profondément.

Elle enroula ses jambes autour de sa taille. — Ne t'arrête pas, Darien.

— Je n'en avais pas l'intention. Les mâchoires serrées, il accéléra son rythme.

Qui, curieusement, correspondait à celui de la chanson.

Gina rit à nouveau. — Ton téléphone est encore allumé.

— Bien. Je saurai où il est quand j'en aurai besoin. Mais pour l'instant — il fit un sexy mouvement de hanches — pour l'instant, tu es la seule chose dont j'ai besoin.

Il s'affaissa à nouveau sur elle, ses lèvres réclamant les siennes, ses épaules travaillant alors qu'il la martelait, et Gina laissa ce commentaire sur le *besoin* de côté tandis que les sensations envahissaient son corps.

Darien savait exactement où bouger, comment la toucher, ses baisers, ses mordillements et sa langue l'emmenant à des hauteurs inimaginables.

Qui aurait su qu'une petite morsure sur son lobe d'oreille enverrait des frissons jusqu'à ses orteils — qui, à ce moment, étaient pratiquement à côté de ses oreilles. C'était un autre petit émerveillement. Elle était plutôt souple, normalement, mais ça... maintenant... Ce type l'avait complètement emmêlée, à l'intérieur comme à l'extérieur.

Elle enfonça ses ongles dans son dos, accompagnant son rythme, essayant de se rapprocher. Presque là... juste un peu plus...

— Ah, Dieu, oui, Gina, c'est ça, bébé. Il se balança en elle, la sueur glissant entre eux. Ses lèvres trouvèrent la courbe de son cou, et Gina se cambra, lui donnant un accès total.

Ses dents... oh là là... de petites pointes de plaisir supplémentaire la frappaient chaque fois qu'elles raclaient sa peau.

Et ses fesses... Bon sang, cet homme avait des fessiers incroyables. Elle saisissait chaque occasion de les agripper, de les pétrir, glissant même un doigt entre eux.

Darien rugit, son poing frappant le matelas à côté de son épaule alors qu'il la regardait. — *C'était* quoi ça ?

— Tu ne sais pas ? Elle recommença.

Il gémit, long et fort. Ses voisins en entendaient probablement des belles. Et elle s'en fichait complètement.

Elle le caressa à nouveau.

— Jésus... Gina... Oh Dieu... Putain...

En termes de contenu, ce n'étaient pas les mots les plus romantiques qu'elle ait jamais imaginés, mais en termes d'actions ? Ouais, il rendait aussi bien qu'il recevait.

Et d'après ce qu'elle voyait, il recevait beaucoup.

Darien serrait les dents, les yeux plissés, et ses hanches allaient deux fois plus vite que la musique. La sueur luisait sur sa poitrine, le bruit de leurs corps se rencontrant était meilleur que n'importe quel rythme.

Il planta ses deux mains près de ses épaules maintenant, la tête baissée, ses cheveux effleurant son visage alors qu'il grognait presque — non, en fait, il grognait *vraiment* — vers elle. — Regarde. Moi. Il haletait au rythme de ses hanches.

Gina ne pouvait *pas* ne pas le regarder. Mon Dieu, il était beau. Et pour ce moment, cette nuit, il était à elle.

— Viens avec moi, Gina. Il fit à nouveau ce mouvement tournant et — bon sang — frappa son point G.

— Darien ! Mi-sanglot, mi-émerveillement essoufflé, ce fut le dernier souffle qu'elle prit avant que son orgasme ne la submerge. Frissons, tension, le martèlement rythmique qu'il ne devrait jamais, jamais arrêter... tout l'envoya plonger par-dessus bord et tout ce qu'elle pouvait faire était s'accrocher à lui pour chère vie.

Il cria son nom, long et prolongé dans un rugissement, et son corps fit une pause d'une seconde avant qu'il ne la percute à nouveau, martelant encore et encore, se déversant en elle jusqu'à ce qu'il n'y ait plus que sensation entre eux. Aucun sens du haut ou du bas, de l'avant ou de l'arrière, juste la justesse d'être connectée à lui si intimement.

Son poids la pressait contre le matelas. C'était la première sensation qu'elle enregistra alors que le nuage euphorique se dissipait.

Il la pressait agréablement. Et si ses bras retrouvaient un peu de force, elle pourrait peut-être les enrouler autour de lui.

Elle y penserait plus tard.

— Hé, Belle au bois dormant, murmura-t-il en lui caressant le cou du nez.

Elle parvint à passer une main dans ses cheveux. — Je croyais être Wonder Woman.

— Qui est le narcissique prétentieux maintenant ?

— Ce n'est pas de la prétention si c'est vrai. Elle ouvrit un œil. Il était appuyé sur un coude, l'air beaucoup trop sexy — et éveillé — alors qu'elle ne voulait que rester allongée là et savourer l'instant. — Et puisque c'est toi qui l'as dit, ça doit être vrai.

— Ah, comme les lois d'Internet. Est-ce que ça fait de moi un mannequin français ?

Elle gloussa. — Si tu étais un mannequin français, on ne serait pas ici. On serait...

— En France, dirent-ils en chœur.

Darien rit doucement et roula sur le côté, l'entraînant avec lui. Gina ne savait pas trop comment ils avaient réussi à rester unis, mais elle n'allait pas remettre en question les mouvements d'un danseur très talentueux.

Toujours appuyé sur son coude, il posa son autre bras sur la hanche de Gina. — Alors, Gina Taormina, c'était bien pour toi ?

— Allez, Foster, je m'attendais à mieux qu'un vieux cliché de ta part. Elle lui pinça le nez.

— Et dès que mon cerveau redescendra de la stratosphère où tu l'as envoyé, je trouverai quelque chose de plus spirituel. Spiritueux ? Spirituellement ? Il haussa les épaules. — Je n'arrive pas à trouver, alors pour l'instant, tu auras du cliché. Il l'embrassa.

Il n'y avait rien de cliché dans *ce* baiser.

— Alors, euh, à propos des autres préservatifs... Elle tendit le bras derrière elle. — Qui sont en fait collés à mon dos, apparemment...

Ses doigts glissèrent sur sa peau — lui provoquant encore des frissons — et en décollèrent un. — Tu essaies vraiment de me tuer, n'est-ce pas ? Je me suis excusé, tu sais.

Elle prit le préservatif. — Tu as raison, tu l'as fait. Mais je pense que tu dois prouver à quel point tu es désolé.

— Ah, un coup par pitié. Je vois où tu veux en venir.

— Hé ! Ce n'est pas ce que je voulais dire.

— Et ce n'est pas ce que tu vas avoir, Gina. Sache ceci : ce que nous faisons maintenant n'a absolument rien à voir avec ce qui s'est passé dans cette salle de classe, si ce n'est que je te désire depuis des années. Et enfin, j'ai la chance de t'avoir. Alors allonge-toi et prépare-toi à expérimenter une vingtaine d'années de désir.

Eh bien, quand il le présentait comme ça...

Chapitre Quinze

Ils n'avaient pas utilisé tous les préservatifs. Une bonne partie, certes, mais pas tous.

Ce qui signifiait qu'ils devraient revenir en chercher d'autres.

Gina ne savait pas si cela allait être possible lorsqu'elle sortit du lit le lendemain matin. Elle avait des courbatures dans des muscles dont elle ignorait même l'existence.

Darien dormait encore et bien qu'elle eût envie de le réveiller, il avait besoin de sommeil et elle devait se rendre au spa — où elle espérait éviter l'Inquisition de Candy.

Pas de chance.

L'œil de lynx de Candy repéra le suçon moins de dix secondes après que Gina eut enlevé son manteau.

— Tu l'as fait.

Candy la suivit dans le bureau, fermant heureusement la porte pour que le reste du personnel n'entende pas. Non pas que ce serait facile avec la musique de Noël des Chipmunks, ce qui était la première fois que Gina serait heureuse d'entendre Alvin et ses copains, mais cela leur donnait une couche supplémentaire d'intimité pour cette conversation.

— Candy...

— Inutile de nier, Geen. Je vois la marque d'amour pas si petite au-dessus de ton écharpe. C'est un peu désespéré, non, de porter une écharpe par-dessus un col roulé ? Et qui porte des cols roulés de nos jours ? On dirait que ça sort du fond de ton placard. J'ai vraiment besoin de t'emmener faire du shopping.

Elle s'assit sur le bureau de Gina.

— Allez, raconte.

— Qu'y a-t-il à dire ? J'ai réfléchi à ce que tu m'as dit, je suis allée au club après ton départ, et le reste... Eh bien, tu as une assez bonne idée de ce qui s'est passé ensuite.

Y compris le fait que le col roulé noir avait une dizaine d'années. Mais quand tous ses revenus disponibles passaient dans le spa et les factures, elle gardait ses vêtements longtemps. Et voilà, ça avait joué en sa faveur. Enfin, ça aurait été le cas si Candy n'avait pas repéré le suçon.

Candy pencha la tête et plissa les yeux. Aujourd'hui, son eye-liner était fuchsia. Elle l'avait associé à une ombre à paupières vert avocat, un pull pailleté doré et une jupe crayon noire évasée au genou. Seule Candy pouvait assembler ces couleurs et avoir l'air chic.

— Tu ne vas rien me dire, n'est-ce pas ?

— Te dire quoi ? Des détails ? Gina déplaça un dossier de son bureau à la crédence. Elle devrait probablement le classer. Je pense qu'on a dépassé ce stade. Il n'y a pas grand-chose à dire.

— Oh, ma chérie, c'est vraiment dommage.

Elle jeta un coup d'œil à Candy.

— Ce n'est pas ce que je voulais dire et tu le sais. C'était... Elle ouvrit un tiroir de classement. Agréable.

D'une manière stupéfiante, à lui en faire perdre ses chaussettes.

— Agréable, hein ? Eh bien, ça explique le col roulé alors. Tu as des bottes en caoutchouc pour compléter la tenue ?

— Hé, les bottes en caoutchouc sont à la mode. D'ailleurs, que voudrais-tu que je porte ? Tu veux que j'aille brandir ce truc partout en ville ?

Elle se retourna et tira sur son col.

— Il s'est un peu, euh, emporté.

Candy leva les deux pouces.

— C'est ma fille. Fais perdre la tête au gars. C'est le meilleur moyen de le garder intéressé.

— Ou à l'asile, marmonna Gina en fourrant le dossier à sa place dans le tiroir avant de se retourner à nouveau. Écoute, Cand, je n'aime pas jouer à des jeux. Je ne voudrais pas qu'il le fasse non plus, donc si ça mène quelque part, ça mène quelque part. Si ça ne mène nulle part, je ne vais pas me remettre en question.

— Oh que si. Parce que c'est ce que tu fais. C'est pourquoi je voulais savoir s'il avait dit quelque chose.

— Que veux-tu qu'il dise, Candy ? Que je suis l'amour de sa vie et que personne ne m'arrive à la cheville ?

Gina prit le vaporisateur pour arroser le mini sapin sur son bureau que sa mère lui avait offert pour "mettre un peu d'esprit de Noël", complet avec des mini boules de Noël et de fins brins de guirlande.

— S'il te plaît, je vis dans le monde réel. La nuit dernière était agréable. Et sera probablement répétée.

Si elle avait son mot à dire.

Bien qu'il aurait été agréable qu'ils puissent avoir une conversation ce matin, mais comme il n'avait pas de rendez-vous de massage avant onze heures et qu'il devait travailler ce soir, il avait besoin de dormir. Surtout qu'ils n'en avaient pas beaucoup eu la nuit dernière.

— Ah, voilà ce sourire.

Candy sauta du bureau — un exploit incroyable vu la hauteur de ses talons aiguilles.

Et Candy lui reprochait de porter un col roulé ? Au moins *ça*, c'était adapté à la météo. Si Candy sortait avec ces chaussures, elle ferait une chute au moindre bout de glace.

Elle s'approcha de Gina, mit un doigt sous son menton et le releva.

— Ça me dit tout ce que j'ai besoin de savoir. Enfin, ça et le suçon.

Elle réarrangea l'écharpe dorée par-dessus.

— Tu devrais lui dire d'être moins évident. Je veux dire, je suis heureuse pour toi et tout, mais s'il ne veut pas que les gens parlent, il devrait les garder là où lui seul peut les voir.

Gina se mordit la lèvre et détourna le regard.

— Ah ah !

Candy tapa sur le nez de Gina.

— Bien joué, Geen. Bien joué.

Elle exécuta un demi-tour militaire et se dirigea vers la porte en se dandinant.

— Ça va être une bonne journée ici aujourd'hui. Je le sens.

Elle pivota dans l'encadrement de la porte et attrapa la poignée.

— Ta première cliente arrive dans quinze minutes. La salle est prête. Donc tu as un peu de temps pour... te détendre et te relaxer.

Elle ferma la porte avec un clin d'œil.

Se relaxer, ouais, bien sûr. Gina se rappelait exactement le moment où elle avait eu ce suçon. Elle le rejouait encore et encore dans son esprit. Toute la nuit en fait.

Elle et Darien... C'était presque trop incroyable pour être vrai.

C'était ce qui l'inquiétait.

* * *

Darien cligna des yeux contre la lumière du soleil. Il lui fallut moins de deux secondes pour se rappeler où il était.

Et avec qui il était.

Il roula sur le côté —

Ou n'était pas. Elle était partie.

Merde.

Il posa sa paume dans le creux où elle avait été. Hmmm... Pas si chaud. Ce qui signifiait qu'elle s'était levée il y a un moment. Pourquoi ne l'avait-elle pas réveillé ?

Il rejeta le drap — à un moment donné, ils avaient réussi à dégager les draps de dessous eux — puis sortit du lit. La salle de bain d'abord, puis il irait la chercher.

Il y avait une note sur le lavabo.

Parti au travail. Je ne voulais pas te réveiller ; tu avais besoin de sommeil. On se voit là-bas.

~ Moi

Darien le ramassa. Le *Moi* le toucha quelque part dans la région de son cœur. Une façon si intime de communiquer.

Tout comme la nuit dernière l'avait été.

Il avait ri avec elle en faisant l'amour. Elle avait appelé ça du sexe, mais il savait que c'était plus. Du moins, de son côté. Il espérait de tout cœur qu'elle puisse en arriver à ce point, parce que, oui, son père avait raison. Gina était celle qu'il lui fallait.

Il se doucha avec son savon et son shampoing, aimant l'idée qu'il allait sentir son odeur toute la journée. Il enfila ses vêtements de la veille, rentrant la chemise dans son jean puisque les boutons du bas étaient quelque part dans son appartement, puis trouva ses bottes sous son lit.

Il sourit à cette vue. N'y avait-il pas un vieux dicton à propos de laisser ses bottes sous le lit d'une femme ? Il n'en était pas sûr, mais s'il n'existait pas, il devrait exister.

Il commença à faire le lit, mais se ravisa. Il voulait qu'elle rentre et le voie. Qu'elle se souvienne de tout à nouveau. Dieu savait qu'il n'oublierait pas de sitôt.

Il jeta la couette sur le fauteuil dans le coin — se rappelant exactement quand elle était tombée par terre — et sourit comme un idiot. On aurait pu croire qu'il avait de nouveau quatorze ans.

Avant le commentaire stupide...

Eh bien. Tout est bien qui finit bien et il ferait mieux d'aller au spa pour s'assurer que cela se termine bien.

Non — un bon début.

Il glissa le mot dans sa poche arrière — et dut en sortir un préservatif que Gina avait oublié. En riant, il le mit dans le tiroir de sa table de nuit pour la prochaine fois.

La prochaine fois.

Ouais, *la prochaine fois,* il devrait faire quelque chose de spécial. Pas des roses ; c'était trop cliché. Des lys peut-être. Des dorés. Oui, c'est ce qu'il ferait.

Il ramassa son manteau dans le salon — souriant à nouveau en se souvenant de ce qui s'était passé quand il l'avait laissé tomber là — puis prit son téléphone dans l'entrée. Oui, la batterie était morte.

Pas un problème. Il préférait avoir un téléphone portable déchargé et une nuit comme celle d'hier que le contraire.

* * *

— Eh bien, eh bien, regardez ce que le chat a ramené, dit Candy en lui jetant un regard entendu quand il entra. Tu as eu assez de sommeil réparateur, Foster ?

Elle savait. Il ne devrait pas être surpris.

— La meilleure nuit de sommeil de ma vie. Il enleva son manteau. Comment s'est passé ton week-end, Candy ?

Elle pencha la tête vers lui. — Pas aussi bien que celui de Gina, j'en ai peur.

— Ne perds pas espoir. Il y a encore de l'espoir pour toi. Il tapota ses doigts sur le bureau de la réception. Michelle doit arriver bientôt. Je serai dans la salle de trait... euh, la suite trois.

— Je ne manquerai pas de le faire savoir à toutes les parties intéressées.

Il rit. — Fais donc ça. Et je pourrais même te remercier de le faire.

— Ouais, tu me dois une faveur, Foster. Mais ne me fais pas te faire mal.

Qu'est-ce qu'ils avaient tous à le menacer de lui faire mal ? Certes, ils aimaient Gina, mais pourquoi supposaient-ils qu'il lui ferait du mal ? S'il y avait quelqu'un qui devrait s'inquiéter, c'était lui. Alors qu'il était à cent pour cent impliqué, il ne savait pas jusqu'où elle l'était. Il pouvait espérer, mais jusqu'à ce qu'elle dise les mots, il ne comptait sur rien.

Bien sûr, il n'avait pas dit les mots non plus.

— Gina est là ?

— Où veux-tu qu'elle soit ? Candy fit un signe de tête vers le couloir. Dans son bureau. Choix de vêtements intéressant qu'elle porte aujourd'hui, d'ailleurs. De ta faute, d'après ce que j'ai compris.

Il n'était pas sûr de ce dont elle parlait, mais cela ne faisait qu'augmenter son envie de voir Gina.

Il frappa à la porte de son bureau, bien qu'il puisse la voir à son bureau à travers la fenêtre latérale.

Elle sourit en levant les yeux. Et, oui, son cœur rata un battement ou deux. — Entre.

Il en avait bien l'intention.

Mec, Pop avait raison. Quand on sait, on sait.

Elle contourna le bureau alors qu'il entrait. Il ne comprenait pas ce dont Candy parlait ; elle portait sa blouse blanche habituelle, un jean, un t-shirt et une écharpe dorée en accord avec le thème *doré*.

Ce n'est que lorsqu'il s'approcha qu'il vit la marque qui dépassait de son col.

— C'est moi qui ai fait ça ? Il écarta ses cheveux de ses épaules, puis toucha son cou.

— Oui, et Candy l'a repéré tout de suite.

— Ça explique son commentaire sur ta tenue. Il tira sur son col pour mieux voir. Juvénile, je sais, mais je dois dire que j'aime le voir sur toi.

Elle lui donna une tape sur la poitrine. — De retour à l'état d'homme des cavernes, hein ?

— Je ne me souviens pas que tu m'aies arrêté. Il posa ses poignets sur ses épaules simplement parce qu'il ne pouvait pas s'empêcher de la toucher.

— Comme si j'en avais eu l'occasion.

— Oh, c'est vrai. Tu étais tellement au-delà de t'en soucier à ce moment-là, j'aurais pu te faire n'importe quoi. Il joua avec une mèche de ses cheveux.

— Tu veux dire qu'il y a plus ?

— Oh oui, bébé. Il y a beaucoup plus d'où vient la nuit dernière. Il passa le bout de ses doigts sur sa nuque, adorant qu'elle frissonne. Que fais-tu ce soir ?

— Je travaille. Comme toi, tu te souviens ? Elle le poussa du doigt.

Il aimerait la *pousser*... — Tu danses professionnellement maintenant aussi ? Bon sang, une nuit avec moi et je t'ai rendue prête à te déshabiller pour *n'importe qui*.

— Redescends sur terre, Foster. Je dois finir cet endroit dans les trois prochaines nuits pour être prête pour jeudi. En parlant de ça...

Il l'embrassa. Bon sang, cette femme pouvait parler, mais parfois il y avait tellement de meilleures choses à faire avec sa bouche.

Elle soupira contre ses lèvres et il adoucit le baiser.

Il l'entoura de ses bras et la pencha en arrière, adorant la sensation de l'avoir dans ses bras.

— Bonjour, murmura-t-il contre ses lèvres.

Elle sourit. — Bonjour.

— Ne pars plus jamais sans me réveiller. Tu m'as manqué.

— Encore, hein ? demanda-t-elle en battant des cils tandis qu'il se redressait. Ça veut dire que j'ai droit à une redite ?

— Tu peux avoir une redite, tu peux même avoir un tout nouveau spectacle, chorégraphié spécialement pour toi.

— En parlant de ça... Elle fit glisser sa main le long de sa chemise — il n'aurait pas dû s'arrêter chez lui pour se changer, mais garder cette chemise boutonnée — tu me dois toujours quelque chose.

— Pour quoi ? Non pas qu'il se plaignait ; il voulait juste savoir pour quoi il devait se faire pardonner. Pour que l'excuse corresponde au crime.

— Tu ne m'as jamais montré ce que j'ai manqué pendant ton premier set hier soir.

Il sourit et leva les mains. — Coupable, votre honneur. Vous allez me punir, madame ?

Elle serra son pull dans son poing. — Je pense que ça peut s'arranger.

— J'ai hâte.

— Hé, Gin... oh, merde. Désolée. Debby était entrée et sortie du bureau en deux secondes.

Suffisamment longtemps pour avoir vu ce qui se passait.

— Oh, mince. Gina lâcha sa chemise et se dirigea vers la porte. Je n'ai pas encore eu l'occasion de lui en parler.

— De quoi ?

— Du code entre filles, tu te souviens ? Elle m'avait demandé mon accord à ton sujet, et j'ai évidemment renié ma parole. Elle fit volte-face à la porte. Je dois y aller. N'oublie pas que Michelle sera bientôt là.

Eh bien, si elle devait le quitter, au moins la vue était agréable.

— Deb, attends. Gina réussit à la rattraper dans la dernière salle de soins — heureusement. Elle ne voulait pas avoir cette conversation dans la réception ou le salon.

Deb se retourna. — Hé, je suis désolée. J'aurais dû frapper avant d'entrer, mais je ne pensais pas...

— Ce n'est pas ta faute. Nous n'aurions pas dû... Mince, elle détestait rougir. Tu ne pouvais pas savoir. Ce n'est pas comme si on s'attendait à tomber sur quelque chose comme ça.

— Bien sûr que si.

— Hein ?

Deb mit une main sur sa hanche. — Allez, Gina. On savait tous que tu avais un faible pour ce type. Et lui n'a pas pu détacher ses yeux de toi depuis qu'il est arrivé. Je pense que la seule raison pour laquelle il est ici en premier lieu, c'est *pour* toi, alors, bravo ma grande. Elle leva la main pour un check et Gina suivit distraitement le mouvement.

— Candy m'a dit ce que tu as fait.

Deb hocha la tête. — Te demander si tu étais intéressée ? Je t'en prie. On savait tous que tu l'étais. Il était temps que tu t'en rendes compte aussi. Je n'arrivais pas à croire que tu m'aies dit de tenter ma chance, cependant. Tu m'as surprise sur ce coup-là.

— Tu n'étais pas la seule.

Deb gloussa. — Mais maintenant tout va bien, non ? Vous avez mis les choses au clair et vous avez tous les deux de grands sourires sur vos visages. On adore l'amour. La sonnette de la porte tinta. Oh, et en parlant de ce qu'on *doit* faire, je dois y aller. Mme Sermignano veut un brushing aujourd'hui, et tu sais comment sont ses cheveux. Salut. Deb fit un tour sur elle-même, ses cheveux violets volant derrière elle comme la queue d'une sirène. Le mois dernier, ils étaient rouge pompier et Deb se baladait avec un sac en forme de coquillage en l'honneur de sa Petite Sirène préférée — qu'elle imitait souvent lors des conventions de sirènes.

Gina secoua la tête. Au cours de l'année écoulée, son personnel était devenu ses amis. Cela créait une excellente dynamique de travail, mais rendait les choses gênantes dans des cas comme celui-ci. Pas qu'elle ait déjà eu un cas comme celui-ci auparavant. Darien était le premier homme avec qui elle avait même envisagé de dîner — ou de déjeuner dans une caserne de pompiers — sans parler de coucher avec lui.

Heureusement, Deb n'avait pas encore compris cette partie.

— Oh, et au fait. Deb s'arrêta au milieu de la réception. Joli, euh, foulard. Elle lui fit un clin d'œil et se dirigea vers son poste.

D'accord, peut-être qu'elle avait compris.

Rougissant encore plus, Gina retourna dans son bureau. La nouvelle allait se répandre parmi le personnel — si ce n'était pas déjà fait. Elle ne pouvait qu'espérer que ça ne s'étende pas à la clientèle. Bien qu'elle sache qu'il n'y avait rien de mal à sortir avec Darien — si c'est comme ça qu'on appelait le fait de coucher avec lui — elle ne voulait pas qu'une quelconque rumeur se propage, surtout avec la visite prochaine des sœurs Cavanaugh.

Sept heures plus tard, Gina se fichait que tout le monde soit au courant. Elle avait lutté toute la journée entre son désir de voir Darien et celui de garder leur relation privée. Ajoutez à cela l'afflux de clients sans rendez-vous qui ne pouvait s'expliquer que si toute la population s'était mise au sport et avait besoin de massages — ou si la nouvelle que Darien travaillait ici s'était répandue — et elle l'avait à peine vu.

— Toujours en colère que je l'aie engagé ? lança Candy par-dessus son épaule alors qu'elles se croisaient dans le couloir des *suites*, Gina se dirigeant vers la réception après s'être changée pour peindre. Je veux dire, pour une autre raison que la raison évidente.

Connaissant Candy, la raison « évidente » pouvait être soit les nouvelles affaires, soit la nuit précédente de Gina, mais dans les deux cas, la réponse était oui. — Merci, Candy.

— Je t'en prie. Elle exécuta un tour qui aurait rendu fier un patineur artistique et suivit Gina dans le couloir. Maintenant, tu es sûre que tu ne veux pas que j'engage Gage pour finir la décoration pour que tu puisses *finir* avec Monsieur Super Canon là-bas au lieu de travailler pendant les heures les plus délicieuses de la nuit ?

— J'en suis sûre. Gina continua à marcher.

— D'accord, c'est ton dos qui va souffrir — et pas de la manière préférée, si tu vois ce que je veux dire. Candy dut courir un peu pour la rattraper, l'inconvénient des talons aiguilles.

— J'ai compris.

— Pas ce soir en tout cas. Les suites doivent être peintes et la finition doit être terminée pour respecter le planning. Ton chéri revient du club ce soir pour aider ?

— Je ne sais p...

— Je ne manquerais ça pour rien au monde. Ledit chéri sortit nonchalamment de la suite trois, tenant la main de Mme Patterson, 82 ans, comme si elle était de la royauté. Laissez-moi raccompagner cette charmante dame à sa voiture et je reviendrai pour discuter — il fit un clin d'œil — de ce dont vous aurez besoin de ma part.

— Je croyais que tu devais être quelque part. Candy tapota sa montre. Ton public t'attend.

— Quoi, t'es ma mère maintenant ?

— Je vais laisser ce petit fantasme à notre répertoire de suçons ici présent, dit-elle en faisant un signe de tête vers Gina. Je m'assure simplement que tu es suffisamment responsable financièrement pour sortir avec elle.

— Candy ! Gina voulait se terrer dans un trou.

— Quoi ? Les sourcils parfaitement épilés de Candy s'arquèrent. Je suis ta meilleure amie. Je suis censée veiller sur toi. Peut-être que si j'avais dit quelque chose à Tu-Sais-Qui, ça ne serait pas devenu un problème.

— Tiens, avec des amies comme toi, qui a besoin d'ennemis ? Gina secoua la tête et regarda Darien. S'il te plaît, efface ce dernier commentaire de ta mémoire. Candy souffre d'hypoglycémie ou quelque chose comme ça. Ça la fait parler sans réfléchir.

— Je dis juste que...

Gina leva la main. — Tu en as assez dit. Merci et je t'aime, maintenant peux-tu s'il te plaît aider Mme Patterson à rejoindre sa voiture ?

— Tsss. Tu essaies de faire quelque chose de gentil pour quelqu'un et tu te retrouves reléguée au rang de baby-sitter, marmonna Candy.

— Qu'est-ce que tu dis, ma chérie ? Mme Patterson, heureusement, avait un problème d'audition — bien que personne d'autre autour d'elle n'en ait, puisqu'elle avait tendance à crier chaque mot.

Les lèvres parfaites de Candy s'incurvèrent en un sourire parfait. — J'ai dit que c'est gentil quand on aide quelqu'un et qu'ils vous accordent le privilège d'accompagner votre charmante personne jusqu'à votre voiture.

— C'est très aimable à toi, ma chérie, mais je préférerais que ce charmant jeune homme le fasse. Mme Patterson tapota le bras de Candy. Tu comprends, j'en suis sûre.

Candy lança un regard entendu à Gina. — Gina comprend certainement.

— Eh bien, bien sûr qu'elle comprend. Cette fille n'est pas aveugle. Mme Patterson glissa sa main dans le creux du bras de Darien. Maintenant, où en étions-nous ?

Darien fit un clin d'œil à Gina. — Nous étions justement en train de nous diriger vers votre voiture.

— C'est vrai. Et je crois que vous alliez passer votre bras autour de moi pour que je ne tombe pas.

Cette fois, c'est Mme Patterson qui fit un clin d'œil à Gina.

Gina rit. — Allez, occupe-toi d'elle, Darien. Je te verrai quand tu reviendras.

Malheureusement, cela ne se produisit pas. Mme Patterson, qui n'était pas aussi fragile qu'elle l'avait prétendu, exploita l'illusion autant qu'elle le put, si bien que lorsque Darien put enfin revenir à l'intérieur, il dut faire demi-tour immédiatement pour se rendre au club.

— Je reviendrai après le spectacle, fut tout ce qu'il put dire avant de partir.

C'était probablement une bonne chose. Gina n'était pas sûre d'avoir assez de discipline pour se concentrer sur le travail à faire s'ils n'avaient été que tous les deux.

Chapitre Seize

Chapitre Seize

En fait, c'était une fête. Mais avec une liste d'invités différente.

Candy, Deb, Kaya, Charlotte et Stacey sont toutes arrivées avec des pinceaux à la main vers vingt heures pour aider.

— Qu'est-ce que vous faites ici ? Ce n'est pas dans votre description de poste.

— Franchement, Geen, quand est-ce que tu vas simplement accepter l'aide de quelqu'un quand on te l'offre ? C'est comme arracher une dent, je te jure.

Candy s'éventa avec ses longs ongles vert citron — qui s'accordaient avec la bande de couleur vert citron sur sa... combinaison blanche ?

Et elle lui avait fait des reproches pour avoir porté un col roulé ?

Gina leva les yeux au ciel.

— Oh là là, Katie Scarlett est dans la place. Tu as fait tes vêtements de peinture avec les rideaux ?

— Très drôle, répliqua Candy en touchant son col. Je te ferai savoir que c'est une vraie tenue de peintre, authentique.

— Je vois ça.

— Je l'ai achetée en ligne. PeintersRUs ou quelque chose comme ça.

— Tu achètes juste des vêtements de bricolage au hasard au cas où l'occasion se présenterait ?

Candy laissa échapper un petit rire poli qui ferait honte à n'importe quelle mondaine.

— Bien sûr que non. Je les ai commandés quand j'ai acheté tous les autres accessoires. Il y avait un joli petit kiosque avec des brochures pour différentes choses, et celle-ci avait l'air adorable.

Candy tourna sur elle-même comme si elle défilait sur un podium.

— Qu'en penses-tu ?

— Je pense qu'ils sont géniaux, dit Kaya en calant une échelle sous son bras. Commençons. Mike m'a donné trois heures avant d'appeler les renforts — à savoir ma belle-mère — pour aider avec Sarah. Elle a été un peu colique dernièrement.

— Ta belle-mère ? demanda Charlotte en soulevant un pot de peinture.

— Ha. D'habitude c'est elle, mais non, c'est Sarah.

— Oh, s'il te plaît, Kaya, tu n'as pas à faire ça, dit Gina. Bien qu'elle appréciait l'aide et la compagnie, elle ne voulait pas éloigner Kaya de son bébé. Kaya travaillait déjà suffisamment d'heures comme ça. S'il te plaît, va auprès de ta petite fille.

— Tu plaisantes ? Tu n'as manifestement jamais été autour d'un bébé colique. Je préfère le travail manuel à ça n'importe quand. C'est épuisant. Surtout après quatre nuits de suite. Ça me fait presque me réjouir de voir ma belle-mère. Presque. Mais pour l'instant, je suis libre.

Elle hocha la tête vers Charlotte.

— Allons-y, finissons-en.

Elles se dirigèrent vers la suite deux. Les autres allèrent dans la suite quatre. À quatre, la pièce serait vite terminée, même si ce serait un peu serré.

— Alors, vous avez vu que Joe's Pizza déménage ? demanda Deb en installant la bâche dans le coin droit au fond.

— Ah bon ? Où ça ?

C'était une nouvelle pour Gina. Ses parents avaient commencé à l'y emmener manger une pizza après son tout premier spectacle de danse en CE1, et c'était devenu une tradition.

— Au centre-ville. Ils ouvrent une nouvelle aile après le théâtre.

Une nouvelle aile ? Les deux qu'ils avaient déjà construites n'étaient pas assez grandes ?

— Ça fait quatre entreprises qui déménagent là-bas.

— Cinq, corrigea Deb en imbibant le rouleau dans le bac à peinture.

Jenni's Nails a signé une lettre d'intention pour quand son bail se terminera ici.

— Tu prévois de déménager, Gina ? demanda Stacey en finissant de masquer la plinthe du premier mur.

— Non.

Elle ne pouvait pas se le permettre. La direction lui avait offert une excellente incitation pour signer un bail de trois ans à cet endroit et comme le passage de clients avait été bon au début, elle était ravie de l'affaire. Mais ensuite, le magasin phare du centre commercial avait fermé et soudain, le centre-ville — même avec ses tarifs plus élevés — était devenu plus attrayant pour les entreprises qui dépendaient du passage. D'où sa campagne publicitaire.

Elle n'aurait pas dû laisser Candy la convaincre de faire ces rénovations.

— Au moins, on a encore des clients qui passent. Aujourd'hui, c'était plein, dit Stacey en commençant à masquer le mur que Gina allait peindre.

— C'est grâce à Darien, dit Deb.

— Et à la pub qu'on a faite. N'oubliez pas ça. C'est la raison pour laquelle on avait besoin de Darien en premier lieu, ajouta Candy, debout dans le coin, l'air jolie, le rouleau sur son manche à côté d'elle la faisant ressembler à un épouvantail glamour.

Gina ne pensait pas que Candy prendrait ça comme un compliment, alors elle garda cette pensée pour elle.

— On pourrait débattre de la théorie de l'œuf et de la poule, poursuivit Deb, mais le fait est que j'espère que l'augmentation de mes pourboires compensera la baisse d'activité après son départ.

— Il part ? demanda Stacey, mère célibataire de deux enfants. La semaine prochaine serait ses premières vacances depuis que son mari était parti. Ses pourboires faisaient vivre sa famille.

Il fallait que la fête nuptiale des Cavanaugh se passe bien. Si d'autres magasins continuaient à vendre pour les nouveaux bâtiments brillants du centre-ville — malgré l'énorme augmentation correspondante du loyer — les gens auraient besoin d'une raison pour faire un détour vers ce côté de la ville. Le bouche-à-oreille de Sophie Cavanaugh pourrait être le coup de pouce dont The Gilded Lily avait besoin.

Gina allait devoir revoir son budget publicitaire pour voir si elle pouvait l'augmenter, car si le centre commercial mourait, The Gilded Lily mourrait aussi. Elle n'avait tout simplement pas l'argent pour recommencer à zéro.

— D'accord, d'accord, les filles, ça devient larmoyant. Remontons l'ambiance de cette fête. J'ai exactement ce qu'il faut, dit Candy en posant son enceinte bluetooth sur la table de massage, puis en faisant défiler sa playlist. Voilà de la bonne musique.

S'il te plaît, mon Dieu, que ce ne soit pas One Direction Christmas ou quelque chose d'aussi guimauve.

Non, c'était...

Buttons.

Gina voulait se fondre dans le sol.

Les autres, cependant, s'amusaient comme des folles en se déhanchant au rythme de la musique.

— Tu as l'air un peu rouge, Geen. Tu te sens bien ?

Candy dansa jusqu'à Gina et posa le dos de sa main sur son front alors que la chanson approchait de sa fin — juste à temps...

— Je vais bien. *Continue juste à peindre, continue juste à peindre.*

— Je ne sais pas... Tu sembles un peu chaude. — Candy posa le rouleau par terre. Heureusement qu'elle n'avait pas encore commencé à peindre, sinon il y aurait eu des gouttes sur le tapis. — Oh non. Ne me dis pas.

— Je ne dirai rien. Et toi non plus, tu peux garder ça pour toi. — Elle détestait que Candy la connaisse si bien.

— Sérieusement ? Cette chanson ? — Candy commença à remuer les hanches. — Mmm mm, ma belle. Je peux très bien l'imaginer...

— S'il te plaît, ne fais pas ça.

Candy arrêta de danser. — Ouais, je suppose que c'est un peu, je ne sais pas, incestueux ?

— Tu es obligée d'en arriver là ? Vraiment ?

— Ben, c'est le cas. Je veux dire, tu es comme une sœur pour moi, donc ça fait de lui, eh bien...

Gina lui lança un regard noir. — Et si tu allais dans la suite trois, Candy ? La plupart a été peint pendant le week-end, donc c'est presque fini.

— C'est plutôt toi qui es presque finie, mais je peux comprendre l'allusion, marmonna Candy en se dirigeant vers la porte.

Elle avait raison sur ce point.

— Allez, Stacey. On peut commencer celle d'en face. Il commence à faire sacrément chaud ici, avec tous ces corps chauds dans un si petit espace. — Candy croisa le regard de Gina. — Si tu vois ce que je veux dire.

Gina leva les yeux au ciel. — Merci, Candy.

— Pas d'quoi, ma chérie. — Elle sortit en faisant onduler ses hanches de manière provocante.

— C'est moi ou l'accent de Candy s'est épaissi ? — Deb contourna le coin pour atteindre le dernier mur à peindre.

Gina ricana. — Candy n'a pas d'accent. Elle est née au nord de la ligne Mason-Dixon et a vécu ici toute sa vie.

— On ne dirait pas. Cette femme peut jouer la Belle du Sud mieux que Vivien Leigh elle-même.

— Et Candy te remercierait pour le compliment.

— Alors, euh, Gina...

Gina se prépara. — Hmmm ?

— À propos de Darien.

Elle s'y attendait.

— Tu devrais peut-être envisager de le garder même après le retour de vacances de Charlotte et Stacey. Il est bon pour les clients sans rendez-vous. Et je suppose que tu pourrais apprécier de l'avoir ici.

Mon Dieu, était-ce écrit sur son visage ?

— Les filles pourraient ne pas vouloir partager leurs clients. *Continue de peindre, continue de peindre.* — Tu sais à quel point Stacey a besoin de ses pourboires.

Toute cette conversation était basée sur l'hypothèse que Le Lys Doré pourrait rester en activité malgré la baisse de fréquentation des autres magasins.

Pense positif !

D'accord. Elle en avait besoin. Après tout, elle avait démarré cette entreprise malgré le fiasco avec John ; elle pouvait gérer une faible affluence.

— Mais s'il attire plus de monde, ça compenserait le changement de clientèle. Et tu sais, toutes les femmes ne le voudront pas forcément.

Comment pourraient-elles ne pas le vouloir ?

Oh, comme leur masseur. Évidemment.

— Certaines femmes ne sont pas à l'aise avec un homme, et certains maris non plus. Mais le facteur bouche-à-oreille, à lui seul, est visiblement suffisant pour attirer plus de clients. Je pense que tu devrais l'embaucher de façon permanente.

Elle devrait faire quelque chose de permanent avec lui, mais elle ne savait pas si l'embaucher était la solution. — J'y réfléchirai, Deb.

D'un autre côté... elle serait toujours sa patronne de cette façon.

Elle sourit. Maintenant, *ça*, ça avait une certaine allure.

* * *

Le club était bondé. Dare ne devrait pas être si surpris. Apparemment, le football du lundi soir donnait aux épouses un laissez-passer pour le club de strip-tease.

— Hé, tu veux aller chez Joe's Pizza ? — lui demanda Steve dans les vestiaires après le spectacle. — Bières à 1,99 $ pour l'after du match.

— Je ne peux pas, mais merci de demander. Peut-être la prochaine fois. — Bien que Dare en doutât. Soudain, traîner avec les gars après un spectacle ne semblait plus aussi attrayant que la semaine dernière.

— Il n'y aura probablement pas de prochaine fois. Joe déménage au centre commercial du centre-ville. Le loyer doit être élevé, donc il ne pourra pas se permettre à la fois des boissons à prix réduit *et* le loyer.

Dare pencha la tête. — Joe's est au même endroit depuis toujours. Pourquoi déménage-t-il ?

Steve haussa les épaules. — Peut-être qu'il veut un nouvel endroit ? Là où il est maintenant, ça devient un peu miteux. Les magasins ferment. Je ne sais pas comment le centre commercial reste en activité.

Merde. Joe's était à l'opposé de la rue par rapport au spa de Gina. S'il était en difficulté, combien de temps faudrait-il pour que ça atteigne Gina ?

Dare jeta sa veste sur son épaule. — Je dois y aller, Steve. À plus tard.

Il sortit son téléphone pour lui envoyer un message et fut content de voir qu'elle lui en avait déjà envoyé un.

Et Jonas aussi.

Il ouvrit celui-là en premier. Les affaires avant le plaisir.

Il sourit en attendant qu'il se charge. Les affaires avec Gina *étaient* un plaisir.

Liste complète de biens à examiner demain. Rendez-vous à mon bureau à 9h.

Une liste complète semblait prometteuse. Il devait y en avoir au moins un qui l'intéresserait.

Il envoya un message à son père, content que Papa ait une raison de se lever et de sortir demain, puis ouvrit le message de Gina.

Garder le meilleur pour la fin.

Ou pas.

Il fronça les sourcils en le lisant.

Les filles sont venues aider. Elles prévoient de rester jusqu'à ce que ce soit fini. Tu ne voudras peut-être pas passer.

Il voudrait *toujours* passer. Mais il en savait assez sur les femmes — et en avait vu assez au club — pour savoir qu'une soirée entre filles était juste ça.

Soupirant, il fourra le téléphone dans sa poche arrière. — Hé, Steve ? Attends. J'ai changé d'avis.

Chapitre Dix-Sept

— Ho, ho, ho ! La voix de Darien était un son bienvenu, car elle ne l'avait pas vu hier. Il était sorti pour examiner des propriétés pour son prochain projet et, bien qu'ils aient échangé des messages, ce n'était pas pareil.

Bon sang. Elle se comportait comme une adolescente avec un gros béguin.

Nan, juste un bon vieux cas de luxure. Ça a beaucoup pour plaire. Comme ce truc de suçon d'ado.

— Ho, ho, ho ! répéta-t-il alors que la pointe du sapin que Candy avait commandé — il ne fallait même pas que Gina commence à parler de *commander* un arbre de Noël — passa la porte. Au moins, ce n'était pas celui doré métallique avec des lumières clignotantes violettes et fuchsia dont Gina avait dû la dissuader.

Candy bloqua l'entrée. — *Pas* la meilleure façon de séduire quelqu'un, Casanova, en la traitant de femme de petite vertu. Elle lança un regard noir par-dessus son épaule à Gina et agita une canne en sucre vers elle. — C'est comme ça que tu veux qu'il te parle ? Ou je préfère ne pas savoir ?

Gina n'allait pas dignifier cela d'une réponse. — Laisse-le entrer, Candy, avant qu'on ait une avalanche d'aiguilles de pin sur le seuil. Ça sera un beau bazar à nettoyer.

— Peu importe.

Candy tint la porte aussi ouverte que possible tout en vacillant sur une autre paire de talons aiguilles. Le fait qu'il s'agisse de bottes — en daim rose mi-mollet — n'avait aucune importance. — Ne raye pas la nouvelle peinture.

— Ce n'était pas mon intention. Ou préférerais-tu que je le laisse dehors et que tu uses de tes charmes pour qu'un pauvre type sans méfiance fasse le sale boulot à ta place ? Il traîna l'arbre à l'intérieur.

— Eh bien, Darien Foster, je déclare que vous savez vraiment comment toucher le cœur d'une femme. Candy réussit à faire de ce dernier mot deux syllabes tout en agitant sa main comme un éventail.

Darien donna une dernière secousse à l'arbre pour le faire entrer complètement. — Où veux-tu que je le mette ?

— Ne me donne pas cette ouverture.

Il ricana. — Ma mère m'a élevé pour être trop gentleman pour poursuivre cette discussion. Il abaissa l'arbre et jeta un coup d'œil par-dessus. — Gina ? Une préférence sur l'endroit où tu veux qu'il soit ?

— Oui, ici dans le coin. J'ai installé le support.

Elle avait pensé que l'entreprise de livraison l'apporterait à l'intérieur, mais apparemment non.

Elle secoua la tête. Candy déteint sur elle — pas trop quand même, puisqu'elle n'arrivait toujours *pas* à croire qu'il était possible de commander un *arbre* en ligne et de le faire livrer à sa porte. Où étaient les vêtements chauds, le chocolat chaud et le nez gelé à arpenter des hectares d'arbres pour trouver le parfait ?

Pas pour elle cette année. Trop occupée. Ce qui n'était pas une mauvaise chose, mais elle devrait sortir le petit arbre de table de Mamie de sa boîte — déjà assemblé et garni de lumières — pour son appartement. Elle n'aurait pas un moment pour respirer, encore moins pour aller choisir un arbre de Noël. Au moins, les bougies parfumées au sapin et à la mûre aidaient à mettre l'esprit des fêtes dans le spa.

Darien plaça l'arbre dans le support, puis recula pour le regarder. À côté d'elle.

Elle essaya de ne pas frissonner.

Elle perdit cette bataille quand il lui prit la main. — Qu'en penses-tu ? Ce côté ? Ou devrions-nous le tourner ?

Des images de quelque chose d'autre en rotation apparurent clairement dans son esprit. L'homme connaissait des mouvements incroyables. Aussi bien sur la piste de danse qu'ailleurs.

Bon sang. Il y avait de la musique de *Noël* qui jouait tout autour d'eux, pas une boucle continue de *Buttons*. Elle avait vraiment besoin de se ressaisir ; ce n'était pas comme si elle n'avait jamais eu de relations sexuelles auparavant.

Pas comme ça, en tout cas.

— Je... Ça a l'air bien comme ça. Je vais chercher des ciseaux pour couper le filet. Avant qu'elle ne fasse quelque chose pour s'embarrasser comme lui sauter dessus avec des clients autour.

Il resserra sa prise sur ses doigts. Puis l'attira plus près. — Tu m'as manqué hier soir, chuchota-t-il à son oreille.

Adieu le contrôle ; il venait de transformer ses genoux en gelée. Comment était-elle censée traverser la zone d'accueil pour aller chercher les ciseaux ?

— Rien à dire ? Ou tu *ne peux pas* ? Son souffle était chaud sur son cou et toutes sortes de souvenirs dansaient dans son cerveau.

— Je... Il y a des clients ici. Elle n'était pas sûre si le rappel était pour lui ou pour elle-même, mais dans tous les cas, cela bloqua ses genoux, redressa sa colonne vertébrale et lui permit de se diriger vers le bureau d'accueil avec dignité pendant que les cloches des traîneaux égayaient l'esprit.

Le regard qu'elle sentait Darien lui lancer la rendait brillante, d'accord — brillante de *rouge*.

Candy arqua un sourcil quand elle arriva, lui tendant les ciseaux comme un scalpel aux urgences. — Mince alors, ma belle. Peut-être que j'*aurais dû* tenter ma chance avec lui l'autre soir si cette expression sur ton visage est un indice. Le gars doit être incroyable.

Gina secoua la tête. — Concentrons-nous sur la tâche à accomplir, d'accord ? Tu t'occupes de l'accueil et je m'occupe de l'arbre.

Candy ricana. — Tâche à accomplir ? Arbre ? Tu balances des sous-entendus sexuels à tout-va, Geen.

Gina soupira. — Retourne juste au travail, Candy.

— Oui, chef. Candy la salua, puis adressa son sourire le plus charmant au dernier client qui entrait, sa robe en jersey rose vif se balançant autour de ses hanches. Candy était comme un arc-en-ciel ambulant. Ou une boule de Noël, étant donné la saison actuelle...

Après avoir libéré l'arbre de son filet, Gina et Dare l'ont garni de lumières, puis Gina a disposé des seaux de décorations devant. — J'espère que les clients — je veux dire les *invités*, dans le nouveau vocabulaire de Candy — le décoreront tout au long de la journée. S'il en reste à la fin, je les accrocherai moi-même.

À point nommé, la chanson "Do You Hear What I Hear?" atteignait le couplet de l'étoile brillante alors que Darien redressait celle au sommet de leur arbre. — Tu travailles encore tard ?

— Les risques d'être son propre patron. J'ai besoin que tout soit parfait pour demain. Sophie et sa sœur viennent à quatorze heures. Tu seras là, n'est-ce pas ?

Il descendit de l'échelle, puis la replia. — Détends-toi, tout ira bien. L'endroit a l'air génial, l'arbre sera magnifique, ton personnel sait ce qu'il fait, et oui, je serai là. Je ne manquerais ça pour rien au monde. Les sœurs Cavanaugh seront impressionnées. Il se pencha et déposa un rapide baiser sur sa joue. — Je sais que je le suis.

Cette fois, elle ne put s'empêcher de frissonner.

Il fit un clin d'œil en retournant vers le placard de rangement avec l'échelle. — Je comprends.

Oui, il avait compris.

La journée passa à toute vitesse. Le bouche-à-oreille avait manifestement fonctionné pour Darien, car quatre-vingt-dix pour cent des clients sans rendez-vous le demandaient. Malheureusement, il avait dû partir tôt pour le club, donc son planning s'était rempli immédiatement, mais cela avait gardé le reste du personnel occupé jusqu'à l'heure de fermeture.

— Tu vas aller voir le spectacle ? demanda Candy en claquant la langue tout en passant de ses chaussures de princesse à... ses bottes de princesse. Franchement, où elle avait bien pu trouver des bottes de neige pratiques et dignes d'une royauté, ça dépassait Gina.

— Je ne peux pas. L'ami électricien de Gage vient installer les lustres, et je veux m'assurer que tout est prêt pour demain.

— Tu es sûre que tu ne veux pas que je reste pour t'aider ?

— Je croyais que tu devais être quelque part ?

Candy avait reçu un appel téléphonique plus tôt qui lui avait fait perdre son sourire. Oh, elle l'avait replaqué sur son visage quand elle avait fini de parler à son interlocuteur, mais son sourire était faux. Gina la connaissait assez bien pour faire la différence.

Mais visiblement pas assez bien pour que Candy se confie à elle sur ce qui se passait.

— Oh, c'est vrai. J'avais oublié. Candy se retourna pour boutonner son manteau — encore une fois, pas comme son habituel être solaire.

— Candy, il se passe quelque chose ? Tu veux en parler ?

— Parler est la dernière chose dont j'ai envie, marmonna-t-elle juste au moment où *Vive le vent* se terminait — pour au moins la vingt-cinquième fois aujourd'hui. Mais quand elle se retourna, elle avait son sourire signature plaqué sur le visage. Et il était aussi faux que l'arbre métallique qu'elle avait voulu. — Ne va pas t'inquiéter pour moi. Tout va bien. Juste quelques trucs dont je dois m'occuper et que je n'ai pas hâte de faire. Mais concentre-toi sur toi. C'est un grand jour demain, tu te souviens ?

— Comment pourrais-je l'oublier ?

— Bien. Alors sors d'ici aussi tôt que possible et renonce à ce délicieux morceau de viande qui bave sur toi pour pouvoir te reposer. Il y aura bien assez de temps plus tard pour, euh, goûter à ses charmes.

— Bien sûr, *maman*. Gina serra le bras de Candy. — Quand même... Appelle-moi si tu as besoin de moi.

Candy déglutit, puis hocha la tête. — Je le ferai, *maman*.

* * *

— Bienvenue au Gilded Lily. Je suis Gina Taormina, la propriétaire. De la musique de Noël classique jouait en fond sonore lorsque Gina ouvrit la porte à Sophie et Amalie l'après-midi suivant. L'endroit était en effervescence. Les coiffeurs étaient occupés et ils avaient deux clients de plus en attente pour un shampooing, Charlotte et Stacey étaient dans leurs suites, Maria et sa nièce faisaient passer les femmes par les différentes étapes des soins des ongles, et Darien avait l'air particulièrement génial dans son uniforme.

Bon, d'accord, ce dernier petit détail était peut-être une observation personnelle, mais quand même... Il ajoutait à l'ambiance.

Gina fit les présentations après que Candy — professionnellement sobre dans une robe-pull crème parsemée de fils d'or — eut offert aux Cavanaugh une coupe de champagne. Les sœurs ne pouvaient pas avoir l'air plus différentes, l'une étant blonde et frappante, l'autre rousse et, eh bien, frappante aussi, mais d'une manière plus exotique.

— Et voici Darien Foster, l'un de nos massothérapeutes. Les autres sont avec des clients en ce moment.

— Darien Foster ? Amalie pencha la tête. — N'êtes-vous pas danseur chez BeefCake, Inc. ?

— Coupable, madame.

— Madame ? Sophie arqua son sourcil parfait. — Elle est plus jeune que moi, alors qu'est-ce que ça fait de moi, une matrone ?

— Pas du tout. Ça fait de vous mon invitée pour la prochaine demi-heure. Il balaya sa main vers la suite trois. — Si vous voulez bien me suivre, je vais vous installer.

— Je croyais que c'était *moi* l'invitée d'honneur ? Amalie posa sa main sur le bras de Sophie.

Sophie lui tapota la main. — Veux-*tu* être celle qui dira à Reggie qui t'a massée si proche du mariage ? Tu ne veux pas qu'il annule.

Amalie soupira. — Rabat-joie.

Sophie leva son verre de champagne. — Non, demoiselle d'honneur. C'est mon travail de m'assurer que ce mariage se déroule sans accroc. Elle finit sa boisson puis regarda Darien. — Montrez-moi le chemin, M. Foster.

— Certainement, mais s'il vous plaît, appelez-moi Dare. Il hocha la tête puis regarda Amalie. — Et ne vous inquiétez pas, Mademoiselle Cavanaugh, Gina est une excellente massothérapeute. Je n'ai commencé que récemment au Gilded Lily, mais tout ce trafic est grâce à elle et au reste du personnel.

Gina aurait pu l'embrasser pour cette recommandation.

En fait, elle le ferait plus tard.

Le reste de la visite des sœurs se déroula sans accroc. La nourriture de Lara fut un grand succès. Amalie commanda quelques plateaux sur-le-champ pour la soirée des demoiselles d'honneur, et elle laissa même Kaya lui coiffer les cheveux.

Kaya fit un travail si exceptionnel qu'Amalie lui demanda de le refaire pour le mariage.

Et Sophie, comme prévu, sortit de la suite trois en chantant les louanges de Darien.

— Je suppose qu'on devrait aller chez BeefCake, Inc. pour compléter notre journée. Elle prit la flûte d'eau pétillante du plateau que Gina tendait — une autre suggestion de Candy pour *améliorer* l'expérience du spa. — Si le gars est si bon dans ce domaine, je ne peux qu'imaginer ce qu'il vaut dans l'autre.

Amalie trinqua son verre avec celui de Sophie. — Oh, je n'ai pas besoin de l'imaginer. J'ai vu le spectacle. Et ça vaut *vraiment* le coup d'œil.

Eh bien, ça ternissait un peu l'enthousiasme de Gina. Oui, d'autres femmes regardaient Darien danser — elle en avait fait partie — mais Sophie Cavanaugh n'était pas n'importe quelle femme.

— Reprends-toi, Geen, chuchota Candy en lui prenant le plateau des mains. — C'est toi qu'il a choisie. Ne commence pas à douter de tout ça.

Gina força son sourire à s'élargir. — Excusez-moi, mesdames, pendant que je vais chercher vos manteaux. Elle traîna pratiquement Candy à l'avant du spa. — Ce n'est même pas un mot.

Candy haussa les épaules. — Eh bien, c'est une action, donc je peux en faire un mot. Elle posa le plateau sur le bureau de réception. — Souviens-toi, Darien est un professionnel, ce qui est exactement ce que tu veux pour s'occuper de tes clientes. Il sait où sont les limites et il ne va pas les franchir.

Elle le savait. Vraiment. C'était juste...

— Il n'est pas John.

Voilà.

D'accord. Il n'était pas John. Il n'avait rien à voir avec lui, mais elle était tellement préoccupée à l'idée de ne pas se faire avoir à nouveau par un homme, que sauter dans le train du doute était une habitude difficile à perdre.

— C'est l'heure du grand final, déclara Candy. Elle saisit les sacs qu'elle avait convaincu Gina de préparer comme cadeaux, puis retourna vers les sœurs. — Alors, mesdames, nous aurons la nourriture et le champagne ici dimanche prochain à quatorze heures. Candy tendit les sacs. — Là-dedans, nous avons un échantillon de nos produits qui ne sont pas encore disponibles au public. Vos invités seront les premiers à les avoir. Une autre astuce marketing de Candy : l'exclusivité et une grande révélation.

— Je pense que ce sera parfait, dit Amalie en tendant la main à Gina. — Merci à vous et à votre équipe d'avoir été si précis avec l'expérience que je veux offrir à mes demoiselles d'honneur. Ça va être tellement amusant. N'est-ce pas, Soph ?

— Absolument. Si aujourd'hui est une indication de ce à quoi les amies d'Amalie peuvent s'attendre, ce sera parfait.

Tout l'endroit éclata en applaudissements quand Gina se retourna après avoir regardé les Cavanaugh partir.

— Félicitations, ma belle, lança Candy en lui tapant dans la main. — Tu vas avoir de la publicité grâce à ça. Et toi, dit-elle en pointant un ongle (heureusement sobre) manucuré à la française vers Darien, — tu t'es surpassé, mon *chou*. Tu devrais envisager d'arrêter la danse et de travailler ici à plein temps. Une fois que Sophie commencera à chanter tes louanges publiquement, tu seras sur-réservé. Candy sortit un autre plateau de coupes de champagne — cette fois avec le bon pétillant — et le tendit à Gina avant de le faire circuler parmi les autres. — Je dirais, Gina, que tu es sur la voie du succès, mon amie.

Gina leva son verre. — Je n'aurais pas pu le faire sans vous tous. Merci, mesdames. Et... Darien.

Darien fit tinter son verre contre le sien. — À une journée réussie. Puis il se pencha pour murmurer : — Et si on allait fêter ça ?

— Je pense que ce serait bien.

— *Bien* ? J'espère que ce sera un peu mieux que *bien*. Quoique je suppose que je devrais être content que ça ne se soit pas avéré *correct*.

— Ne gâche pas tout, Foster.

Il ricana. — Je passerai te prendre à vingt heures. Prépare-toi pour quelque chose de *bien*.

Chapitre Dix-Huit

Rien n'aurait pu la préparer à *ça*.

— Tu as loué une limousine ? Elle faillit trébucher en sortant de l'entrée de son immeuble.

— Je ne l'ai pas exactement louée. Markus me doit un service et c'est son autre boulot.

— Markus est là-dedans ? Elle connaissait Markus depuis aussi longtemps que Bryan avait le club. Quelle situation gênante.

— Pas de souci, il y a une séparation.

— Oh mon Dieu, arrête ton cinéma, Foster. On ne va rien faire dans cette limousine.

Il fit une grande démonstration en claquant des doigts. — Zut alors, ma belle, tous mes espoirs et mes rêves s'envolent.

Elle haussa les sourcils.

— D'accord, d'accord, non, je n'avais pas l'intention de te faire des choses indécentes dans la limousine. Moi aussi, j'ai le sens des convenances. Il descendit les marches du trottoir jusqu'au parking, puis lui tendit la main pour l'aider à descendre.

— Ça sonne vraiment drôle venant d'un stripteaseur.

Il lui tapota le nez. — Danseur exotique. Utilise la bonne terminologie.

— C'est du parcil au même.

— Je pensais à quelque chose de plus haut de gamme pour le dîner, mais si tu veux aller quelque part manger des pommes de terre...

— Très drôle.

— Merci, je trouvais aussi. Il la conduisit à la limousine, s'assurant qu'elle naviguait entre les plaques de verglas sans se retrouver les fesses par terre.

— Tu es vraiment un éternel blagueur, n'est-ce pas ?

Une petite lueur dans ses yeux s'estompa. — Tu sais, parfois c'est simplement une bonne façade. Il ouvrit la porte. — Votre carrosse vous attend, ma dame.

Elle le regarda pendant une seconde ou deux jusqu'à ce qu'il hoche la tête pour lui faire signe d'entrer. Elle n'était pas sûre de ce qu'il avait voulu dire par ce commentaire, mais quand il la suivit à l'intérieur, la lueur était revenue dans ses yeux, alors elle se dit qu'elle l'avait soit imaginé, soit qu'il ne voulait pas en parler.

— Salut, Gina, dit Markus depuis le siège du conducteur.

— Salut, Markus. Je ne savais pas que tu faisais ça aussi. Bryan ne te paie pas assez ? Il faudra que je lui en parle.

— Non, il paie bien. Mais Winni réduit ses heures depuis qu'on a eu Jeffrey et je dois couvrir l'assurance maladie. Ce boulot n'est pas si mal. Au moins, je conduis une belle voiture.

— Et tu gardes tes vêtements, ajouta Darien.

— Ouais, Winni approuve ça. Markus se retourna. — Passez une bonne soirée, les gars. Il appuya sur un bouton et la séparation monta derrière son siège.

— Ah, enfin seuls. Darien étira son bras sur le siège derrière elle.

— Je n'arrive pas à croire que tu aies fait ça.

— De toutes les choses que j'ai faites avec toi, c'est *ça* que tu n'arrives pas à croire ? Il se pencha vers elle et ouvrit un couvercle dans la console du côté conducteur. — Champagne ?

— Je ne sais pas, Foster. J'ai l'impression que je devrais limiter l'alcool quand je suis avec toi.

— Ah oui, il faut protéger ton, euh... derrière à tout prix.

— Finalement, je veux bien un verre.

Darien avait choisi Les Beaux Bijoux, l'un des restaurants les plus haut de gamme de la ville pour le dîner. Cuisine française classique, il avait toute l'ambiance d'un château historique, y compris un maître d'hôtel aux manières impeccables.

Elle aurait dû emprunter la garde-robe de Candy, car ses escarpins beiges et sa robe bordeaux à ourlet en mouchoir, bien qu'élégants et agréables à porter, n'étaient pas du même niveau que les lustres en cristal et les œuvres d'art encadrées d'or.

— Tu es magnifique. Darien devança le maître d'hôtel pour lui tenir la chaise.

— Des points pour la politesse. Elle drapa elle-même sa serviette sur ses genoux.

Le maître d'hôtel soupira. Pauvre homme ; ils faisaient son travail à sa place.

Darien s'assit en diagonale par rapport à elle, puis prit la carte des vins. Il commanda un Bordeaux et une sélection d'entrées, dont des Escargots à la Bourguignonne et une Tapenade Noire à la Figue. Elle reconnaissait les escargots, mais n'avait aucune idée de ce qu'était le reste, mais ça avait l'air intéressant. Et vu la prononciation parfaite de *tétons* par Darien dès le collège, elle n'était pas surprise qu'il parle français avec un accent authentique.

— J'ai l'impression que je devrais dire *ooh la la* quand ils apporteront les plats, dit-elle.

— Non, garde ça pour plus tard. Je te donnerai quelque chose qui te fera dire *oooh*. Il remua les sourcils.

Heureusement, elle n'eut pas à répondre car le serveur arriva pour remplir leurs verres à eau et leur donner les menus. — Tu n'es vraiment jamais sérieux, n'est-ce pas ? demanda-t-elle quand le serveur partit.

Darien prit son verre. — On m'a connu sérieux, mais j'essaie de ne pas l'être autant que possible.

— Pourquoi ?

— Parce que j'ai connu le sérieux et ça craint.

Il but une gorgée d'eau, puis la reposa et la fixa du regard, au point où elle se demanda si elle avait renversé quelque chose sur elle.

Elle jeta discrètement un coup d'œil vers le bas, mais releva les yeux quand il exhala.

Il tapota la table. — Ma mère est morte l'été après la terminale.

— Oh non. Je suis tellement désolée, Darien. Oui, c'était définitivement sérieux. Si elle avait su, elle n'aurait jamais rien dit.

— Merci. Moi aussi. Ses doigts tambourinèrent sur la table. — Elle était malade depuis un moment. Cancer du... sein.

— C'est terrible. Gina remerciait sa bonne étoile chaque jour d'avoir encore ses deux parents. D'ailleurs, ils allaient fêter leur anniversaire dans quelques jours avec une énorme fête de famille. Et ils avaient bien raison. Trente-cinq ans, c'était un accomplissement majeur.

— Ouais. Elle a été diagnostiquée quand j'étais au collège. Cette même année, en fait, où j'ai... Il agita la main. Tu sais. Je suppose que j'avais les seins en tête.

— Quel ado n'y pense pas ? Elle ne pouvait pas soulager la douleur de la perte de sa mère, mais si elle pouvait le faire sourire...

Il le fit. — Ouais, c'était déjà assez dur d'avoir les hormones contre moi, mais ensuite ma mère... et *là*... Il secoua la tête. — Et puis il y avait toi, la plus jolie fille de la classe, et Nester qui parlait de *tétons*... C'était la tempête parfaite. J'avais littéralement appris pour ma mère la semaine d'avant.

— Et puis tu as eu des ennuis par-dessus le marché.

— C'était une bénédiction, en fait. J'avais une excuse pour ne pas rentrer à la maison après l'école. Je n'en suis pas fier et, avec le recul, j'aurais aimé être là, mais c'était dur. Elle faisait de son mieux pour être joyeuse et positive, mais il y avait des moments... Il tendit la main vers l'eau à nouveau.

— Je suis désolée pour ta perte. Et d'avoir fait toute une histoire de ce que tu avais dit.

— Non, tu as eu raison. C'était un commentaire stupide et irréfléchi, je n'aurais pas dû le dire. Maman n'était pas du tout contente de moi. Il secoua la tête. — Ouais, *c'était* une conversation à avoir avec ma mère. Elle m'a fait tout un sermon. Mon Dieu, comme ça a dû être dur pour elle.

Gina n'osait pas imaginer. Elle était proche de ses parents et l'idée de perdre l'un d'eux, surtout à l'âge qu'il avait à l'époque, était déchirante. — Parle-moi d'elle.

— Ma mère ? Elle était merveilleuse. Il fit rouler sa fourchette sur la nappe par le manche. — Intelligente, drôle, belle, toujours à voir le bon côté des choses. Toujours à attendre le meilleur des gens. Je détestais l'avoir déçue en me faisant coller et en ajoutant au stress qu'elle avait déjà. En même temps, cependant... Je ne pouvais tout simplement pas supporter son diagnostic. Ni le pronostic. Il frappa sa paume sur la fourchette.

Gina couvrit sa main. — Tu n'étais qu'un gamin, Darien. Ne sois pas si dur avec toi-même. Je suis sûre qu'elle savait que c'était une phase.

Le coin de sa bouche se releva et il entrelaça leurs doigts. — Je n'en suis pas si sûr, Gina. Si c'était une phase, elle n'est pas terminée car mon intérêt pour toi n'a pas disparu.

Il porta sa main à sa bouche et embrassa le dos.

Gina retint son souffle. Mon Dieu, il était envoûtant. Elle ne pouvait pas réfléchir clairement quand il la touchait. Et après cette révélation sur sa douleur et l'amour qu'il portait à sa mère...

Était-il possible qu'elle tombe amoureuse de Darien ?

Ma chérie, je pense que nous avons dépassé le stade du possible *il y a quelques jours.*

Le serveur — heureusement — arriva avec leurs entrées, donnant à Gina quelques instants pour maîtriser ses émotions pendant qu'elle se servait des escargots.

— Tu es soudainement silencieuse, dit Darien quand le serveur partit.

— Je mange ? Elle brandit sa petite fourchette à escargot.

— Ah, alors c'est comme ça qu'on te fait taire ? Il suffit de te nourrir.

— Me faire taire ? Ce n'est pas très gentil de dire ça. Tu deviens assez insolent, Foster.

— Si c'est la tienne, je mourrai heureux.

Elle faillit s'étouffer avec l'escargot.

Elle dut le recracher dans sa serviette sans faire de scène. Elle avait le sentiment que les serveurs n'apprécieraient pas. Ni le chef. — Ne fais pas ça ! Elle attrapa son verre d'eau.

— Faire quoi ? Fantasmer sur ce que je veux te faire ?

— Oh mon Dieu.

— Tu veux que je te le dise ?

Oh que oui.

— Non. J'aimerais finir le dîner sans fondre comme une flaque. Je suis sûre qu'ils n'apprécient pas ce genre de chose ici.

— Une flaque, hein ? Il arqua un sourcil. — Je vais devoir voir ce que je peux faire à ce sujet.

Le reste du repas fut une épreuve à supporter. Il ne cessait de lancer des suggestions et des insinuations — avec quelques piques occasionnelles — pour la tenir en haleine. Ou la mettre sur le dos. Ce qui était une conclusion inévitable au moment où elle goûta la crème brûlée.

À qui voulait-elle faire croire — elle n'avait plus vraiment rien goûté après cet escargot parce que les suggestions de Darien étaient bien plus délicieuses.

Elle voulait le ramener chez elle.

Il signa l'addition et rangea sa carte. — Prête ?

De bien des façons.

Elle opta pour un hochement de tête, pas vraiment sûre de la stabilité de sa voix. Darien savait comment captiver son public — qu'il soit d'une ou de cent personnes.

— Vous avez apprécié votre repas ? Markus leur tint la porte de la limousine ouverte.

— Le dessert est la meilleure partie, dit Darien en aidant Gina à monter dans la voiture.

Son talon se prit dans le rebord, mais heureusement, Darien la rattrapa avant qu'elle ne s'étale.

— Je te comprends, mec. Il y avait un rire dans la voix de Markus lorsqu'il ferma la porte derrière eux.

— Oh mon Dieu, il va se faire de fausses idées. Gina tira sur sa robe pour ne pas être étranglée par le tissu.

— Non, il se fait les bonnes idées. Darien passa son bras derrière elle et de son autre main lui releva le menton. — Du moins... j'espère ?

— Tu demandes la permission ?

— Hmmm, tu as raison. C'est tellement plus facile de demander pardon. Il l'attira à lui et l'embrassa à lui faire perdre la tête pendant tout le trajet de retour chez elle.

Bien trop tôt — ou pas, en fait — Markus klaxonna.

— Darien ? chuchota Gina dans son col pendant qu'il faisait des choses délicieuses à son cou.

Il releva la tête. — Oh. Nous nous sommes arrêtés.

— Non, la voiture s'est arrêtée.

— C'est pour ça que je t'aime bien, Gina. Tu me comprends.

Elle voulait le comprendre.

— Tu dois te *lever* de moi. C'est déjà assez gênant qu'il ait une idée de ce qu'on fait ; ne le confirmons pas.

Dare voulait le crier sur tous les toits.

Mais, comme il n'était pas tout à fait l'homme des cavernes qu'il était sur le point de devenir, il se rassit et remit ses chemises en place. Markus était la discrétion incarnée, mais Dare n'avait pas besoin de regards entendus.

Markus klaxonna à nouveau.

Dare s'assura que toutes les parties — et les vêtements — étaient là où ils devaient être, puis tapa sur la cloison.

Markus la baissa d'un centimètre. — Nous sommes arrivés à destination.

— Merci, Markus. Je m'en occupe.

— Je suppose que tu peux rentrer chez toi tout seul ?

— Ouais, ça va aller.

— Bonne nuit, Gina. La cloison remonta.

— Je ne pourrai plus jamais le regarder en face. Gina attrapa sa robe et se glissa sur le siège.

Mince, il n'aurait pas dit non à un spectacle.

D'accord, peut-être qu'il *devenait* un homme des cavernes, alors peut-être devrait-il la jeter sur son épaule et la porter à l'intérieur.

Riant à l'idée de la tête qu'elle ferait s'il le faisait, Dare sortit de la limousine. — Tu es tellement mignonne quand tu es gênée.

— Alors je dois être carrément adorable en ce moment, grommela-t-elle en lissant sa robe autour d'elle.

Même sans épouser son corps, la robe était sexy en diable. Ça donnait envie à un homme de se glisser à l'intérieur avec elle.

Ou de l'enlever d'un seul coup.

En parlant de coup…

Il la souleva dans ses bras, puis ferma la portière d'un coup de hanche avant de se diriger vers la porte d'entrée. D'accord, ce n'était pas sur son épaule, mais dans ses bras, ça marchait aussi. Et c'était un peu plus civilisé.

— Oh mon Dieu, les gens vont jaser.

— Si tu es vraiment inquiète, je peux te reposer, dit-il en s'arrêtant sur la dernière marche et en la regardant.

Elle mordilla sa lèvre inférieure.

— Euh, non, ça va. Continue.

— C'est bien ce que je pensais, sourit-il.

Elle aimait être dans ses bras autant qu'il aimait l'y tenir.

Et il s'employa à prouver cette théorie toute la nuit.

* * *

Gina ouvrit les yeux sur l'une des plus belles vues qu'elle ait eues depuis longtemps.

Le dos nu de Darien.

— Où vas-tu ? demanda-t-elle en se redressant sur ses coudes, le drap glissant sous sa poitrine.

Ses tétons se durcirent.

Darien se retourna et gémit.

— J'allais te préparer le petit-déjeuner, mais maintenant...

— Tu comptes cuisiner comme ça ? dit-elle en désignant son érection naissante. Ça pourrait être dangereux avec des couteaux et des plaques chaudes.

— Il y a deux minutes, ce n'était pas un problème.

— Il y a deux minutes, je n'étais pas réveillée.

— Ce qui explique pourquoi ce n'était pas un problème.

— Et maintenant ? demanda-t-elle en se rallongeant sur l'oreiller, puis en glissant ses mains au-dessus de sa tête.

— Et maintenant, ma belle, tu vas devoir acheter quelque chose sur le chemin du travail, parce que je compte te prendre comme petit-déjeuner.

* * *

— Ça doit être sympa d'être la patronne, lança Candy en faisant claquer son chewing-gum quand Gina entra dans The Gilded Lily.

— Je ne suis pas en retard.

— Tu n'es pas en avance non plus, et c'est une première. Candy, vêtue d'une robe évasée rouge vif impossible à manquer avec des manches cloche, lui tendit les fiches d'information qu'elle gardait pour chaque client. Chaque membre du personnel recevait un ensemble de fiches de ses clients à son arrivée le matin pour savoir qui et quoi attendre pour la journée, et pour que les clients n'aient pas à se souvenir de l'huile qu'ils aimaient, de leur combinaison de couleur de cheveux ou de leur vernis à ongles préféré. On est complet, alors tu dois te préparer. Ton premier rendez-vous est dans huit minutes.

Elle posa une autre pile sur le comptoir de la réception, ses bracelets en or tintant au rythme de la musique.

— Tu pourras donner celles de ton chéri quand il entrera par l'entrée de service.

Gina ne prit pas la peine de nier. Ça n'aurait servi à rien de toute façon, puisque Darien allait effectivement entrer par derrière. Tant pis pour éviter les commérages en arrivant ensemble.

— Souviens-toi, Gigi, qu'il faut se lever très tôt pour me duper. Candy montra sa montre. Et tôt, ce n'est pas le cas.

Gina était tout de même contente d'avoir pu dormir un peu plus long-temps, car la journée s'annonçait chargée. Enfin, ça et aussi à cause de la raison pour laquelle elle avait eu besoin de plus de sommeil.

— Tu veux qu'on aille au club ce soir après la fermeture pour manger un morceau ? demanda Candy en tendant les fiches de Stacey à celle-ci qui venait d'entrer, puis elle baissa la voix. Je veux dire, manger de la nourriture. Pas ton chéri.

— Je sais, et non. On a encore une journée complète demain et je vais avoir besoin de dormir.

— Ouais, le bon sexe fait ça. Tu dois améliorer ton endurance.

— Mon endurance va très bien, merci.

— Bon à savoir. Candy lui tapota la main. Ça fait plaisir de te voir heureuse, Gina.

— Ça fait du bien d'être heureuse.

— Mais... ? J'en entends un là.

— Non, tu n'en entends pas.

— D'accord, peut-être pas. Mais j'en anticipe un. Parce que je te connais.

— Cette fois, tu te trompes. Tout va bien avec Darien. Elle raconta brième-ment l'histoire de la limousine et du dîner, mais ne mentionna pas la mère de Darien. C'était à lui de partager cette douleur s'il le souhaitait. Disons simple-ment qu'il y a plus chez Darien Foster que ce qu'on voit au premier abord.

— Eh bien, ce qu'on voit est déjà pas mal, mais tu veux dire qu'il y a des profondeurs chez Froggy que tu ne connaissais pas ? Candy pouffa. Tu comprends ? Des profondeurs... grenouille ?

— Nul, même pour toi, Candy.

— Je suis blessée. Complètement dévastée.

— Mmh mmh. Pourquoi n'irais-tu pas au club pour te remonter le moral ? Elle se dirigea vers la suite pour son premier client. Et je veux dire ça dans tous les sens du terme.

Chapitre Dix-Neuf

— Brouillés ou au plat ? cria Gina depuis sa cuisine à Darien qui était encore au lit ce dimanche matin.

Elle ne lui en voulait pas de faire la grasse matinée ; il avait fait un double service samedi entre le spa et le club. Ce gars était un bosseur acharné, mais elle ne savait pas combien de temps il pourrait tenir ce rythme.

Elle gloussa. En fait, elle savait *très bien* combien de temps il pouvait *tenir*.

Et elle en était plutôt reconnaissante.

Darien sortit de la chambre. — Mon dos n'est pas d'humeur à faire quoi que ce soit qui ressemble à être brouillé, mais je peux te retourner doucement si c'est le seul autre choix.

Elle enroula ses bras autour de son cou et l'embrassa. — Je parlais du petit-déjeuner, dit-elle en reprenant son souffle.

— Moi aussi. Il repartit à l'assaut.

Et quel assaut ! Surtout que le gars n'avait pas un bout de tissu sur lui.

Ils n'allaient jamais sortir d'ici s'il ne mettait pas quelque chose, et Gina devait partir. Elle ne pouvait pas être en retard-

— Oh, merde. Elle rompit le baiser et recula.

Darien ne la lâcha pas. — Si mauvais que ça ? Je dois travailler mes techniques de baiser.

— Tes techniques de baiser sont parfaites. C'est ma mémoire qui a besoin d'être améliorée. J'ai oublié que ma cousine Nica - Nicoletta - va bientôt arriver. C'est l'anniversaire de mes parents aujourd'hui. Elle posa son front sur sa poitrine. — Je vais devoir te donner un bon pour le petit-déjeuner.

Il embrassa sa tempe. — On parle juste de nourriture ou d'autres délices aussi ?

Elle leva la tête pour le regarder. Pas la peine de rompre le contact peau contre peau si elle n'y était pas obligée. — Les deux. Désolée.

— Pas de problème, mais tu vas devoir me donner quelque chose pour patienter. Il lui releva le menton, ses fossettes faisant fondre ses entrailles.

— D'accord, soupira-t-elle contre sa bouche, peut-être un petit baiser...

Ou pas si petit.

Bon sang, ce gars savait embrasser. Il lui faisait oublier où elle était, ce qu'il (ne) portait (pas), et même son propre nom.

— Hé, cousine, t'es prête à y... oups !

Et, apparemment, l'ouverture de sa porte.

Merde.

Gina repoussa Darien dès que les mots de Nica firent tilt.

Ce qui arriva environ trois secondes trop tard.

Darien se tenait là dans toute sa splendeur naturelle.

Et Nica ne détournait *pas* le regard.

Gina attrapa un coussin du canapé et le plaqua devant l'entrejambe de Darien.

— Oumph !

Bon, elle l'avait peut-être plaqué *contre* son entrejambe, mais le but était de décourager le regard très intéressé de Nica.

Qui remonta.

— Eh bien, eh bien, mes yeux me trompent-ils ?

Malheureusement, non. Nica savait qui était Darien autant que n'importe quel membre de sa famille. Il était persona non grata chez les Taormina depuis l'incident des *tetons*.

— Je sors dans une minute, Nica. Gina prononça chaque mot délibérément, secouant la tête vers la porte.

Nica manqua l'allusion - ou choisit de l'ignorer - et entra dans le salon à la place, détaillant chaque muscle du corps de Darien en chemin. — Froggy Foster, comme je vis et je respire.

— Ce que tu ne feras plus si tu ne sors pas d'ici *et* si tu ne tiens pas ta langue. Gina lui lança un autre coussin.

— Allez, Gina, où est le plaisir là-dedans ? Bien que, vu l'apparence de *ça* - elle agita les mains vers Darien - vous êtes ceux qui ont eu tout le plaisir.

Elle se laissa tomber sur l'un des fauteuils du salon *face* à eux. — Ne faites pas attention à moi. Je vous en prie - elle fit un geste de la main - continuez.

Gina secoua la tête et soupira.

— Je serai parti dans cinq minutes. Darien déplaça le coussin vers ses fesses en se dirigeant vers la chambre.

— Alors, comment *ça* s'est produit ? Nica croisa les jambes comme si elle prévoyait de rester un moment.

— On n'a pas le temps. Laisse-moi m'habiller et je sors tout de suite.

— Tu veux un coup de main ?

— Tu es tellement drôle. Gina se précipita dans la chambre.

Darien en sortait juste.

— C'était rapide.

Il haussa les épaules. — Quand on apprend à les enlever rapidement, on peut les mettre tout aussi vite. Il déposa un baiser sur sa joue. — Je déteste partir sans manger - je déteste vraiment - mais passe un bon moment à la fête. Transmets mes félicitations à tes parents.

— Tu veux venir ? Ce serait faire une grande déclaration si elle l'amenait, mais grâce à Nica, ils allaient le découvrir de toute façon. Autant faire d'une pierre deux coups. Et répondre aux millions de questions que tout le monde allait avoir.

— À tout autre moment, j'aurais accepté. Mais je vais rendre visite à mon père, et je ne veux pas non plus éclipser la célébration de tes parents, ce qui arriverait si on se montrait ensemble. Il lui serra le bras. — On se voit demain.

Elle soupira. — Oui. À demain.

Heureusement, il ne put partir sans un dernier baiser.

* * *

Gina entra dans le salon et se dirigea droit vers la porte, agitant un doigt vers sa cousine. — Pas un mot.

Nica courut après elle. — Darien Foster, c'est deux mots.

— Tellement pas drôle.

— Allez, Gina. Elle se décala pour que Gina puisse fermer à clé. — C'est toi qui couches avec lui ; pourquoi tu ne veux pas le dire à tout le monde ?

— Sérieusement ? Tu vas aller dire : "Hé tante Theresa, oncle Paul. Devinez avec qui Gina couche ?" C'est un peu grossier, même pour toi.

— Ouais, quand tu le dis comme ça... Nica la suivit dans les escaliers. — Alors tu ne vas même pas me dire comment ? Ou pourquoi ?

— Tu sais *comment*. Quant au pourquoi... Il est en école de massothérapie et avait besoin d'un travail. J'avais besoin d'un thérapeute. Une chose en a entraîné une autre et-

— Bam ! Vous avez décidé de pratiquer vos talents l'un sur l'autre.

Grossier, même pour Nica. — Quelque chose comme ça. Gina poussa la porte d'entrée. Merde, elle n'avait pas mis de bottes encore une fois. La direction devait vraiment s'occuper du dégivrage. — Fais attention où tu marches. Ça pourrait être délicat.

— L'esquive ne marchera pas. Tu dois m'expliquer comment le plus grand crétin de ton adolescence est devenu ton chevalier servant. Ou *pas* servant, pour ainsi dire.

— Tu as vu son spectacle ?

— Je ne parlais pas de son spectacle après cette petite, euh, démonstration là-dedans, mais, cousine, on a *toutes* vu son spectacle. Un beau gosse du lycée qui grandit pour se déshabiller et danser pour toi ? Personne ne rate ça. Nica appuya sur le bouton de sa clé pour déverrouiller sa voiture. — Je pense qu'on pourrait même convaincre Nonna d'y aller si on lui en parle.

— On ne va *pas* dire à Nonna que Darien est danseur.

— C'est comme ça qu'on appelle ça de nos jours ? À son époque, il aurait été un stripteaseur. Et un très bon, je dois dire. Ton goût s'améliore, cousine. Définitivement une amélioration par rapport à ce dernier loser.

La famille. On pouvait toujours compter sur elle pour lui rappeler son plus grand échec. Mais c'était comme ça dans une grande famille italienne. Tout le monde connaissait les affaires de tout le monde et ils n'avaient pas peur de les partager ou de se reprocher mutuellement leurs échecs. Bien sûr, il n'y avait pas non plus de plus grand groupe de supporters pour célébrer les réussites. D'où la raison pour laquelle elle allait bientôt rencontrer plus d'une centaine de ses plus proches parents.

Qui voudraient tous en savoir plus sur Darien si Nica vendait la mèche.

Ce qu'elle fit, bien sûr, juste après que Maman et Papa aient coupé leur gâteau.

— Vous devriez laisser Gina faire ça. Elle pourrait avoir besoin de s'entraîner.

Elles avaient été aussi proches que des sœurs en grandissant, mais en ce moment, Gina voulait la renier. Surtout quand Bryan commença à tousser à l'une des autres tables.

Gina ne le regarda pas.

— Chérie, de quoi parle-t-elle ? Maman la regarda avec un grand sourire plein d'espoir.

C'était exactement la raison pour laquelle Gina ne voulait parler de Darien à personne. Ils en feraient quelque chose de plus grand que ce n'était. Ou lui feraient vivre un enfer pour ce que ç'avait été.

— Ce n'est rien, Maman. Nica fait encore des siennes.

— Bien essayé, cousine, marmonna Nica en posant une assiette sur la table à côté d'elle, puis elle sourit de ce sourire narquois qui faisait toujours grincer des dents Gina. — Il y a de bonnes chances qu'on entende bientôt des cloches de mariage, Tante Theresa.

Gina voulait gifler Nica sur sa grande bouche brillante de rouge à lèvres. — Un peu tôt pour ça, *cousine*. Elle se retourna vers sa mère. — Tu sais comment elle est. Oublie ça et mangeons du gâteau.

Heureusement, Maman comprit que ce n'était ni le moment ni l'endroit. Mais il y aurait des questions plus tard. Maman n'était pas stupide.

— Tu sors avec quelqu'un, oui ? Nonna prit son monocle et regarda Gina à travers quand elle lui tendit une assiette.

Nonna avait autant besoin d'un monocle que Gina d'un fer à friser, mais tout le monde laissait Nonna jouer à la grande dame depuis son opération de la hanche, fauteuil roulant doré inclus. Gina avait essayé d'expliquer à sa grand-mère que l'opération était censée rendre sa hanche *plus forte* pour qu'elle n'ait pas besoin du fauteuil, mais c'était presque comme si le fauteuil était devenu pour Nonna un insigne d'honneur. Alors Gina, comme le reste de la famille, laissa tomber le sujet. Si Nonna marchait à nouveau, ce serait parce qu'elle l'aurait choisi. Personne ne pouvait forcer Nonna à faire quoi que ce soit qu'elle ne voulait pas faire.

Nica tenait son entêtement de façon honnête. Pas que cela le rendait plus facile à gérer.

— Je sors avec quelqu'un, Nonna. C'est nouveau, alors je préfère ne pas porter malchance.

— Nouveau ? Nica rit. — Définis *nouveau* parce qu'après ce sur quoi j'ai déboulé... *Aïe* !

Pauvre Nica eut soudainement un nerf pincé.

Entre les omoplates.

— Allez, Gina, dis-nous, insista la sœur de Nica, Franki - diminutif de Francesca - qui était aussi fouineuse que sa sœur. — On le connaît ?

— Oh que oui. Le sourire narquois de Nica était une réponse directe à ce pincement.

Elle connaissait trop bien Nica pour espérer qu'elle laisserait tomber.

Gina soupira en s'asseyant. — Je sors avec Darien Foster.

Le halètement collectif à sa table fit taire toutes les autres tables.

Ils la regardaient tous fixement.

Charmant.

— Qui veut du gâteau ? Bryan commença à claquer des assiettes en porcelaine comme s'il jouait de la batterie, distrayant au moins la moitié de la salle de cette conversation. Elle le remercierait pour ça plus tard.

— Ce garçon qui t'a fait pleurer ? Nonna, cependant, n'allait pas se laisser distraire. Même à quatre-vingt-sept ans, son esprit était aussi aiguisé qu'un clou.

— C'est celui-là, Nonna.

— Gina Maria Theresa Taormina, tu n'as rien écouté de ce que je t'ai dit toutes ces années ? Nonna jeta son monocle et sa serviette sur la table, puis se poussa sur les accoudoirs de son fauteuil roulant pour se lever.

Incroyable comme une matriarche italienne d'un mètre quarante-deux pouvait sembler aussi imposante que n'importe quel cadre d'entreprise.

— Allons, Mamma. Maman posa ses mains sur les épaules de Nonna et la persuada de se rasseoir. Ce n'était pas le moment de tester la nouvelle hanche. — Je suis sûre que Gina a une bonne raison de se remettre avec ce garçon.

Garçon. Il fallait aimer les femmes italiennes ; tout homme plus jeune qu'elles était un garçon.

— Quelle est ta bonne raison, Gina ? intervint Papa depuis le bout de la table.

Gina lança un regard à Nica. C'était de sa faute.

— Je sais ce que je fais, Papa. Fais-moi confiance, d'accord ? Darien a grandi et moi aussi.

— Ça, c'est bien vrai, marmonna Nica à côté d'elle.

Gina lui marcha sur le pied.

— Aïe !

— Et je ne pense pas qu'on devrait détourner l'attention de votre célébration pour ça maintenant. On peut en parler plus tard.

— Et on le fera. Il n'y avait pas à discuter avec Papa. Il était son plus grand supporter mais ne la laissait pas non plus s'en tirer comme ça. — Bien, tout le monde, *mangiamo* !

Elle avait presque atteint le plateau de desserts - parce que le gâteau n'était pas assez sucré pour cette foule - avant que Nonna n'en reparle.

— Alors, ce garçon, il te traite bien ? demanda-t-elle en posant sa main sur le bras de Gina.

Gina la couvrit de son autre main. — Il me traite bien, Nonna.

— Il s'est excusé de t'avoir blessée ?

— Bien sûr. Tu m'as bien élevée. S'il ne l'avait pas fait, je ne serais pas sortie avec lui.

Les yeux de Nonna se plissèrent. — Il va t'épouser ?

C'était bien Nonna ; elle allait toujours droit au cœur du problème. On dit que les personnes âgées perdent leur filtre en vieillissant ; Nonna n'en avait jamais eu. Elle disait les choses telles qu'elles étaient et s'attendait à ce que les autres fassent de même. Cela avait donné lieu à des moments difficiles quand Gina était adolescente, mais au moins, tout était à découvert.

Certains aspects de cette relation avec Darien allaient rester privés, cependant, si elle pouvait y veiller, et où cela menait en faisait partie. — Je ne sais pas, Nonna. On vient juste de commencer à sortir ensemble.

— Tu devrais lui dire ce sur quoi je suis tombée ce matin, marmonna Nica, en glissant un cannolo sur l'assiette de Gina à son retour du plateau de desserts.

— Eh ? Parle plus fort, toi. Nonna agita la main. Gina prit une bouchée de son cannolo pendant que quelqu'un d'autre était sur la sellette. — Ce n'est pas poli d'exclure les gens de votre conversation.

Pas que Nonna suivait toujours ses propres conseils...

— J'ai simplement dit que ce cannolo est vraiment bon, Nonna. Je suis désolée. Nica sourit d'un air oh-si-innocent.

— Je t'ai à l'œil, *ragazza*. Nonna pointa son monocle vers Nica. — Ne crois pas pouvoir me duper avec ces vieux yeux.

Nica était convenablement réprimandée, et Gina était toujours surprise quand Nonna sortait des expressions idiomatiques qu'elle n'était pas censée connaître.

— Alors, Gina. Nonna frappa les articulations de Gina avec son monocle. — Quelle est son histoire ?

Gina faillit recracher son cannolo. — Son *histoire* ?

— Oui, tu sais... Nonna fit un geste de la main, cherchant le mot. — Quel est son travail ?

Nica, elle, recracha le sien. — Vas-y, cousine. Explique-lui *ça*.

Gina lui lança un regard noir. — Il travaille pour moi en ce moment, Nonna.

Nica renifla. — Oh, il travaille dur, c'est sûr.

Les orteils de Nica eurent droit à une deuxième portion d'écrasement. — Aïe !

— Tais-toi, toi. Nonna fusilla Nica du regard, qui se signa alors et embrassa le charme en forme de corne en or sur son collier pour se protéger du *malocchio*. — Ce n'est pas bon. L'homme, il ne devrait pas travailler pour la femme. Ça le rend moins homme.

Nica se leva et quitta la table, s'étouffant.

De rire.

Nonna soupira, secouant la tête. — Celle-là... Elle n'attrapera jamais un homme.

— J'ai entendu ça, Nonna, lança Nica par-dessus son épaule en se dirigeant vers le plateau de desserts.

— Comme c'était prévu. Tu pourrais apprendre de ta cousine.

Si Nica savait à quel point Nonna agitait le doigt derrière son dos, elle sucerait ce charme sans arrêt.

— Crois-moi, Nonna, dit Nica. Je sais. Tu n'imagines pas à quel point je pourrais en apprendre de ma chère et *douce* cousine.

Gina voulait juste sortir d'ici.

Mais Nonna n'en avait pas fini avec son inquisition. Ce n'était pas une surprise que, de toutes les amies de Gina, Candy soit la préférée de Nonna. Qui se ressemble s'assemble.

— Il travaille pour toi donc il ne gagne pas d'argent ? Ce n'est pas bon.

Nonna frappa la table de ses articulations. — La femme ne peut pas être plus riche que l'homme. Nous sommes plus fortes, mais nous les laissons croire qu'ils le sont. Sans l'argent, ils savent qu'ils ne le sont pas, et ce n'est pas bon. Ils vont chercher une femme moins forte pour se sentir plus grands.

— Il ne travaille pour moi que pendant les fêtes, Nonna. Il cherche à acheter un autre immeuble. Il a vendu le dernier.

— Ah, donc il a de l'argent. Elle s'adossa et croisa les mains sur la table, son alliance en or toujours à la main. Elle refusait de l'enlever même si Nonno était mort il y a dix ans. — Alors il n'y a pas de discussion. Il te rend heureuse ?

— Oui.

— Et sa famille ? Tu les aimes bien ?

— Je n'ai pas encore rencontré son père. Sa mère est morte juste après le lycée.

Nonna perdit son air de matriarche féroce et se signa. — C'est triste. Un garçon a besoin de sa mère, même quand il pense être un homme. Amène-le-moi. Je te dirai s'il est le bon pour toi. Nous, les mères, savons ces choses. Elle tapa de nouveau sur la table. — Appelle-le maintenant. Dis-lui de venir. Nous devons le rencontrer.

Ouais, c'est exactement ce qu'elle voulait ; tout le monde qui harcèle le pauvre Darien sur une relation qui avait à peine plus d'une semaine. Ce *truc* qu'il avait pour elle mourrait rapidement et avec sa bénédiction.

— Il est avec son père aujourd'hui.

— Alors invite-le aussi. Nous devrions rencontrer sa famille.

— Mamma, intervint Papa pour sauver Gina. Et si on laissait les enfants gérer leur propre emploi du temps, d'accord ?

— C'est facile à dire pour toi, Paolo. Je suis plus proche de la tombe que toi et je souhaite voir ma petite-fille mariée.

Oh là là. Toujours à broyer du noir. C'était le destin des mères italiennes dans sa famille. Les sœurs de Nonna avaient toutes été pareilles, alors, étant la seule sœur restante, Nonna estimait devoir perpétuer la tradition pour elles toutes. Combinées.

— Tu ne vas pas mourir de sitôt, Mamma. Papa, le fils aîné, ne pouvait rien faire de mal aux yeux de sa mère, et bien qu'il n'en profitât pas souvent, il exerçait son autorité quand c'était nécessaire. Il était le seul devant qui Nonna reculait. — Laisse Gina tranquille. Il est temps pour ma charmante épouse d'ouvrir nos cadeaux. Son père tendit la main vers Maman. — Mais j'ai déjà le plus beau cadeau que je pouvais demander.

Un chœur de « ahh » fit monter les larmes aux yeux de Gina. C'était ce qu'elle voulait pour elle-même. Un amour comme celui de ses parents. Ils étaient encore les meilleurs amis l'un de l'autre. La seule chose qui aurait rendu leur vie parfaite aurait été de pouvoir avoir plus d'enfants. Mais les problèmes que Maman avait eus pendant sa grossesse avec Gina avaient mis fin à cet espoir. Ils juraient qu'ils étaient heureux de l'avoir — et elle savait qu'ils l'étaient — mais elle ne pouvait s'empêcher de sentir que c'était un peu de sa faute s'il n'y avait pas eu d'autres enfants. En tant qu'adulte, elle comprenait que ce raisonnement était erroné, mais elle avait porté cette culpabilité en grandissant. Elle n'avait jamais voulu décevoir ses parents d'aucune autre façon, alors le désastre qu'avait été sa relation avec John était quelque chose qu'elle avait gardé pour elle.

Nica, en revanche, avait été le pire cauchemar de tous les parents : rentrer trop tard, boire, fumer, se faire prendre à nager dans la piscine du voisin après le couvre-feu... un comportement typique d'enfant rebelle. Personne ne sourcillerait si *elle* couchait avec un stripteaseur après une semaine. Gina, par contre...?

Ouais, la famille n'avait pas besoin de détails.

Chapitre Vingt

— Comment était la fête ? demanda Dare en se glissant dans le bureau de Gina le lendemain matin, verrouillant la porte derrière lui. Ils avaient eu assez d'interruptions indésirables.

Gina leva les yeux et son sourire lui coupa le souffle. Elle lui avait manqué la nuit dernière.

— Typique. Trop de nourriture, trop de bruit, pas assez d'intimité, répondit-elle en sortant de derrière son bureau.

Il la rejoignit à mi-chemin, désirant la tenir dans ses bras au point que c'en était presque une douleur physique. Bon sang, il était vraiment accro. — C'est cryptique.

— As-tu déjà assisté à un rassemblement familial italien ? demanda-t-elle en enroulant ses bras autour de sa taille, calant ses hanches juste au bon endroit.

— Non.

— Crois-moi, c'est une expérience unique.

— *Tu es* une expérience unique. Il devait l'embrasser. Oui, il voulait entendre parler de sa famille, mais d'abord, il devait goûter à nouveau ses lèvres.

Pour cela, elle vint à sa rencontre. Ses lèvres, sa langue, ses mains... Gina ne retenait rien.

Jusqu'à ce qu'on entende des applaudissements à l'extérieur de son bureau.

Lui et Gina se retournèrent en même temps.

Ils avaient un public. Candy, Deb et Kaya souriaient à travers la fenêtre.

— Tu as besoin de rideaux sur cette chose.

— On ne va jamais en entendre la fin maintenant.

— C'est un problème ?

Elle pencha la tête et prit quelques secondes pour répondre - quelques secondes de plus qu'il n'aurait aimé.

— J'espère que non.

— Tu n'as pas l'air très sûre. Il laissa retomber ses bras d'autour de sa taille. Bon sang, avait-il mal jugé son intérêt ? Était-il tellement épris d'elle qu'il n'avait pas réalisé qu'elle ne ressentait pas la même chose pour lui ? Était-elle dans cette relation - Dieu nous en préserve - uniquement pour le sexe ?

Elle croisa les bras et détourna le regard. — Je n'ai pas le meilleur des palmarès.

Dare sentit son monde tourner. — Je suis un essai routier ?

— Non, ce n'est pas ce que je voulais dire.

Quelqu'un frappa à la porte.

— Pas maintenant. Il leva la main mais ne détacha pas son regard d'elle. Ils n'allaient pas être interrompus, même si l'endroit était en feu.

Elle parut surprise. — Ça va ?

— À toi de me le dire. Explique ce que tu voulais dire par avoir un palmarès. Tu m'essaies juste pour voir ?

— Oh non. Ça n'est pas sorti comme il fallait. Ce n'est pas toi.

Le redouté discours du « Ce n'est pas toi ». Dare n'en revenait pas. N'en revenait pas d'avoir été si mal inspiré à son sujet.

N'en revenait pas d'être tombé amoureux d'elle et maintenant... Il *savait* que ça n'allait pas bien se terminer. Il aurait dû s'épargner cette peine de cœur.

— Laisse tomber, Gina. Peu importe. Il devait sortir d'ici.

Elle lui attrapa le bras. — Non, Darien, tu me comprends mal. Elle se mordilla la lèvre inférieure. — C'est juste que... eh bien... Elle détourna le regard, puis prit une profonde inspiration. — J'ai mis mon cœur et mon âme dans une autre relation et j'ai fini par être blessée. Il n'y était pas pour la raison que je pensais, et, eh bien, j'ai fini par perdre beaucoup. Ma confiance en moi, mon spa, mes économies...

— Ton cœur ? John. Le salaud.

Elle expira. — Heureusement, pas ça. Ma fierté a été plus endommagée sur le long terme, mais je ne l'ai pas compris tout de suite - j'étais trop occupée à gérer la prise de conscience de tout ce que j'avais abandonné pour lui.

— Et tu me mets dans la même catégorie.

— Non. C'est juste... Elle lui prit les mains. — Tu es important pour moi, Darien. Plus important qu'il ne l'a jamais été et je... j'ai peur d'être blessée.

Dare exhala. — Dieu merci. Il voulait lui dire exactement à quel point elle était importante pour lui, mais les mots ne suffiraient pas. Il devait le lui montrer. Elle devait le *sentir*. Le *savoir*.

— Pas exactement la réponse que j'espérais.

Il porta ses mains à sa poitrine. — Je veux dire, Dieu merci tu le ressens aussi.

— Ça ?

Il tapota son cœur avec leurs mains. — Ça. Nous.

Ses lèvres s'incurvèrent légèrement. — Il y a un nous, alors. Ce n'est pas juste...

— Du sexe ? Un voyage dans les souvenirs ? Non. C'est réel, Gina. Pour moi autant que pour toi.

— Ouf. Son sourire n'était plus hésitant, c'était comme si quelqu'un avait allumé un interrupteur.

Il jeta un coup d'œil à la porte pour voir si l'une des dames l'avait fait, mais heureusement, elles étaient parties.

Alors il l'embrassa. Longuement et passionnément, l'attirant contre lui, l'enveloppant de ses deux bras. S'ils n'étaient pas dans son bureau - ou si cette fichue fenêtre avait un rideau - il lui montrerait exactement à quel point c'était réel.

Mais comme ce n'était pas l'endroit le plus romantique pour déclarer ses sentiments, et qu'ils avaient tous les deux du travail à faire, il dut y mettre fin.

Il lui caressa le visage pour un dernier baiser. — Pour me faire tenir la journée.

Elle sourit. — Je suis désolée pour ça. Pour avoir douté...

— Ne t'excuse pas. C'est compréhensible. Tu as dû embrasser beaucoup de grenouilles pour trouver ton prince.

— N'exagérons pas, *Grenouille*. Le jury délibère encore pour savoir si tu as l'étoffe d'un prince.

— Dommage pour toi. Il remua les sourcils. — Les grenouilles ont des langues vraiment longues.

Son visage devint rouge betterave et il dut rire. — Allez, Gina. Ça ne peut pas t'embarrasser. Je veux dire, tu *étais* là, non ? Ce n'est pas comme si tu ne savais pas de quoi je parle.

— Je sais, je sais, c'est juste... Elle se dégagea de ses bras. — J'ai besoin de m'asseoir.

— Je t'ai coupé le souffle, n'est-ce pas ?

— C'est plutôt que tu m'as excitée en deux secondes.

— Si longtemps ? Je vais devoir travailler là-dessus.

— Pas avec elles qui débarquent à l'improviste. Elle pointa son pouce vers la porte.

— Oh, je ne sais pas. J'ai l'habitude de donner un bon spectacle.

— Exactement - *tu* en as l'habitude. Moi ? Je resterai en coulisses, merci-beaucoup.

— Autant j'aimerais t'emmener en coulisses pour te faire des choses pas catholiques, nous avons encore huit heures de massages à faire avant de pouvoir même penser à BeefCake, Inc.

— Pour toi peut-être, mais moi je vais penser à ce beau gosse toute la journée, dit-elle en prenant une profonde inspiration. Puis elle se remit sur pied et tapota du dos de la main ses abdominaux. Allez, au boulot.

* * *

Et ils travaillèrent dur. Lundi, mardi, mercredi, jeudi... Le bouche-à-oreille avait définitivement commencé, et Gina put rembourser Candy — avec inté-rêts — grâce aux recettes des deux semaines précédentes, tout en mettant un peu de côté pour les jours difficiles.

Qui arrivèrent beaucoup plus tôt que prévu. Mais sous forme de neige.

Gina regardait fixement par la porte d'entrée, observant les flocons tomber... et ses rêves se geler.

Malheureusement, ce n'était pas à cause du temps. Le centre commercial avait été vendu et tous les baux étaient résiliés. La lettre était arrivée cet après-midi.

Elle ne savait pas ce qu'elle allait faire.

— Youhou, Gina ? Candy agita ses ongles The-Nail-Polish-Formerly-

219

Known-As-Purple devant son visage. Ça va ? On dirait que tu as vu un fantôme. Ou que tu es en train d'en devenir un. Qu'est-ce qui se passe ?

Gina expira. Elle ne partageait pas encore cette nouvelle. Pas avec la soirée des demoiselles d'honneur dans moins de quarante-huit heures. Bien sûr, elle ne savait pas combien de temps cela resterait secret ; elle n'était évidemment pas la seule locataire à avoir reçu la notification, mais la lettre disait que l'entreprise ne rendrait pas l'information publique avant le début de l'année.

Comme c'est gentil de leur part.

Joyeux putain de Noël.

— Ce n'est rien.

Candy s'appuya contre la porte d'entrée, les bras croisés. — Ne me raconte pas de salades. Je suis la Reine du Rien alors je sais reconnaître un Quelque Chose quand j'en vois un. Crache le morceau.

Gina déglutit et essaya d'inventer une histoire à partir de l'air humide, chargé de neige et abattu. — Je, euh... Elle prit une profonde inspiration, détestant mentir, mais rien n'allait gâcher la fête d'Amalie. J'ai appris que la mère d'une de mes colocataires de fac est décédée.

— Laquelle ?

— Je suis à peu près sûre qu'elle n'avait qu'une seule mère. Les gens n'étaient pas si ouverts d'esprit il y a une trentaine d'années.

— Non, Mademoiselle Je-Fais-Exprès-de-Ne-Pas-Comprendre. Quelle colocataire ? Je les connaissais un peu puisque, tu sais, j'allais à la même école. *Avec* toi, je pourrais ajouter. C'est là qu'on est devenues amies ? Ça te dit quelque chose ?

Sa tête sonnait, en effet — avec le début d'un sacré mal de crâne. Ce qui, malheureusement, ne pouvait pas être attribué à la version pas si silencieuse de "Santa Claus Is Coming To Town" du Boss.

— C'était, euh... Johanna. Elle n'est restée qu'un semestre.

— Sans vouloir paraître insensible, tu l'as connue un semestre et tu es si bouleversée par la mort de sa mère ?

Gina grimaça et croisa les doigts de sa main gauche. Il fallait que Candy la pousse à embellir ce mensonge horrible. Elle espérait que la Johanna inexistante lui pardonnerait.

— Elle était malade. C'est pour ça que Johanna a dû quitter l'école. On s'échange des cartes de Noël chaque année et j'ai reçu sa carte aujourd'hui.

— Oh, eh bien, je suis désolée d'entendre ça. Ça doit être dur, surtout à cette période de l'année. Candy frotta le bras de Gina avec une sympathie sincère.

Ce qui ne fit que rendre Gina encore plus mal à l'aise. — Oui, cette période de l'année n'est vraiment pas le moment où l'on veut perdre quelque chose.

— Tu veux dire quelqu'un.

— Oui, c'est ça. Quelqu'un.

— Tu vas t'en sortir ?

Gina s'efforça d'afficher un sourire sincère et serra le bras de Candy. — Oui. Ça ira. Le spa, c'était une toute autre histoire.

Bon sang, s'il y avait bien un moment pour faire appel à sa Scarlett O'Hara intérieure, c'était maintenant.

Sauf qu'elle n'y penserait pas demain. Ni dimanche. Elle attendrait jusqu'après la fête.

Chapitre Vingt et Un

— Tiens, regarde qui s'est enfin souvenu de vérifier ses messages.

L'agent immobilier de Dare semblait agacé à l'autre bout du fil.

Considérant que Jonas lui avait envoyé plus de cinquante SMS mardi, dont Dare n'avait même pas remarqué, et encore moins répondu, le gars avait ses raisons.

Il épousseta un peu de neige du mur de briques près du quai de chargement et y posa sa botte. C'était la première pause qu'il avait eue de toute la semaine et la première fois qu'il avait eu l'occasion de rappeler.

— Je suis désolé, Jonas, mais ça a été une semaine de folie.

— J'imagine bien. J'avais la propriété parfaite pour toi, et tu l'as perdue parce que tu ne m'as pas répondu à temps. Le bien est apparu et disparu du marché en moins de six heures.

Se vendre si rapidement signifiait que c'était une excellente affaire. Merde.

— Qu'est-ce que tu as d'autre ?

— C'est justement ça, Dare, il n'y a rien. Le marché pour tes paramètres s'est asséché comme si toute cette neige était du sable. Je vais continuer à garder l'oreille ouverte, mais peux-tu me faire une faveur et garder ton téléphone sur toi ? Je ne te demande pas de me raconter ta vie ou de me lire une liste de tes finances ; un simple oui ou non suffira. Au moins comme ça, on aura une chance si quelque chose d'autre arrive sur le marché.

Dare se frotta les tempes. Ça avait été une longue semaine pour tout le monde. Entre les journées au spa et les nuits au club, il était épuisé. Et il n'avait pas du tout vu Gina après les heures de travail. C'était ce qui l'avait le plus embêté. Comment était-il censé lui montrer qu'il l'aimait si elle ne le voyait même *pas* en dehors du cadre professionnel ?

Au moins, le dîner pour la présenter à Pop était prévu pour ce soir. Et la soirée pour la future mariée aurait lieu ce week-end, et Charlotte serait de retour lundi pour reprendre ses clients habituels, donc il pourrait réduire ses heures.

— Je suis désolé, Jonas. Tu travailles dur et j'ai merdé sur ce coup-là. Je te rajoute mille dollars de commission. Ça te va ?

— Seulement si je trouve autre chose. À ce rythme, je ne sais pas quand ça va arriver.

Jonas semblait plus frustré que reconnaissant.

Peut-être aurait-il dû proposer cinq mille de plus.

— J'ai confiance en toi.

— Je m'en fous que tu aies cinquante mille dollars de plus pour moi. Réponds au putain de téléphone. Quoique, attends. Ouais, en fait, je m'en soucie des cinquante mille.

Dare rit.

— Heureusement que tu as rectifié ça, sinon j'allais commencer à douter de tes compétences en négociation.

— Pas de souci pour ça. Réponds juste au putain de téléphone la prochaine fois.

— J'ai entendu la première fois.

— Non, tu n'as pas entendu. Tu n'as pas décroché.

Dare termina l'appel en promettant de dormir avec son téléphone. Enfin, sauf quand il serait avec Gina. *Quand* que ce soit. Dans ce cas, il le laisserait sur la table de nuit. Mais il ne partagea pas cette info avec Jonas.

Il rangea son portable dans sa poche — après s'être assuré que la fonction vibreur était activée — et se dirigea vers le spa pour autre chose que le travail.

— Hé, ma belle, tu es prête à partir ?

Darien passa la tête dans son bureau.

Gina leva les yeux. De quoi, elle ne savait pas. Elle fixait un morceau de papier depuis dix minutes, mais elle n'aurait pas pu lui dire ce que c'était parce qu'elle n'en avait aucune idée.

Tout comme elle ne savait pas de quoi il parlait.

— Prête ? Pour quoi ?

— Le dîner ? Avec mon père ? Tu te souviens ?

Oh, mon Dieu, elle avait oublié.

— Ça te dérangerait si on reportait ?

La dernière chose qu'elle voulait faire était de devoir prétendre être heureuse et insouciante alors que son monde tournait dans tous les sens.

Darien traversa la pièce en deux secondes.

— Pourquoi ? Qu'est-ce qui ne va pas ?

— C'est...

Non, elle n'allait pas lui dire. Pas encore. Pas avant d'avoir décidé ce qu'elle allait faire. Elle connaissait Darien ; il proposerait son aide. Et bien que ce soit plus que gentil et presque merveilleux, elle ne voulait être redevable à personne. Elle avait survécu à John, elle survivrait à ça.

Elle prit une profonde inspiration.

— Je suis un peu stressée. Il y a tellement de choses qui reposent sur cet événement, tu sais ?

Il s'agenouilla à côté d'elle.

— Ça va être génial. On a déjà passé le premier test. Rien ne va gâcher la fête d'Amalie.

C'était pourquoi elle n'allait rien dire à personne. Ils avaient tous travaillé dur pour mettre le spa dans son état actuel et étaient enthousiastes à l'idée du développement de l'entreprise. Stacey était ravie de pouvoir acheter à ses enfants les gros cadeaux qu'ils avaient demandés au Père Noël, et Kaya avait prévu un week-end surprise pour son mari. Comment Gina pourrait-elle leur annoncer la nouvelle et gâcher leurs vacances ?

— Tu es sûre que tu n'es pas d'humeur ?

Son doigt caressa sa joue.

Comment pouvait-elle lui dire non ? Il avait trouvé quelqu'un pour le remplacer à son service BeefCake et avait tellement travaillé cette semaine pour l'aider, et tout ce qu'il lui demandait était de rencontrer son père. C'était déjà assez mal qu'elle ait menti à Candy et qu'elle cache des choses à son personnel, elle ne pouvait pas le décevoir en plus de tout ça.

— Non, tu as raison. Ça ira.

Et ce serait le cas, elle n'en doutait pas. Alors elle devait se concentrer là-dessus et supporter le dîner.

— Allons-y.

* * *

— Mon fils a vraiment bon goût. Il tient ça de moi, vous savez.

Pop fit tout un plat en faisant un clin d'œil à Gina quand il les rejoignit chez Charlie. Dare avait proposé de venir le chercher, mais Pop n'avait pas voulu « gêner son style ». Ses mots exacts.

— Et il a définitivement hérité de votre beauté aussi.

Gina se décala vers la droite tandis que Pop s'installait sur une chaise. Charlie devrait adapter les sièges à la clientèle actuelle plutôt qu'à celle pour laquelle ils avaient été conçus à l'origine. Le style provincial français n'était pas vraiment ce qu'il y avait de plus confortable, surtout pour manger des côtes levées ou des ailes de poulet.

— La flatterie vous mènera loin avec moi, jeune dame.

Il donna un coup de coude à Dare.

— Ouaip, tu as fait un bon choix.

— Bon sang, Pop, ce n'est pas un cheval.

— Ah, mais c'est une jolie petite pouliche.

Dare leva les yeux au ciel. À quel moment les parents arrêtaient-ils d'embarrasser leurs enfants ?

— Alors j'ai entendu dire que vous avez mis mon fils au travail.

— En effet. Il a eu beaucoup de succès au spa.

— Je parie. Il se débrouille plutôt bien dans ce club de danse aussi. Vous y êtes déjà allée ?

— Hé, Pop, qu'est-ce que tu veux boire ?

Gina n'avait pas besoin d'un interrogatoire.

— Rien pour le moment. Pourquoi tu n'irais pas me chercher quelque chose pendant que je discute avec cette jolie petite dame qui est la tienne.

D'accord, le dîner n'avait peut-être pas été la meilleure idée. Mais cela lui avait permis de prendre des nouvelles de Pop et de le faire sortir de la maison, puisqu'ils n'avaient pas pu visiter de propriétés cette semaine à cause de son emploi du temps. De plus, cela lui avait donné l'occasion de passer du temps avec Gina, ce qui avait cruellement manqué cette dernière semaine. Rien de tel que de commencer une relation passionnée et de freiner brutalement. Au moins, ils se voyaient au travail, mais c'étaient les soirées ensemble qui lui manquaient.

Dare appela l'une des serveuses.

— Gina ? Que prends-tu ?

— Oh, juste de l'eau pour moi. Tout ce qui est alcoolisé me ferait m'endormir, je suis si fatiguée.

— J'ai entendu dire que tu as un grand événement qui approche, dit Pop, beaucoup plus intéressé qu'il ne l'avait semblé à Dare quand *lui* avait mentionné la fête. Dare dit que ça pourrait être bon pour ton entreprise.

Le sourire de Gina s'estompa un peu.

Elle devait vraiment être inquiète, mais il ne comprenait pas pourquoi. Il y avait beaucoup plus de nouveaux clients qui n'avaient pas encore été attirés par ce que Sophie Cavanaugh avait dit, ce qui témoignait bien des efforts publicitaires de Gina. Et si Sophie était aussi satisfaite dimanche qu'elle l'avait été lors de leur visite — et il n'y avait aucune raison qu'elle ne le soit pas — la *seule* chose dont Gina aurait à s'inquiéter serait de trouver suffisamment de personnel pour gérer toutes les nouvelles affaires.

* * *

Ouais, ce sentiment s'envola par la fenêtre de son pick-up avec l'appel téléphonique de Pop après qu'il eut déposé Gina chez elle.

— Tu as fait *quoi* ? Il ne pouvait *pas* avoir bien entendu.

— J'ai acheté une propriété pour nous.

— J'ai compris cette partie et on reviendra sur l'aspect financier dans un instant, mais peux-tu répéter *quelle* propriété tu as achetée ?

— Je te l'ai dit, fiston, j'ai acheté la boutique de ta petite amie.

— Tu as acheté le spa ?

— Eh bien, en fait tout le complexe. C'était bradé.

— Tu as acheté un centre commercial entier. Dare n'arrivait même pas à assimiler ça. — Pop, qu'est-ce qui t'a pris de faire ça ?

— Je te l'ai dit, fiston. L'endroit était bon marché pour cette surface de terrain. On va juste raser les bâtiments et recommencer à zéro. En fait, c'est ce que j'ai mis sur la demande de permis de démolition.

Démolition... Le cerveau de Dare tournait tellement dans tous les sens qu'il dut se garer sur le bord de la route. — Tu veux raser tout le complexe.

— Les bâtiments ne sont pas en très bon état. De plus, on ne peut pas faire des appartements à partir de magasins. Tout le monde sait ça.

Et Dare pensait que tout le monde savait qu'il y avait des différences entre le zonage commercial et résidentiel, mais apparemment Pop faisait exception à cette règle. Pour une somme d'argent à laquelle Dare ne voulait même pas penser.

Mais il le devait parce que *son père avait acheté un centre commercial*.

Et quand il pourrait dépasser ça, il s'inquiéterait du fait que c'était le centre commercial de *Gina*.

Gina avait envie de frapper quelqu'un.

— Bon, qu'est-ce qui se passe ici, nom d'un chien ? demanda Candy en frappant des mains sur le bureau de Gina le lendemain après-midi, toute trace d'amusement ayant disparu de sa voix, en contraste direct avec les voix angéliques des enfants qui chantaient « Vive le vent ».

Gina avait envie de frapper quelqu'un.

— Tu t'es disputée avec ton chéri ?

Elle retourna le dossier contenant les états financiers sur son bureau. Candy lisait ces choses pour le plaisir ; elle comprendrait exactement ce qui se passait si elle les voyait. — Bien sûr que non. Pourquoi penserais-tu ça ?

— Tu lui as parlé récemment ? Non. répondit Candy à sa place. Bien sûr que non. Parce qu'il ne parle à personne. Quelques grognements et c'est tout, « Fais entrer le client suivant, Candy », comme si je vivais pour exécuter ses ordres. Ses ongles rayés rouge et blanc s'agitaient dans tous les sens.

— Eh bien, c'est *effectivement* ton travail...

— Et toi. Elle monta d'un octave. Tu déprimes depuis l'arrivée de la lettre de Johanna. Je comprends que ce soit triste, mais ce n'est pas comme si c'était *ta* mère qui était morte. Je veux dire, les affaires marchent du tonnerre, tu as le plus grand événement de ta vie professionnelle demain, et tu as l'air d'avoir perdu ton chiot. Entre vous deux, l'ambiance ici prend une sérieuse dégringolade. Tu peux s'il te plaît te ressaisir et mettre un peu de pep dans cet endroit, sinon le moral va plonger et on peut s'attendre à ce que les affaires suivent.

Si seulement Candy savait que cela arriverait de toute façon.

Gina soupira. — Je vais voir ce que je peux faire, Candy.

— Fais-le, parce que je n'ai qu'une quantité limitée de vaseline.

Gina fit un double-take. — D'accord, je n'ai aucune idée de ce que ça veut dire. Les masseurs utilisent de l'huile.

Candy souffla et enfonça ses mains dans les poches de son pantalon de satin noir. — Pas pour eux. Pour moi. Elle pointa son visage. Pour ce sourire. Je suis là-bas, essayant de garder bonne figure et vous deux, vous vous baladez ici comme si on était dans un salon funéraire.

— Je sais que je vais regretter de demander ça, mais quel rapport entre la vaseline et ton sourire ?

— Hello ? Tu la mets sur tes gencives pour continuer à sourire ? Tu n'as *jamais* participé à un concours de beauté ?

Gina recula sa chaise et fit un geste théâtral sur elle-même. — Un mètre cinquante-sept et voluptueuse ne franchit même pas la porte d'entrée des concours de beauté, Candy. Tu m'as battue sur ce coup-là.

— Argh. Candy leva les mains. Je jure, je dois tout faire ici. Elle partit d'un pas lourd vers le couloir - un exploit considérable dans ses Jimmy Choo qui ressemblaient à quelque chose que Cendrillon porterait au bal - aspirant tout l'air de la pièce avec elle.

Gina soupira. La seule chose qu'on pouvait dire de la tirade de Candy, c'est qu'elle l'avait sortie de ses pensées.

Maintenant, elle devait entrer dans celles de Darien. Que se passait-il avec lui ?

Elle se dirigea vers la zone d'accueil. Son prochain rendez-vous n'était que dans vingt minutes, c'est pourquoi elle s'était plongée dans les états financiers pour voir ce qu'elle pourrait en tirer pour s'installer ailleurs.

Ou peut-être pourrait-elle convaincre le nouveau propriétaire de ne pas raser cette partie du centre commercial. Elle avait mis beaucoup de travail et d'argent dans l'endroit ; il était en bon état. Peut-être que le propriétaire pourrait simplement refaire la façade. Elle pourrait même y contribuer si elle pouvait trouver assez d'excédent quelque part dans son budget.

Elle regarda le livre des rendez-vous par-dessus l'épaule de Candy.

Candy agita les mains. — Ne me surveille pas. C'est mon territoire. J'ai tout sous contrôle.

— Je ne te surveille pas et tu le sais bien. J'essaie de voir quand Darien sera libre pour que je puisse lui parler.

— Bonne chance avec ça. Je ne sais pas si même *toi* tu peux l'atteindre. Heureusement, il est tout bavard avec les clients, donc c'est bien, mais pour le reste d'entre nous ? Il peut à peine nous regarder. Je ne sais pas ce qu'on a fait pour l'offenser autant, mais le garçon n'est certainement pas dans l'esprit de Noël avec le personnel.

La porte de la suite trois s'ouvrit.

— Quand on parle du loup. Et aujourd'hui, je le pense littéralement, dit Candy à voix basse.

— Assurez-vous de boire beaucoup d'eau, Madame Beecham, dit-il à la cliente qu'il escortait jusqu'au bureau. C'est important d'éliminer les toxines de votre corps.

— Honnêtement, Darien, vous pouvez m'appeler Susan. La femme posa une main sur son bras. Madame Beecham, c'est ma belle-mère.

Vu la façon dont Susan Beecham touchait et regardait Darien, elle ferait mieux de ne pas oublier qu'elle *avait* une belle-mère.

Gina secoua la tête. Bon à savoir qu'en face de la ruine financière, elle pouvait encore être territoriale.

— D'accord, *Susan*. Passez de joyeuses fêtes. Les fossettes de Darien apparurent.

Bon sang, ces fossettes étaient pour *elle*.

— Oh, mais je voulais prendre un rendez-vous de suivi, dit la très-mariée-Susan-Beecham. Peut-être demain ?

— Je suis désolée, intervint Candy avec un sourire mielleux, mais nous sommes complets pour demain. Une fête privée. Nous pourrions vous caser la semaine prochaine.

Gina connaissait ce ton. Candy avait vu clair dans le petit jeu de Susan Beecham. Même s'ils n'étaient pas complets demain, pour Susan, ils le seraient.

— Oh, eh bien. Quel soupir dramatique. Je suppose que je n'ai pas le choix. Quel est le premier rendez-vous disponible avec Darien ?

Candy fit semblant de vérifier le livre des rendez-vous. — Eh bien, zut, il est complet jusqu'à la fin de l'année et nous n'avons pas encore le nouveau planning. Mais Gina fait d'excellents massages. Elle plonge vraiment dans les muscles. Ça fait tellement mal que c'est bon, si vous voyez ce que je veux dire.

Cette dernière remarque était destinée à Gina. Candy voulait lui donner l'occasion de se venger de cette femme qui draguait Darien.

Gina apprécia le geste, mais une fois que la nouvelle de la vente serait connue, ce serait sans importance.

— Hmmm. Susan Beecham fit mine de réfléchir en tendant sa carte de crédit, mais elles savaient toutes quelle serait sa réponse. — Je ne suis pas sûre d'avoir besoin de quelque chose d'aussi, euh, douloureux. Mais j'y réfléchirai.

— Passez une bonne journée, Susan. Darien lui fit un petit salut, puis se tourna vers la salle d'attente.

Gina posa une main sur son bras. C'était la première fois qu'elle le touchait depuis des jours et si elle ne s'était pas endormie dès qu'elle touchait son lit chaque soir, elle se serait souvenue que ça lui manquait. — Darien, est-ce que je pourrais te parler une seconde ?

— Désolé, Gina, mais mon prochain client est là.

— Je sais, mais... Elle baissa la voix. — Il y a quelque chose qui ne va pas ? Tu agis... Je ne sais pas. Pas comme d'habitude. Tout le monde l'a remarqué.

Il la regarda quelques secondes, puis expira et secoua la tête. — Je suis désolé. C'est... Il y avait une affaire. Une propriété. Et, eh bien... Il passa une main dans ses cheveux. — Disons simplement que ça ne s'est pas passé comme je le voulais.

— Je suis vraiment désolée d'entendre ça. Super. Ils avaient tous les deux des merdes professionnelles à gérer.

— Ouais, bon... Il s'éclaircit la gorge. — Je dois retourner voir Mme Mooney. Je dois partir à l'heure ce soir. Grande soirée au club. Bryan et Gage ont organisé un « extravaganza » de Noël — il mima des guillemets — si tu peux y croire. Donc je suppose que je te verrai demain pour la fête. Il se retourna vers la réception. — Mme Mooney ? Il fit un geste vers sa salle de soins. — Quand vous êtes prête.

Gina le regarda partir, souhaitant pouvoir dire quelque chose pour améliorer sa situation, mais son assiette débordait déjà de ses propres problèmes. Elle s'occuperait de tout après la fête d'Amalie.

Dare fit entrer Mme Mooney dans la suite aussi rapidement que possible. Il avait évité Gina toute la journée parce qu'il n'avait toujours pas trouvé comment lui dire qu'il allait maintenant être son propriétaire. C'était un tout autre niveau que *patron* et elle allait paniquer.

Bon sang, *lui* paniquait.

Pop avait voulu être son partenaire au sens le plus vrai du terme, tellement qu'il avait encaissé son package de retraite, utilisé sa ligne de crédit hypothécaire, vendu des actions, et mis en jeu l'assurance-vie de Maman, tout ça pour acheter le centre commercial.

Dare s'était cogné la tête contre le volant à cette nouvelle. Et encore une fois quand il avait appris que ça s'était passé mardi.

Pop avait acheté la propriété que Jonas voulait lui montrer *ce jour-là*. Et maintenant, il n'y avait plus de retour en arrière possible. Donc Dare était responsable de toute l'existence financière de Pop *et* de l'entreprise de Gina. Les deux personnes qu'il aimait le plus au monde et elles étaient aux extrémités opposées de cette balançoire.

Et, oui, l'ironie de tomber amoureux de Gina — le vrai amour, celui où l'on veut passer le reste de sa vie avec l'autre — tout en étant responsable de la mise en faillite de son entreprise, ça craignait tellement qu'il n'avait aucune idée de comment arranger ça.

Dieu merci, Pop n'avait pas lâché cette bombe au dîner — il avait voulu que Dare ait le « plaisir » d'annoncer à Gina qu'ils allaient travailler ensemble. Il avait pensé que ça ferait un beau cadeau de mariage.

Bon sang, il aurait de la chance si elle ne le *tuait* pas quand elle l'apprendrait ; oubliez le mariage.

Il devait juste s'assurer qu'elle ne découvre pas que Pop avait acheté l'endroit jusqu'à ce qu'il trouve un moyen de les rendre tous heureux.

* * *

— Eh bien, ma belle, on peut dire que c'est un succès. Candy donna un coup de coude à Gina entre deux massages de demoiselles d'honneur l'après-midi suivant, pendant la fête d'Amalie Cavanaugh. — La moitié de ces femmes sont dans la rubrique Style chaque week-end. Tu vas sûrement avoir des clients grâce à ça. Et j'ai droit à tout un tas de « je te l'avais bien dit ».

Gina réussit à sourire. Certes, elle aurait des clients ; elle n'aurait juste nulle part où les mettre. — Oui, Candy, tu avais raison. Pour la déco, pour Darien, et pour le succès.

— Qu'est-ce qui *t'arrive* ? C'est de l'enthousiasme tiède au mieux. Pourquoi tu ne danses pas de joie ?

— Parce qu'on a des invités ? Elle prit une autre pile de serviettes. — Qui est la suivante sur mon programme ?

— Nellie Day. Mondaine extraordinaire et la Prochaine Grande Chose.

— Dans son esprit ?

— Et dans la presse.

— Tu aurais dû la donner à Darien.

— Oh crois-moi, j'allais le faire. Cependant, l'accompagnateur de Nellie, le très snob Richard Effington *Troisième du nom* — je ne déconne pas — a appelé et t'a spécifiquement demandée. Enfin, il a spécifiquement demandé qu'une femme s'occupe du massage de sa bien-aimée. Son rang social et son compte en banque dépassent les siens, donc j'ai dû acquiescer. Par conséquent, tu as cet honneur.

Quelle chance. Mais Gina recolla ce sourire qu'elle arborait depuis quarante heures sur son visage et donna à Mlle Nellie Day le meilleur massage de sa vie.

Quand tout le monde eut été chouchouté jusqu'au bout de leurs extensions capillaires et ongulaires, Candy, l'air extrêmement professionnelle dans sa robe portefeuille dorée avec un col châle et des escarpins crème si simples qu'ils criaient leur prix, apporta le plateau de pâtisseries que Lara avait créé spécialement pour cet événement, des profiteroles farcies de ricotta sucrée et nappées d'un glaçage à la mangue — le fruit préféré d'Amalie — une sélection de petits fours inégalée par tout ce que Gina avait vu auparavant, et des tartelettes gourmandes personnalisées qui ressemblaient à des œuvres d'art délicieuses. Du champagne dans des flûtes en cristal complétait l'étalage, et Amalie et ses invitées se rassemblèrent dans l'espace d'accueil, manucurées, coiffées et détendues à souhait.

— Tu as une excellente équipe, Gina. Amalie leva son verre. — Merci à tous d'avoir fait de cette journée un moment si spécial pour moi.

— C'est notre plaisir. Je suis contente que tu aies apprécié.

Si seulement *elle* avait pu en profiter.

— Je pense organiser le deuxième anniversaire d'Emilie ici, dit la bien mariée Donna Bradin-Biggs. — Les petites filles adorent être chouchoutées.

— Les grandes filles aussi, dit Candy.

Seule Gina connaissait le sarcasme derrière ces mots. Candy avait une dent contre les femmes dont l'objectif principal de carrière était de faire un très bon mariage et de travailler très peu.

— Ma nièce adorerait ça pour sa *quinceañera*. Il faudra que j'en parle à ma sœur, intervint l'ancienne colocataire d'université d'Amalie, ex-Miss Nouveau-Mexique. Les sœurs Cavanaugh avaient de bonnes relations, même si elles n'étaient pas de haute naissance, mais Gina pariait qu'elles n'auraient jamais à s'inquiéter de leur prochain salaire.

Son personnel, en revanche...

Mon Dieu, elle ne voulait pas avoir à leur annoncer la mauvaise nouvelle.

Il s'avéra qu'elle n'eut pas à le faire.

— Alors, Gina, quels sont vos projets une fois que le nouveau propriétaire aura repris le centre commercial ? Sophie posa son assiette à dessert sur la table basse que Candy avait désignée exactement à cet effet.

Candy fit tomber quelque chose sur le bureau de la réception. Ça semblait cassable.

Le reste du personnel se figea, la regardant comme un troupeau de cerfs pris dans des phares très lumineux. Amalie et ses amies interrompirent leurs conversations pour la regarder.

Gina se redressa. *Ne jamais les laisser voir que tu transpires.* — Nous sommes encore en train de mettre ça au point, Sophie.

Sophie pencha la tête — la pose que Gina l'avait vue utiliser pendant les interviews. — Je parie que ça fait l'objet de conversations intéressantes sur l'oreiller.

— Pardon ? Gina ne comprenait pas l'allusion.

— Oh, j'imagine que Darien et vous ne parlez pas boulot après les heures de travail. Elle regarda les femmes autour d'elle et gloussa. — Je sais que moi, je ne le ferais pas.

Les femmes rirent aussi, mais Gina...

Il se passait quelque chose et Gina ne saisissait pas tout à fait.

— Ouais, vous savez, la sacralité de la chambre à coucher et tout ça. Candy, cependant, semblait avoir une pleine maîtrise de la situation alors qu'elle se précipitait avec un autre plateau de desserts. — Tenez, mesdames, finissons ceux-ci. On ne voudrait pas que tout ce travail soit gâché.

Nellie Day secoua la tête. — Non, merci. Ils finiront *sur* ma taille et j'aurais besoin de me faire ajuster toute une nouvelle garde-robe de printemps, et vous savez à quel point c'est épuisant.

Gina regardait les amies d'Amalie compatir, mais elle n'entendait pas vraiment les mots. Que voulait dire Sophie à propos d'elle et Darien qui ne parlaient pas boulot ? Elle ne lui avait même pas parlé de la vente—

Oh...

Son affaire qui n'avait pas abouti. Elle avait pensé qu'il voulait dire que ça ne s'était pas fait.

Mais... c'était le cas.

Elle ferma les yeux tandis que la pièce tournait.

C'était ça. *C'était* la raison pour laquelle il l'évitait.

Il avait acheté le centre commercial.

Et, d'après la lettre qu'elle avait reçue, il prévoyait de le raser.

— Gina ? Vous vous sentez bien ?

Elle ouvrit les yeux pour voir une réelle inquiétude dans ceux de Sophie. La femme ne savait pas que Gina n'était pas au courant.

Mais maintenant, elle l'était.

Est-ce que *ça* ne ferait pas un délicieux sujet pour le journal télévisé de 23 heures ?

Une fois de plus, Gina allait faire parler d'elle en ville.

Tout ça grâce à Darien.

Chapitre Vingt-Trois

— Allez, Gina, dis-lui au moins personnellement que tu ne veux pas lui parler.

Candy la suivait jusqu'au bureau mercredi après-midi.

— Mais alors je lui parlerais, et je t'ai dit que ce n'était pas envisageable.

— Écoute, ma chérie, je comprends. Vraiment. C'est un porc. Tu avais raison et j'avais tort. Tu peux me dire « je te l'avais bien dit » jusqu'à ce que les poules aient des dents, mais en attendant, c'est à *toi* de lui dire de s'en aller. Il ne m'écoute pas. Il veut seulement te parler à toi.

— Je. M'en. Fiche.

Gina claqua la porte du bureau derrière elle.

Candy l'arrêta avant qu'elle ne lui frappe le visage.

C'était une bonne chose ; Gina ne voulait pas blesser son amie. Enfin, pas plus que la perte de son emploi ne la blesserait. Bien que Candy ait de la chance. Elle n'avait pas besoin du salaire — pas qu'elle en reçoive un de toute façon. Mais Stacey et Charlotte et Kaya et Deb ? Elles avaient besoin de ce travail. Elles comptaient dessus. Sur elle.

Et elle les avait déçues.

Candy appuya sa hanche vêtue d'un jean contre son bureau et y déposa le courrier. — Il ne va pas s'en aller.

Gina laissa tomber son front dans sa main. Ne pouvait-elle pas avoir un peu de paix et de calme pour réfléchir ? Darien avait bombardé son téléphone d'appels et de messages jusqu'à ce qu'elle finisse par bloquer son numéro.

Ouais, comme si *ça* n'avait pas fait mal.

Mon Dieu, comment avait-elle pu être aussi stupide ? Il se souciait plus de l'affaire que d'elle. Elle avait vraiment des goûts de merde en matière d'hommes.

— Il *s'en ira*. Ils le font toujours.

— Arrrgggh !

Candy se laissa tomber dans un fauteuil et tira sur son pull de Noël orné d'une couronne — cette femme réussissait à rendre même un pull moche à la mode. — Pourquoi ne lui donnes-tu pas une chance de s'expliquer ? Tu ne sais pas s'il a fait ça intentionnellement. Tu ne sais pas comment c'est arrivé. Tu ne sais même pas ce qu'il va faire. Pour ce que tu en sais, il pourrait prévoir de transformer ce parking en un hôtel exotique où les services de spa seraient la chose la plus demandée après la piscine, le terrain de golf et le service en chambre. La quatrième place n'est pas une mauvaise position, Geen. Enfin, sauf si tu es le Prince Harry, mais c'est une autre paire de manches. Le fait est que tu dois lui parler pour savoir ce qu'il prévoit. Si c'est horrible, alors tu pourras le détester en toute légitimité.

Gina jeta un coup d'œil entre ses doigts. — Je ne le déteste pas.

— Eh bien, évidemment. Sans blague. La main de Candy s'agitait comme un poisson sur le quai. — C'est pourquoi ce traitement du silence est ridicule.

— Ce n'est *pas* ridicule. Peut-être que tu ne saisis pas l'ampleur du problème, mais nous allons fermer. Quand Darien rasera le bâtiment, cela signifie qu'il l'aplatira. Comme dans, pas de murs, pas de toit, pas de bureau d'accueil, et certainement pas de salles de massage. Elle leva une main. — Je sais. Des suites. Peu importe. Le fait est que tu peux les appeler comme tu veux, mais elles s'écrouleront toutes de la même façon.

— Il doit y avoir une explication logique.

— La logique et les mecs ne vont pas ensemble dans mon monde.

— Il ne t'a pas fait ça intentionnellement. Peut-être qu'il l'a acheté pour sauver le spa.

— C'est pour ça qu'il a demandé un permis de démolition.

— Oh. Oui, ça a l'air mauvais.

— *C'est* mauvais.

— Alors qu'allons-nous faire ?

— J'aimerais le savoir. Elle feuilleta le courrier. Facture, facture, pub, une autre facture, une lettre... Elle sortit celle-là. — Y a-t-il quelque chose dans ce cerveau génial qui puisse trouver une solution ?

— Si la société de gestion m'avait demandé mon aide *avant* d'arriver à la partie vente, j'aurais peut-être pu suggérer une sorte d'arrangement d'investissement en capital-risque. Mais maintenant que l'affaire est conclue ? À moins que Darien et son père ne soient intéressés par la vente, alors non. Et ce n'est pas comme si c'était même une option pour nous. Je veux dire, je peux te prêter de l'argent, mais je n'ai pas assez de liquidités pour couvrir le coût de cet endroit.

— Et je ne te le demande pas. Tu n'as pas à réparer mes bêtises. Elle sortit le coupe-papier de son tiroir supérieur puis le glissa sous le rabat.

— Mais je le ferais si je le pouvais.

— Je sais. Et je ferais la même chose pour toi, mais la réalité est que je vais perdre le spa. Elle ouvrit la lettre.

— Et Darien, ajouta Candy.

— Tu sais quoi ? Gina pointa le coin de l'enveloppe vers son amie. — Si un mec n'est pas franc avec moi, s'il ne peut pas communiquer honnêtement et ouvertement avec moi, alors ce n'est pas le mec que je veux.

— Bravo pour toi, Gina. Certaines femmes n'arrivent jamais à cette prise de conscience. Mais quand même, je pensais qu'il était parfait pour toi.

Elle ouvrit la carte. — Apparemment, Amalie Cavanaugh pense la même chose. Elle retourna la carte pour que Candy puisse la lire.

— Une invitation de mariage ? Candy se pencha en avant pour la prendre.

Gina hocha la tête. — Pour moi... et Darien comme mon plus-un.

* * *

Dare avait envie de jeter son putain de téléphone contre le putain de mur. Elle bloquait toujours son numéro.

Il ne savait pas s'il était plus en colère ou blessé.

En fait, si, il le savait.

Il était blessé.

Mais pas à cause de Gina. Et même pas à cause de Pop.

Il n'aurait pas dû la laisser l'apprendre de cette façon. Il aurait dû lui dire dès qu'il avait découvert ce que Pop avait fait. Aurait dû lui dire qu'il essayait d'arranger les choses.

Mais il avait eu tellement peur de la perdre — de ce scénario exact — qu'il avait essayé de faire disparaître le problème.

Mais maintenant, c'était *elle* qui disparaissait. Et avec elle, tous ses espoirs et rêves pour l'avenir, quelque chose dont il avait plaisanté avec elle auparavant mais qui n'était plus du tout une plaisanterie.

Si seulement elle répondait au téléphone. Le débloquerait. Bon sang, elle avait même Candy qui jouait les gardes du corps et lui interdisait l'accès au spa.

En tant que propriétaire, il pouvait faire valoir son droit légal d'entrer, mais cela ne ferait qu'aggraver la situation.

Il devait arranger ça.

Mais comment, c'était le problème. Il avait passé les trois derniers jours à parler à la municipalité, à la commission d'urbanisme, à un avocat — il avait même appelé Jonas, dont l'éthique s'était emballée quand il avait mentionné qu'il essayait d'annuler l'affaire — dans l'espoir de trouver une solution pour sauver l'argent de son père et l'entreprise de Gina.

Jusqu'à présent, il faisait chou blanc.

Son téléphone sonna. Il ne reconnut pas le numéro, mais avec un peu de chance, c'était quelqu'un à qui il avait parlé de ce cauchemar et qui avait une solution. — Allô ?

— Bon, Foster, écoute-moi bien. Et si jamais tu dis à Gina qu'on a eu cette conversation, je nierai jusqu'à mon dernier souffle.

Candy était bien la dernière personne à laquelle il s'attendait. — Tu veux que je lui mente ?

Elle ricana. — Je crois que c'est déjà fait, mon grand.

— Je ne lui ai pas menti...

— Tu n'as pas été honnête avec elle. Un mensonge par omission reste un mensonge. Donc il y a un précédent. Maintenant, tu veux entendre ce que j'ai à dire ou pas ? Et je suis de ton côté, en fait. Enfin, provisoirement. C'est pour ça que je t'ai envoyé le mot en premier lieu.

Ce qui expliquait pourquoi l'écriture ne correspondait pas quand il l'avait comparée à celle du mot que Gina lui avait laissé l'autre matin.

Ce matin qui lui semblait si lointain et qu'il craignait vraiment de ne jamais revivre.

Oui, il était désespéré et Candy le savait. — Oui, Candy, je veux entendre ce que tu as à dire.

— D'accord, écoute bien. Son ton changea et il pouvait l'imaginer se redresser et rouler des épaules. — Tu as fait forte impression sur Amalie Cavanaugh. Suffisamment pour qu'elle te veuille à son mariage.

— Et tu sais ça comment ?

— Du calme, cow-boy. J'y viens. Elle s'éclaircit la gorge. — D'après l'invitation qui est arrivée ici au Gilded Lily, elle te veut à son mariage... avec Gina.

Son cœur battait la chamade. — Et Gina a accepté ?

— Disons qu'elle sait qu'il vaut mieux ne pas s'aliéner un très bon contact.

— C'est elle qui t'a dit de m'appeler ?

— Pourquoi je t'aurais fait jurer le secret si c'était le cas ? Suis un peu.

Elle tapota le téléphone et Dare éloigna brusquement le sien de son oreille. C'était douloureux.

— Je te donne l'opportunité de lui parler dans un endroit où elle ne voudra pas faire de scène. Alors tu ferais mieux de trouver les bons mots et une solution si tu veux avoir une chance d'arranger les choses.

— Pourquoi fais-tu ça, Candy ?

Elle soupira. — Parce que j'aime Gina. Tout comme toi. Et je pense vraiment que tu es le bon gars pour elle. Enfin, c'est ce que je pensais avant que tout ça n'arrive, mais je suis prête à te donner le bénéfice du doute. J'ai fait quelques recherches et j'ai vu la signature de ton père partout sur les documents, alors je suppose qu'il voulait que ce soit sa petite surprise.

Dare exhala. — Ouais, c'est ça.

— Quelle surprise. Elle renifla. — Donc... comme je disais, j'ai fait quelques recherches et je pense avoir trouvé une solution.

— Tu plaisantes.

— Crois-moi, beau gosse, je ne plaisante pas quand il s'agit du cœur de ma meilleure amie, ni de ce genre d'argent. Mais ça va te coûter. La question est, combien es-tu prêt à perdre financièrement pour gagner Gina émotionnellement ?

— Je suis prêt à tout, Candy. Qu'est-ce que tu as ?

Chapitre Vingt-Quatre

.— Tu ne peux pas éviter la mariée toute la soirée, Gina. Candy fit signe à Nellie alors qu'elles entraient dans l'hôtel pour la réception d'Amalie. Candy avait également reçu une invitation, mais sans possibilité d'inviter quelqu'un. Ce qui, selon Candy, en disait long sur l'importance de la présence de Darien à l'événement. — Quelqu'un va forcément dire quelque chose à propos de ton invité et il vaudrait mieux que ça vienne de toi.

Gina lissa sa robe verte après avoir donné son manteau à l'hôtesse. — Je sais, je sais. Il faut juste que je trouve quoi dire.

— Que dirais-tu de : "Je suis une fille têtue et je ne vois pas ce qui est bon pour moi" ? Candy fit un signe de tête à quelques hommes qui la regardaient. Sa robe bleu sarcelle était de la couleur parfaite pour elle.

— Pourquoi suis-je encore amie avec toi déjà ?

Candy lui serra l'épaule alors qu'elles entraient dans la salle de bal. — Fais-moi confiance, tu vas bientôt me vénérer.

Gina arqua un sourcil. — Qu'est-ce que tu mijotes ?

— Moi ? Rien. Absolument rien. Oh, regarde – du champagne. Et, comme un papillon, Candy s'envola à la poursuite du serveur.

Les papillons dans le ventre de Gina se mirent en alerte. Candy préparait quelque chose.

Elle avait besoin d'un verre.

Au bar, elle commanda un Cosmo – non, changement de plan. Elle opta pour une Grey Goose et du jus de cranberry. Le dernier Cosmo qu'elle avait bu était chez BeefCake, Inc. et elle n'avait pas besoin de ce souvenir.

— Mademoiselle ? Quelqu'un lui tapota l'épaule.

Gina se retourna pour voir l'un des serveurs en smoking. — Oui ?

— Mademoiselle Carson demande que vous la rejoigniez au vestiaire.

— Elle s'en va ?

— Je ne peux pas le dire. Elle a juste dit qu'elle avait besoin de vous voir.

Super. Il avait dû se passer quelque chose pour que Candy envoie quelqu'un faire ses commissions lors d'un tel événement. Elle avait probablement renversé du champagne sur sa robe et avait besoin que Gina lui en trouve une autre.

Soupirant, elle posa son verre. Au moins, aider Candy retarderait l'inévitable moment où elle féliciterait enfin Amalie en personne et devrait expliquer l'absence de son invité.

Elle n'avait toujours aucune idée de ce qu'elle allait dire.

L'hôtesse du vestiaire lui fit signe vers l'une des petites pièces à côté du comptoir. — Elle a demandé que vous alliez là-dedans.

Gina ouvrit la porte et entra –

Et s'arrêta net.

— Darien.

— Gina.

— Je vais tuer Candy. Elle fit volte-face –

Mais la porte du vestibule fut tirée d'un coup sec avec un bruissement de tissu bleu sarcelle.

— S'il te plaît, écoute-moi.

— Pourquoi ? Pour que tu puisses oublier de mentionner quelques détails ? Elle ne se retournait pas. L'aperçu de lui en smoking était plus qu'elle ne voulait voir.

Elle détestait le fait qu'il lui ait manqué.

Détestait qu'il lui ait donné des raisons de détester le fait qu'il lui ait manqué.

— Je ne savais pas comment te le dire.

— Vraiment ? Elle se retourna à ces mots. Et oui, il était à tomber dans ce smoking. Et oui, cela ne faisait qu'ajouter à sa colère parce qu'elle était en train de tomber amoureuse de lui –

Non, elle *était* tombée amoureuse de lui. Elle était tombée amoureuse de lui.

Enfin, de celui qu'elle *pensait* qu'il était.

Mais ça avait été un mensonge.

— Parce que d'après mes souvenirs, *Froggy* – elle plaqua ses mains sur ses hanches – dire les choses est ton point fort, peu importe à quel point c'est inapproprié. Alors ton silence sur mes affaires sent fortement la préméditation et la supercherie. Et je ne peux même pas aborder le fait que tu – Merde, elle allait pleurer.

— Gina, c'est mon père qui a acheté la propriété. Il pensait bien faire.

Elle renifla et détourna le regard. — Tu es un sacré numéro, à rejeter la faute sur ton père.

— Je te dis ce qui s'est passé. Il a découvert qu'un de ses amis dans l'immobilier s'apprêtait à mettre l'endroit en vente et l'a acheté directement. Il ne me l'a dit que lorsque l'affaire était au point de non-retour.

Elle le regarda à nouveau. — Et tu vas me dire qu'il pense aussi que la démolir est une bonne idée ? Que me mettre au chômage est une bonne chose ? Il ne m'avait même pas rencontrée à ce moment-là pour me détester. Ou est-ce une sorte de vengeance pour ta retenue ?

— Bien sûr que non. Darien tendit les mains. — S'il te plaît, on peut en parler ?

Elle le repoussa d'un geste. — Je ne veux plus te parler. Jamais. Tu en as assez dit.

— Et si je te disais que j'ai une solution ?

Qu'est-ce qu'elle était pathétique pour qu'un grain d'espoir germe en elle ?

En fait, elle n'était *pas* pathétique. Si rien d'autre, l'histoire avec John lui avait appris qu'elle était forte et capable et qu'elle pouvait trouver des solutions sans avoir à dépendre d'un homme pour la sauver. — Je dirais va la vendre avec le pont de Brooklyn.

— Je suis sérieux, Gina.

— Moi aussi. Elle expira et le pointa du doigt. — Tu m'as déçue, Darien. Tout comme John.

— Je ne suis pas du tout comme ce salaud. Je ne te ferais jamais de mal.

— Vraiment ? Parce que tu as prouvé que tu le pouvais il y a vingt ans et te voilà en train de recommencer. Elle se frappa le front. — Il faut vraiment que j'apprenne de mes erreurs.

Il sortit une liasse de papiers de la poche intérieure de son smoking. — Tiens.

— Qu'est-ce que c'est ?

— Lis-le. Si tu ne veux pas m'écouter, peut-être que voir les mots sur un document légal te convaincra.

Il la fixa sans ciller... Attends. Ses yeux étaient-ils un peu brillants ?

Elle secoua la tête. Darien Foster n'était *pas* en train de pleurer.

Puis elle regarda la liasse dans sa main.

Elle tremblait très légèrement.

Était-il possible qu'il dise la vérité ?

Mordillant sa lèvre inférieure, elle prit les papiers et les ouvrit lentement. — C'est un acte de propriété.

— Continue à lire.

Elle parcourut les mots, le jargon juridique s'embrouillant. Cependant, ce qu'elle put déchiffrer, c'étaient les mots *bâtiment du spa*, et son nom avec le mot *bénéficiaire* à côté.

Sa colère vertueuse vacilla. — Je... ne comprends pas.

Darien prit une profonde inspiration. — C'est à toi. Le spa.

— Tu me donnes un bâtiment.

— Oui.

— Pourquoi ? Ça n'a aucun sens. Les gens ne donnent pas aux autres des bâtiments qu'ils ont payés une fortune. Tu dois avoir un plan derrière la tête.

— Pour que tu n'aies jamais à t'inquiéter de le perdre.

— Je n'accepterai rien de toi, Foster.

— Arrête d'être aussi têtue, bon sang, et écoute-le ! siffla Candy à travers les quelques centimètres de porte soudainement entrouverte avant de la refermer.

Darien grimaça.

— Elle n'était pas censée traîner dans le coin.

— Oh, c'est génial. Gina plaqua les papiers contre sa poitrine. D'abord, ton père et toi complotez contre moi, maintenant toi et ma meilleure amie. Je ne peux plus faire confiance à personne.

— Si, tu peux. Tu peux me faire confiance. Ceci — il brandit les papiers — en est la preuve. Les propriétaires allaient vendre de toute façon, Gina. Le fait que Papa l'ait acheté est en réalité une bonne chose. Et ceci — il agita les pages — résout tous nos problèmes.

— Ça résout peut-être ta culpabilité, mais comment suis-je censée gérer une entreprise prospère qui dépend de la clientèle de passage quand il n'y en a pas ? Quand je suis entourée d'un terrain vague ?

— C'est justement ça, ce ne sera pas un terrain vague. Papa et moi allons construire des appartements tout autour. Littéralement sur trois côtés. Ce sera inclus dans le forfait d'équipements que nous allons proposer, donc tu toucheras un pourcentage des frais mensuels de nos locataires.

— Donc ta grande solution, c'est que je donne nos services pour une fraction de ce que nous facturons actuellement ? Le personnel ne peut pas survivre avec ça, même *avec* un bâtiment gratuit.

— Les locataires auront droit à un massage par mois. Ils paieront le tarif normal pour tout autre service. Tout le monde ne profitera pas du massage gratuit, et je me porte volontaire pour m'occuper de ceux qui le feront. Donc ça ne te coûte rien, *et* tu as une clientèle de passage toute prête.

— Mais ça te coûte du temps et de l'argent à *toi*. Pourquoi ? Qu'est-ce que tu pourrais bien en retirer ?

— Toi. Darien s'éclaircit la gorge. Je t'obtiens, toi.

— Pardon ?

Une grimace traversa son visage.

— Désolé, ce n'est pas sorti comme je le voulais. Il prit une profonde inspiration. J'ai paniqué quand j'ai appris ce que Papa avait fait parce que je savais comment tu allais réagir. Et j'avais raison — tu ne voulais plus me parler. Alors j'ai essayé de trouver une solution toute la semaine pour que ça ne s'interpose pas entre nous. Heureusement, Candy, avec son penchant pour fouiner et son amour pour toi, a trouvé la solution. La propriété n'était pas zonée pour un développement purement commercial comme nous le pensions tous, mais avait été classée comme usage mixte il y a des années. Une fois que nous avons eu cette information, nous avons trouvé la solution.

Usage mixte signifiait commercial *et* résidentiel. Espace de vie et entreprise.

Ce dont il parlait pouvait être possible.

Gina étouffa cet espoir naissant. Les gens ne donnaient pas des bâtiments, même s'ils couchaient ensemble.

Ce qu'ils ne faisaient pas ces derniers temps.

Tu n'as pas dit "jamais"…

— Mais Darien a dû débourser beaucoup d'argent pour mettre les papiers en ordre, sinon ça n'aurait jamais abouti, intervint à nouveau Candy à travers la porte rapidement entrouverte.

— Candy, éleva la voix Darien, pourrions-nous avoir un peu d'intimité, s'il te plaît ? Je peux gérer à partir d'ici.

— Bien sûr, bien sûr. Je m'occupe du sale boulot et tu arrives pour récolter la récompense, grommela Candy, sa voix s'atténuant à mesure qu'elle s'éloignait de la porte.

Darien leva les yeux vers Gina.

— S'il te plaît, dis-moi qu'on peut surmonter ça.

Gina laissa un peu d'espoir s'envoler librement.

— On ne peut pas simplement donner un bâtiment à quelqu'un.

— Si, je le peux. Il secoua les pages. Je t'aime, Gina. Je t'ai toujours aimée, je ne savais juste pas comment gérer ça quand nous étions enfants. Mais maintenant, je sais. Je sais que tu as besoin de sécurité — à la fois dans ton entreprise et avec l'homme que tu choisis pour partager ta vie. Je ne veux pas que tu te sentes jamais redevable envers moi ou inquiète que je fasse quelque chose comme vendre la propriété sous tes pieds ou que ce ne soit pas entièrement ton entreprise. *C'est* pour ça que je te le donne.

Papa aussi. Il pensait que ça te rendrait heureuse.

Gina secoua la tête.

— Je ne comprends pas son raisonnement là-dessus.

Darien claqua la langue.

— Papa est un romantique. Il voulait que nous ayons ça comme... comme cadeau de mariage.

— Un ca... cadeau de *mariage* ?

Darien hocha la tête.

— Gina, tu dois savoir que je t'aime. Que je faisais tout mon possible pour résoudre ça. Je te donne le bâtiment parce que je ne veux pas que ton entreprise fasse partie de qui nous sommes ou pourquoi nous sommes ensemble. Je veux que tu sois avec moi parce que tu le veux, parce que tu m'aimes. Et je pense que c'est le cas, et *c'est* pour ça que tu ne voulais pas m'écouter. Parce que tu t'étais enfin permis de faire confiance à nouveau et tu pensais que j'avais abusé de cette confiance.

Elle retint un sanglot.

— Tu m'as blessée.

— J'essayais en fait de t'épargner de la douleur.

— Comme quand tu ne m'as pas intentionnellement blessée à l'école ?

Il soupira et secoua la tête.

— Non. À l'époque, je ne réfléchissais pas. Mais maintenant ? Tu es tout ce à quoi je pense.

Il mit un genou à terre.

— Je t'aime, Gina. Et je veux que ça marche entre nous. Mais je ne peux pas être le seul. Tu dois le vouloir aussi. Il se lécha les lèvres. Alors... est-ce que tu le veux, Gina ? Veux-tu que ça marche entre nous ?

Gina le regarda, l'espoir réveillant le reste de ces papillons et les libérant.

— À une condition.

L'éclat quitta les yeux de Dare.

— Dis-moi.

— Tu ne l'as même pas entendue.

— Peu importe. Quoi que je doive faire, je le ferai. Je ne te perds pas. Pas cette fois.

Elle se mordit la lèvre pour réprimer son sourire.

— Tu me dois quelque chose.

Il pencha la tête.

— Que veux-tu de plus ? Je t'ai donné un bâtiment.

— Cette danse que j'ai manquée ce soir-là au club. Tu ne me l'as toujours pas donnée.

Darien rit, le soulagement inondant son visage, et il se leva, l'attirant près de lui. Là où elle voulait vraiment être.

— Si c'est ce qu'il faut pour que tu m'épouses, je danserai pour toi chaque soir.

— Le mariage ? Elle recula pour le foudroyer du regard — souriant intérieurement. Bien sûr qu'elle l'épouserait. Il ne l'invitait pas au bal de promo. Ce qu'il n'avait pas fait non plus, mais c'était une conversation pour un autre jour. Qui a parlé de mariage ?

— Ton père. Parce que je lui ai aussi parlé. Et il m'a promis que si je ne faisais pas de toi une femme honnête, la raclée que Bryan et ses potes m'ont donnée il y a longtemps ne serait rien comparée à ce qu'il me ferait.

Il leva sa main et l'embrassa sur le dos. — Alors, Gina Maria Theresa Taormina, me feras-tu l'honneur d'être ma femme et mon unique spectactrice ? Parce que, chérie, dès que tu diras oui, Bryan devra se trouver un nouveau

danseur. La seule femme pour qui je veux me déshabiller à partir de maintenant, c'est toi.

— Oui, Darien. Je veux t'épouser.

Elle s'avança pour l'embrasser—

Mais Candy ouvrit la porte à ce moment-là. — Pour l'amour du ciel, il
était temps ! Maintenant, est-ce qu'on peut *enfin* aller profiter de la réception ?

Épilogue

La grande réouverture du Gilded Lily est devenue l'événement mondain de la saison. Candy pensait que ce devait être le mariage de Gina et Darien, mais Gina était plus que ravie de ne pas avoir les projecteurs braqués sur elle personnellement.

Son entreprise était une toute autre affaire, et même si elle n'avait pas voulu être sous les feux de la rampe, le reportage que Sophie Cavanaugh avait réalisé sur le complexe que Darien et son père construisaient aurait mis fin à cela. Sophie avait ajouté son expérience personnelle au spa, et les affaires avaient explosé — littéralement. Gina avait dû ajouter un deuxième étage. Le nouvel étage abritait maintenant toutes les suites de massage, avec des vues sur la piscine, les jardins et les courts de tennis que Darien était en train d'installer.

— Et encore un autre succès, dit Candy en portant un toast à Gina avec sa coupe de champagne. Dans sa robe fourreau dorée touchant le sol, Candy *ressemblait* à une coupe de champagne. Cependant, je pense qu'il va falloir qu'on s'occupe de Nica. Elle ne se souvient pas exactement de sa position.

Vêtue du polo pêche de The Gilded Lily, Nica, que Gina avait engagée pour remplacer Candy — qui avait décidé que l'immobilier serait sa prochaine aventure — bavardait avec les invités. Malheureusement, elle ne parlait qu'aux hommes et plus d'une épouse n'était pas vraiment ravie.

— Je vais lâcher Darien sur elle. C'est le seul qui semble avoir un quelconque effet.

— Ou Nonna. Depuis qu'elle est sortie de ce fauteuil, c'est une force avec laquelle il faut compter.

Nonna était sortie de ce fauteuil après que Darien lui ait donné son premier massage. Elle affirmait qu'il l'avait guérie, mais Gina pensait que c'était parce que Nonna voulait danser à leur mariage. Ce qu'elle avait fait.

Avec plus d'un des anciens collègues de Darien.

— Alors, quelle est la prochaine étape pour l'équipe Foster-Taormina ? Vous allez conquérir des centres commerciaux ? Des country clubs ? Des pays du tiers monde ?

— Mmmm... non. Nous travaillons sur quelque chose mais nous ne sommes pas tout à fait prêts à l'annoncer. Gina but une gorgée de la flûte de champagne qu'elle tenait depuis une heure.

Dommage qu'elle ne contienne que de l'eau pétillante.

Enfin... Pas *si* dommage.

Candy fit tinter son verre contre celui de Gina. — Tu sais, Geen, tu peux te détendre. Profiter un peu. Personne ne va te regarder bizarrement si tu bois plus d'une coupe de champagne. Allez, tu devrais célébrer.

— Je célèbre.

Elle et Darien avaient eu *toute une* célébration la nuit dernière quand elle lui avait annoncé la nouvelle.

Il la regarda alors et sourit — ce sourire qui faisait ressortir ses fossettes. Et qui faisait palpiter son cœur.

— Oh là là, vous deux êtes tellement écœurants de douceur que je sens une crise de diabète arriver. Candy avala le reste de son champagne. C'est comme si vous aviez votre propre petit langage, vous envoyant ces petits messages...

Candy baissa son verre.

Et sa mâchoire inférieure.

Elle arracha le verre des mains de Gina. — Oh mon Dieu, ne me dis pas que...

Elle renifla le contenu. — Oh mon Dieu, si !

Puis elle serra Gina dans ses bras comme un ours et poussa un cri aigu dans son oreille.

Qui se trouvait être à proximité du microphone de Sophie.

Adieu l'idée de ne pas être prêts à annoncer ce qui attendait l'équipe Foster-Taormina.

Une fois de plus, Gina allait faire parler d'elle en ville à cause de Darien.

Et, cette fois, elle en était plus qu'heureuse.

~ fin ~

Merci de nous avoir lu ! Aidez d'autres lecteurs à découvrir les livres de Judi en laissant votre avis ! Pour en savoir plus sur la série, tournez la page !

Manley Maids

Bienvenue dans l'univers des Manley Maids, où trois frères perdent un pari au poker contre leur sœur qui possède une entreprise de ménage. Pour régler leur dette, ils doivent travailler pour elle pendant un mois. L'amour peut être un peu compliqué, mais avec les Manley Maids, la satisfaction est garantie...

Ce qu'une femme veut

Soirée entre mecs... Plus une

Sean Patrick Manley fixait la quinte flush, neuf maximum, qu'il avait en main. Il détestait vraiment le fait qu'il allait gagner cette partie. Oh, ça ne le dérangeait pas de plumer ses frères, mais prendre l'argent de sa sœur qui travaillait dur n'était pas quelque chose dont il pouvait se vanter. Pourtant... elle *avait* demandé...

— Tapis, dit-il en gardant son visage impassible et en poussant le reste de ses jetons au centre de la table.

Bryan et Liam haussèrent les sourcils, mais Sean ne dit pas un mot. Mary-Alice Catherine avait voulu jouer « comme l'un des garçons » et c'est ainsi qu'ils jouaient : sans pitié. Pas de favoritisme parce qu'elle était novice au poker — ou leur petite sœur.

Bryan jeta un coup d'œil à ses cartes, en effleurant les bords comme d'habitude. Une habitude distrayante, ce qui était évidemment la raison pour laquelle Bryan l'avait adoptée. — Je suis. Il empila ses jetons restants à côté de la pile de Sean.

Sean cacha son sourire. Ça ne le dérangeait pas de prendre l'argent de Bryan.

Liam se pencha en arrière dans sa chaise et tapota le dos de ses cartes avec son index, aussi illisible que d'habitude. — Mary-Alice, tu es sûre...

— Ne fais pas ça, Liam, dit Mac, se hérissant comme toujours à l'utilisation de son prénom. Joue la main comme tu le ferais normalement.

Liam tapota ses cartes. — Très bien. Sa pile rejoignit le tas.

Sean l'observa, puis son frère. Il ne savait jamais avec Liam.

Mac se mordillait la lèvre inférieure et s'agitait sur sa chaise. Sean avait presque pitié d'elle. Presque. Mais elle les avait assez embêtés pour participer à leur partie. Ils avaient essayé de lui dire qu'elle ne pouvait pas se permettre les mises, mais elle n'avait pas voulu écouter. Alors, pour qu'elle arrête une bonne fois pour toutes, ils l'avaient laissée entrer, pensant qu'une fois qu'elle aurait perdu jusqu'à sa chemise, au sens figuré, elle arrêterait de les ennuyer. Il y avait certaines choses auxquelles les sœurs n'étaient tout simplement pas censées participer.

— D'accord, alors comment je vous relance si je n'ai pas assez de jetons ?

— Mac, mets juste le reste des tiens. N'augmente pas la mise. Tu ne peux pas te permettre de perdre plus. Sean lui sourit.

Il fut surpris quand elle lui lança un regard de pure colère. Qui aurait cru qu'elle en était capable ? Elle les avait toujours amadoués pour obtenir ce qu'elle voulait quand elle était enfant. Le fait qu'elle ait été traitée comme une princesse toute sa vie par eux, ses chevaliers galants, y était probablement pour quelque chose, donc ce comportement était inhabituel pour elle.

— Réponds juste à la question. Quelles règles avez-vous pour ça ?

Bryan ébouriffa à nouveau ses cartes. — On mise quelque chose de gros. Comme l'appartement de Sean pour une semaine ou ma Maserati ou la maison de vacances de Liam. Comme tu n'as rien de comparable, contente-toi de suivre.

Mac regarda à nouveau sa main, mordillant maintenant le coin opposé de sa bouche. Elle repoussa une mèche de cheveux derrière son oreille. — Je vous relance tous.

Sean commença à protester, mais Bryan leva la main. — Quelle est la mise, Mac ?

Mac posa ses cartes face cachée sur le feutre vert devant elle. — Si je perds, le gagnant obtient quatre semaines de ménage gratuites.

— Et si tu gagnes ? demanda Liam.

Mac posa ses mains sur ses cartes. — Si je gagne, vous me devez chacun quatre semaines de travail, gratuitement, pour Manley Maids.

— Quoi ? Tu es folle ? Je ne vais pas être la femme de ménage de quelqu'un pendant quatre *heures*, encore moins quatre semaines. Bryan se rejeta en arrière sur sa chaise comme si quelqu'un avait électrifié la table de poker.

— Oh, eh bien, si tu ne penses pas pouvoir me battre... Elle regarda Liam.

Liam l'étudia à travers des yeux plissés. — Quatre semaines, hein ? Il tapota ses cartes. — Je suis. Avec la maison de Kiawah pour la même période.

Sean étudia Liam. Un bluff ? Non. Le loyer de la maison de vacances ne ruinerait pas son frère, mais Liam ne risquerait pas la servitude. Il devait avoir une main gagnante. Si elle était meilleure que sa quinte flush, Sean ne perdrait que l'argent et le séjour à l'hôtel, sans risquer de mettre un tablier. — Moi aussi. Une semaine au resort quand il sera opérationnel. *Si* jamais il était opérationnel, mais il ne prévoyait pas de perdre. Ni cette main. Ni le resort non plus.

Bryan les regarda tous les trois comme s'ils avaient perdu la tête. — Donc, l'un d'entre nous va se retrouver avec deux vacances, un service de femme de ménage et l'utilisation d'une Maserati pendant quatre semaines ?

— Sauf si je gagne, dit Mac, en tambourinant des ongles sur le feutre. Une réaction typique de débutante. Elle était trop anxieuse.

— Tu suis ? Sean donna un coup de coude à Bryan.

— Putain, ouais. Bryan jeta un full sur la table. — Venez à Papa. Il tendit la main vers la pile de jetons.

— Attends, Bry. Liam posa sa main sur la table. Quatre trois les fixaient. — Désolé pour ça, Mac. Liam se leva.

Sean n'était pas surpris de ne pas recevoir d'excuses de Liam. Les frères avaient chacun eu leur tour de gagner. L'argent était sans importance ; ils aimaient se surpasser les uns les autres et se réunir une fois par mois. Mais Mac...

Pourtant, il devait remettre Liam à sa place. — Bonne main, Lee, mais pas assez bonne. Sean étala sa quinte flush avec fierté.

— Merde. Liam se rassit.

— Putain de merde. Bryan insistait toujours pour avoir le dernier mot.

Seule Mac ne réagit pas. Mais au moins, il n'y aurait plus de question sur sa participation à leurs parties à l'avenir.

Sean commença à empiler les jetons, réfléchissant à quand il pourrait prendre congé assez longtemps pour les vacances qu'il venait de gagner à son frère. Le plus tôt serait le mieux, puisqu'il ne pouvait pas faire grand-chose sur le projet Martinson tant que tout le bazar de l'héritage ne serait pas finalisé.

Le silence s'abattit sur la table tandis qu'il empilait les jetons. Plus de trois mille euros. Pas mal.

Ses frères essayaient de ne pas regarder Mac. Sean aussi, mais il aperçut le tressaillement de ses lèvres. Elle essayait probablement de ne pas pleurer. Ouais, mille euros, c'était beaucoup pour Mac, surtout quand elle investissait tout ce qu'elle avait dans son entreprise de nettoyage. Peut-être qu'il le lui glisserait quand Liam et Bry ne regarderaient pas.

— Désolé, Mac, mais c'est comme ça qu'on joue.

— Ouais, Mac. On t'avait prévenue, ajouta Bryan.

— Je sais. Elle s'éclaircit la gorge. — C'est juste...

— Quoi, Mac ? Liam s'accouda à la table.

— C'est juste que... un valet ne bat pas un neuf ?

— Valet ? Le visage de Liam devint vert.

L'estomac de Sean se glaça. — Valet ?

La bouche de Bryan s'ouvrit, mais, pour une fois, il resta sans voix.

— Oui. Valet. Mac étala ses cartes sur la table. Cinq cœurs, dans l'ordre croissant.

Valet maximum.

— Je crois, chers frères, que vous avez tous besoin d'être équipés d'uniformes Manley Maids.

Voici Judi !

Auteure primée et à succès, Judi Fennell adore rire et adore l'amour. Il n'est donc pas surprenant de retrouver un peu des deux dans chacun des livres qu'elle écrit. Découvrez ses contes de fées revisités pour avoir un avant-goût de ses comédies paranormales et romantiques, légères et pleines d'ironie. Des tritons au large des côtes de la Jersey Shore, aux génies et leurs tapis volants, en passant par les strip-teaseurs à la Magic Mike et les domestiques virils dont la devise est *Satisfaction garantie*, rires et amour sont toujours au rendez-vous.

Et, durant ses (très ?) nombreux moments de temps libre, elle aide d'autres auteurs sur tous les aspects de l'écriture et de l'autoédition avec son entreprise de mise en page, de création de couvertures et de supports promotionnels, de relecture, de conseil et de livres audio, www.formatting4U.com.

Judi vit dans la banlieue de Philadelphie avec une ménagerie de compagnons à quatre pattes, et le jour où ces créatures commenceront A) à chanter, B) à coudre des vêtements, ou C) à faire le ménage, sera aussi le jour où elle prendra sa retraite d'écrivaine… !

Livres de Judi Fennell

Royally Sunk

Les tritons et les sirènes ne sont qu'un mythe, n'est-ce pas?

Essayez de dire ça à ces humains qui ne se doutent de rien et qui tombent éperdument amoureux de ceux qui n'ont pas toujours de talons...

Par-dessus la Tête

Reel est un triton sans queue, et Erica est terrifiée par l'océan. Une seule chose pourrait la faire entrer dans l'eau: un pistolet. Et une seule chose pourrait l'y retenir: le séduisant triton qui lui sauve la vie, au risque de perdre la sienne.

Le Grand Bleu Sauvage

Valerie est une princesse sirène coincée au cœur du pays. Rod est le prince qui part à sa rescousse. Mais parviendront-ils à déjouer le complot d'un usurpateur et à regagner l'océan avant que sa queue—et sa prétention au trône—ne disparaissent à jamais?

La Prise de sa Vie

Logan a fui le cirque; tout ce qu'il souhaite, c'est mener une vie normale. La femme nue qui débarque sur son bateau est tout *sauf* normale. Surtout quand Angel se révèle être une sirène, poursuivie par un monstre marin en colère.

L'amour sur les Rochers

La princesse Mariana n'a rien d'une frimeuse; c'est une véritable artiste, et elle est sur le point de le prouver avec la statue qu'elle sculpte sur une île déserte. Le problème, c'est que Jace se cache là-bas. Ainsi, la seule chose qui libérera Mariana de sa prison dorée est aussi celle qui vaudra la mort à Jace. Une romance, c'est déjà assez compliqué, mais quand un tsunami est annoncé, l'amour est vraiment sur les rochers.

Faire des Vagues

Découvrez l'Incident qui a rendu Erica terrifiée par l'océan, la raison pour laquelle Valerie, la princesse disparue, a été retrouvée, et comment Michael, le jeune fils de Logan, a trouvé une sirène. Les histoires *avant* les histoires.

Bottled Magic

Faites attention à ce que vous souhaitez… cela pourrait bien se réaliser!

C'est ce que ces humains découvrent lorsqu'un génie leur tombe littéralement dans les bras… avant d'être emportés dans la plus magique des aventures: tomber amoureux.

Je Rêve de Génies

La chance de Matt a enfin tourné lorsque Eden, la génie, s'échappe de sa bouteille et lui tombe littéralement sur les genoux. Et elle jure de ne jamais y retourner. Malheureusement pour eux deux, l'homme qui l'y a enfermée veut la récupérer, et il ne reculera devant rien pour y parvenir.

Génie a Toujours Raison

Samantha hérite du domaine de son père, ainsi que d'un génie qui n'a plus qu'un dernier maître à servir avant la fin de sa servitude. Sam est plus que disposée à libérer Kal, jusqu'à ce que son ex avide décide que s'il ne peut pas avoir Sam, personne ne l'aura.

Ma Belle Génie

Zane a hérité du manoir familial et il a hâte de s'en débarrasser pour mettre fin aux rumeurs sur le passé extravagant de sa famille. Dommage que la génie à l'origine de ces rumeurs a été libérée et sème à nouveau la zizanie. Seulement, cette fois, c'est avec son cœur qu'elle joue.

Vos Désirs sont ses Ordres

Découvrez comment Kal a été emprisonné dans sa lanterne et pourquoi il doit servir 1001 maîtres. C'est l'histoire avant l'histoire...

Once-Upon-A-Time Romance

Il était une fois» c'est bien joli dans les contes de fées, mais la vraie vie, ce n'est pas comme ça.

À moins que...?

Avec l'aide d'un ange gardien en formation, ces couples chanceux découvriront que tomber amoureux est le plus beau des contes!

La Belle et Le Meilleur

Le jour, Jolie est chef à domicile; la nuit, elle écrit des romans d'amour. Alors, quand elle décroche un contrat pour Todd, un artiste séduisant et reclus, elle tient le héros parfait pour son livre. Jusqu'à ce que Todd le découvre et la chasse de sa cuisine, de sa maison, *et* de son cœur.

Si la Chaussure Vous Va

Il était une fois, il y a bien longtemps, dans un pays lointain, très lointain, une jeune fille nommée Cendrillon. Ceci n'est pas son histoire. *Ceci* est l'histoire de Lucinda Isabella Casteleoni, qui, comme son homonyme, a une méchante belle-mère, deux belles-sœurs vulgaires et d'innombrables heures de dur labeur qui l'attendent (ou pas). Mais contrairement à cette princesse de conte de fées, le Prince Charmant de Bella est introuvable. Jusqu'à ce qu'un petit vieil homme aux yeux verts pétillants ouvre une boutique de chaussures au bout de la rue. Alors la magie commence...

De L'autre Côté du Vitrail
Un voyage accidentel dans l'Angleterre médiévale pousse Kate, responsable de publicité, à chercher un moyen de rentrer chez elle... Mais pourra-t-elle ramener avec elle le séduisant chevalier en armure étincelante dont elle est tombée amoureuse?

BeefCake, Inc.

La soirée entre filles n'a jamais été aussi savoureuse!

Magic Mike peut aller se rhabiller.

Installez-vous confortablement, détendez-vous et profitez du spectacle pendant que Gage, Bryan, Tanner, Dare et tous les autres vous montrent comment on s'y prend...

Beaux Gosses et Petits Gâteaux
Lara veut que ses cupcakes soient un succès. Gage, danseur exotique, ne serait pas contre les goûter, mais son emploi du temps pour payer les factures d'hôpital de son neveu ne lui en laisse pas le loisir. Jusqu'à une fête où les gros bras rencontrent les cupcakes et, *oh*, que c'est délicieux!

Beaux Gosses et Grand Bévues
Quand Bryan prend Jenna pour une prostituée et qu'elle réalise qu'il est le père de son fils adoptif, les erreurs et les malentendus commencent à s'accumuler. Mais quelque chose d'autre grandit aussi entre eux. Parfois, une mauvaise décision peut s'avérer être la bonne...

Beaux Gosses et Nouvelles Prises
Tanner veut que son ex-femme sorte de sa vie pour de bon, mais quand la grand-mère de celle-ci a une attaque et qu'il doit prétendre être toujours

amoureux de Juliet, peut-il risquer une seconde chance avec la seule femme qui n'a jamais cessé de l'aimer?

Beaux Gosses et Flocons de Neige

Gina a le béguin pour Darien depuis toujours—jusqu'au jour où il l'a humiliée à l'école. Quinze ans plus tard, il la laisse de marbre. Darien, danseur exotique, est revenu en ville pour régler quelques affaires. L'une d'elles est le bazar qu'il a provoqué pour Gina des années auparavant... et *peut-être* raviver la flamme qu'ils avaient autrefois. Mais la seule façon de faire fondre la glace autour du cœur de Gina est de faire monter la température, au travail... et en dehors.

Manley Maids

Que se passe-t-il lorsque trois frères irrésistiblement sexy perdent un pari au poker contre leur sœur entreprenante? Ils se retrouvent engagés pour son entreprise de nettoyage. Désormais, les Manley Maids sont à votre service. Satisfaction garantie.

Ce Qu'une Femme Veut

Sean, propriétaire d'un complexe hôtelier, prévoit d'acheter un domaine historique, se faire un nom et gagner des millions. Il emménage donc sous le prétexte de nettoyer l'endroit pour contrecarrer l'unique condition de l'héritage. Mais l'héritière Olivia et sa ménagerie lui entrent dans la peau, et il découvre que le pari au poker qui l'a mis dans ce pétrin n'est pas le seul à changer la donne.

Ce Qu'une Femme A Besoin

La star de cinéma Bryan veut la gloire et la fortune, pas une répétition de son enfance «normale» et sans le sou. Après la publicité entourant la mort de son mari, Beth a besoin d'une vie normale pour elle et ses enfants, et la star de cinéma qui a perdu un pari l'obligeant à nettoyer sa maison—avec des paparazzis sur les talons—n'en fait pas partie. Mais alors que le flirt se transforme en séduction, Bryan doit convaincre Beth qu'il est plus qu'un homme de ménage.

Ou qu'un acteur. Parce qu'il joue le rôle principal dans une version inversée de Cendrillon, et cela pourrait bien être le rôle de sa vie.

Ce Qu'une Femme Mérite

Liam n'a aucune patience pour les femmes qui dépensent l'argent d'un homme sans penser une seule seconde à travailler. Mais pour honorer son pari, Liam doit non seulement tolérer Cassidy, une femme du monde, mais il devra aussi nettoyer derrière elle quand son père lui coupera les vivres. Sans argent et sans maison à nettoyer pour Liam, Cassidy n'a d'autre choix que d'accepter une offre d'emploi—comme nouvelle femme de ménage de Liam. Mais quand des étincelles jailliront entre eux, s'agira-t-il du grand amour ou juste d'une autre liaison compliquée?

Quelle Femme

MaryAlice Catherine est prête à nettoyer la maison de l'amie de sa grand-mère, mais elle découvre que le petit-fils arrogant de la femme, pour qui elle avait le béguin en grandissant—et il le savait pertinemment—y vit, et elle est mortifiée. Jared se souvient des choses différemment; Mac a toujours été une petite chose autoritaire, mais il ne va pas la laisser mener la danse maintenant. Mais avec eux deux vivant dans la même maison, impossible de dire qui en sortira vainqueur.

Ce Qu'un Homme Veut

Beckett est prêt à payer sa dette après avoir perdu son pari au poker. Il n'avait juste pas réalisé qu'il devrait le faire avec son cœur. Jennifer est celle qui lui a échappé et maintenant, elle est juste là, devant lui. Dans sa maison. Qu'il est venu nettoyer. Jennifer n'arrive pas à croire que le bad boy du lycée pour qui elle avait un énorme béguin est dans sa maison, mais s'il y a une chose que son ex-mari lui a apprise, c'est qu'elle ne peut pas compter sur les bad boys. Jusqu'à ce que Beckett abatte toutes ses cartes et se révèle être quelqu'un sur qui Jennifer peut miser, après tout.

www.ingramcontent.com/pod-product-compliance
Lightning Source LLC
Chambersburg PA
CBHW072031220726

48293CB00016B/668